古典文獻研究輯刊

六　編

潘美月・杜潔祥　主編

第 21 冊

方回《瀛奎律髓》及其評點研究

張 哲 愿 著

國家圖書館出版品預行編目資料

方回《瀛奎律髓》及其評點研究／張哲愿 著 — 初版 — 台北縣
永和市：花木蘭文化出版社，2008〔民97〕
目 2+150 面；19×26 公分
（古典文獻研究輯刊 六編；第 21 冊）

ISBN：978-986-6657-19-1（精裝）
1.（元）方回　2.傳記　3.學術思想　4.詩評

851.4574　　　　　　　　　　　　　　　　　97001075

ISBN 978-986-6657-19-1

9 789866 657191

古典文獻研究輯刊
六 編 第二一冊　　　　　　ISBN：978-986-6657-19-1

方回《瀛奎律髓》及其評點研究

作　　者　張哲愿
主　　編　潘美月　杜潔祥
企劃出版　北京大學文化資源研究中心
出　　版　花木蘭文化出版社
發 行 所　花木蘭文化出版社
發 行 人　高小娟
聯絡地址　台北縣永和市中正路五九五號七樓之三
　　　　　電話：02-2923-1455／傳眞：02-2923-1452
電子信箱　sut81518@ms59.hinet.net
初　　版　2008 年 3 月
定　　價　六編 30 冊（精裝）新台幣 46,500 元

方回《瀛奎律髓》及其評點研究

張哲愿　著

作者簡介

臺灣省彰化縣人，一九七六年生。國立彰化師範大學國文研究所碩士，現為國立台中家商國文科教師。主要研究方向為「中國古代文論」、「評點學」、西方文論之「接受美學」與「後現代主義」等。撰有〈「瀛奎律髓・論詩類」述論〉、〈李重華「貞一齋詩說」的詩論〉及〈魯迅小說中的死亡意象〉等論文。

提　　要

　　本書是以民國九十二年國立彰化師範大學國文研究所碩士論文為底本，再修改而成。

　　本論文關注的主題可分為三個部分，第一是方回詩學問題的再釐清。方回的詩學與詩觀是歷來學者研究最深入的部分，本文在前人的基礎上，嘗試對一些問題做出新的界定或再釐清，其中問題之一便是歷來學者常將方回的正典範部分視為江西詩派，然後以此為基礎去討論他的詩觀，如此一來就已有先入為主的印象了，就筆者閱讀與比較方回論詩的資料後，發現這樣的認識可能會有偏差，有待再重新釐定。又有學者認為方回的正反典範雙方總是水火不容，而方回編纂《律髓》的原因就在於將風靡當時的反典範勢力——四靈、江湖詩派擊垮，復歸江西詩風。這也是迷思之一，以筆者參考部分前人研究之言，並深究《律髓》的評點之後，發現方回扭正當時詩風的方法，正是要為宋詩尋找新出路，此是本文探討的主題之一。

　　本文關注的另外兩個主題是方回的選詩與評點部分的研究，形成兩大塊論述場。方回編《律髓》具有創新出路之企圖，雖書中選詩或有爭議，然此皆肇因於後來評者與方回觀念不同所致，因此在第三章闡述方回的詩觀之後，我們就能進入下一階段，分析方回選詩的特點，並希冀藉此將紀昀或者其他評點家的不同意見，作現象比較的闡述，然本文並不執意分出孰是孰非，而將重點放在描述兩家互斥的言論背後的成因，構成本文之第四章。而此一概念也將進入第三個主題，即關於方回評點的研究，本文除了分析他評詩的特點之外，也期望能以此為綱，連帶解決部分兩家互斥言論的背後成因。此即第五章「《律髓》評點分析」的基調。以上就此三個主題，探究方回詩學與《瀛奎律髓》，希冀能有新的研究成果。

謝　誌

謹以本書獻予恩師游喚教授！
感謝其對我多年來教誨與指導

目

次

第一章　緒　論

一、研究動機與目的

唐乃詩之朝代，創近體並發展至顛峰，其藝術成就更有如是詩史中之銀河，璀璨卻不可及。宋人生當唐後，雖在詩人或作品之量上均遠過唐人，但面對前驅詩人如此成就，也不由得大嘆「好詩已被古人作盡」〔註1〕。再者，宋代詩風不輸唐朝，君主愛詩，上行下效，文人大皆能詩，這實是宋人艱苦經營成就，然從宋初之九僧體、白體與西崑體，皆是續唐風而起；後歐陽脩（1007～1072）、梅聖俞（1002～1160）矯以平淡，亦多有王孟味道；之後王荊公（1021～1114）開學杜先河，雖有蘇軾（1037～1101）以文入詩，才氣縱橫，後人難繼；隨後江西法席盛行，杜風瀰漫直至宋末，最後縱有四靈、江湖之餘響，然亦師法晚唐，又走回宋初舊路，有宋一代，宋詩人總是活在唐人陰影底下，宋末元初的方回（1227～1307）便是在這背景下選編、評點《瀛奎律髓》，本書共選唐宋詩人三百七十六家，五、七言律詩合計二千九百九十二首〔註2〕，而區分為四十九類，體製不可謂小。自元至元二十年（1283）寫成，不僅成為明人論詩所參，更成私塾家學間之學詩範本，而在進入清朝開啓宗唐、宗宋論爭下，《律髓》尤受到高度重視，也備受審驗與駁難，歷來再評點者今尚可見的就有十二家，影響後人頗深，是欲成就律詩之學，不閱此書則大失矣！筆者自入研

〔註1〕陳善（？～1176）《捫蝨新話》曾說：「文人自是好相採取。韓文杜詩，號不蹈襲者，然無一字無來處。乃知世間所有好句，古人皆已道之，能者時復暗合孫吳爾。大抵文字中，自立語最難；用古人語，又難於不露筋骨，此除是具倒用大司農印手段始得。」收錄於吳文治主編：《宋詩話全編》（南京：江蘇古籍出版社，1998），第六冊，頁5563。本文所引宋代詩話皆從此出，以下再引則於文後括示篇名、冊次與頁數，不另再注。

〔註2〕原應三千零十四首，二十二首重出。

究所以來多涉文論，觀其內容，除盡得律詩之法外，於唐宋詩論尤豐，另有評點手法亦可觀，乃是合理論與批評之良範也，惟今人論之不多，余不敏，思應有可再闡釋之處，尤其生當此時，資訊發達，中西文論亦交往密切，拜此之賜，過去已難置喙之處，又萌新機，而學者眼界亦廣，今日再看《律髓》，當有不同以往者，願試之，此乃本文之研究動機。

再深究之，本書選詩人與采詩皆非漫選，蓋有為而作也，其意為何？歷來論者多視其為江西最後的旗手，然筆者細閱方回論詩著作，似不盡如此，其堂廡應再廣耳。此欲論者一；再者，今人研究《律髓》多著重於闡釋方回詩論，或取紀昀批之《瀛奎律髓刊誤》一較方、紀二批之優劣，對其選詩與評點方面的研究較少，故本文集中於此發揮，於第四、五章分別論述，以求新發。此有待論者二。是以本文合此二者為研究之目的，闡釋於以下四章。

二、研究現況概述

就《瀛奎律髓》一書而言，從其成書至清朝，之間論者多採評點形式，亦即對方回與其評點之再評點。現今可見者有馮舒（1539～1649）、馮班（1602～1617）、錢湘靈（1612～1698）、陸貽典（1617～?）、查慎行（1650～1727）、何義門（1661～1722）、紀昀（1724～1805）、許印芳（1832～1901）、趙熙（1867～1948）與無名氏甲、乙等十一家，其中馮舒、馮班、查慎行、何義門、紀昀、許印芳等六家不僅有評，而且詳加圈點，評點體例最為完整。以上皆收錄於今人李慶甲集評校點的《瀛奎律髓彙評》〔註3〕，頗為詳盡可參，是研究《律髓》評點不可缺的資料。另有《彙評》未收之吳汝綸（1840～1903）的《桐城吳先生評選瀛奎律髓》〔註4〕共計十二家。然此皆非有系統的批評，多是隨性的評論，以現今文學批評的角度來看，尚屬原始資料範疇。要對《律髓》具有系統性的研究則要到今人手上才能出現。

現今對於方回或《瀛奎律髓》之研究，除了文學史之外，大致可分為單篇論文與專著兩方面。單篇方面論文方面，無論兩岸三地，多集中於探討方回的詩法論、

〔註3〕李慶甲集評校點：《瀛奎律髓彙評》（上海：上海古籍出版社，1986）。以下若有引自本書者，簡稱《律髓彙評》，並於文後括示篇名、卷次、類與頁數，不再加注。

〔註4〕吳汝綸：《桐城吳先生評選瀛奎律髓》，北京：中國書店，1992。本書為吳汝綸對《瀛奎律髓》加以刪選的本子，雖有評，然其選唐詩591首多於宋詩之435首，去晚唐、兩宋不甚著名詩家，又併山巖、川泉二類為山水類，兄弟、子息二類為家族類，省去論詩、遠外二類，是以「刪繁就簡，已與原書之旨，大異其趣。」見詹杭倫：〈清人五家瀛奎律髓評本得失論〉收於其《方回的唐宋律詩學》，（北京：中華書局，2002），頁279。關於吳評之得失分析亦可參本文。

風格論等詩觀。或有幾篇視《律髓》為研究的基礎，以其中所選之某類詩作為資料範圍，作唐宋詩之主題研究。〔註5〕嚴格說來，此類論文並非把焦點放在《律髓》上，僅視它為採樣範圍。至於專著者，按成書年代排列，則現今僅潘柏澄《方虛谷研究》〔註6〕、許清雲《方虛谷之詩及其詩學》〔註7〕、張夢機《讀杜新箋——律髓批杜詮評》〔註8〕與詹杭倫《方回的唐宋律詩學》〔註9〕等四部，各有側重，提供後來研究者不同方向的範例，亦是作為本論文研究的基礎。以下分別簡述之。

（一）潘柏澄先生撰《方虛谷研究》。本書側重於方回生平的研究，大者包括建立年譜與師友考察，並論及方回的文學、儒學與其著作中的宋元史料舉要，最後有方回著作考。此書最大的貢獻在於考證方回的生平交遊鉅細靡遺，尤其年譜旁徵博引，詳實可參，又細考周密《癸辛雜識》謗方回人品之言不實，替方洗刷那多年的冤屈，足見功力。本書提供後人欲「知人論世」研究時最可靠的資料。

（二）許清雲先生著《方虛谷之詩及其詩學》。此乃其博士論文，先考方氏於今可見之作的版本，溯源辨偽，提供人們研究方回著作的參考；再者全面探究方回之詩與詩學的特色與成就，建立其文論系統，在一定程度上彌補了前一書較少論及的詩觀方面，研究者取二書並參，則對方回將有更全面性的認識。

（三）張夢機先生撰《讀杜新箋——律髓批杜詮評》。此書與前兩部的研究角度不同，一改針對方回，轉以《律髓》之杜詩為論述場域，發揮作者的詩學涵養，詮評於方紀二批之間，為學者指出正解。這是另一種研究法的示範，不僅能增廣讀者的學識，更細膩地解決了方紀二人之間許多令人莫衷一是的爭執。

（四）詹杭倫先生撰《方回的唐宋律詩學》。本書以其碩論《方回詩論研究》（1985）為基礎修改而成，就其後記所言，「正由於本書寫作之初的條件限制（案：指無法見及臺灣學者之研究著述），反而成就本書無所依傍的原創精神，使得其在資料的可靠性、結構的系統性、分析的獨到性等方面仍然具有獨立存在的學術價值。」〔註10〕其論誠然，本書涵蓋方回的生平、學術及其著作的考證

〔註5〕 從事此類研究者如林天祥著：〈從登覽詩看唐宋詩的差異——以瀛奎律髓為例〉，收於張高評編《宋代文化研究叢刊》第五期（高雄：麗文化事業有限公司，1999 年 12 月），頁 143～159。

〔註6〕 潘柏澄：《方虛谷研究》，臺北：新文豐出版社，1979。

〔註7〕 許清雲：《方虛谷之詩及其詩學》，東吳大學中文研究所博士論文，1986。

〔註8〕 張夢機：《讀杜新箋——律髓批杜詮評》，臺北：漢光文化事業股份有限公司，1986。

〔註9〕 詹杭倫：《方回的唐宋律詩學》，北京：中華書局，2002。

〔註10〕 同前註

與探討，兼具潘書與許書的特色。雖名為「律詩學」，然研究範圍除方回的律詩學之外，亦含括其哲學思想、美學，與對《文選顏鮑謝詩評》的探討，對方回的研究堪稱全面，而其分析與見解，亦詳實可觀。

以上是針對方回與《律髓》的研究現況的介紹。尤其四部專著之成果，是本論文作為接續研究最重要的基礎。而針對方回的詩學此點而言，大部分學者依然視其為江西詩派的擁護者，而筆者鑽研《律髓》時，發覺方回之用心概不僅於此，是以在前人基礎上，本文聚焦《律髓》一書，以方氏其他著作為輔，再行探討，並將針對前人較少論及的《律髓》選、評體例的問題，展開闡述，其研究主題與方法論則於本章第四節中。

三、研究資料與文獻

根據清道光七年丁亥（1827）刊安徽省《徽州府志》（馬步蟾等纂修）卷十五藝文志著錄方回著述依經史子集分部計有：

經部——易類：《讀易析疑》、《易中正考》、《易吟》。

書類：《尚書考》。

詩類：《鹿鳴二十二篇樂歌考》一卷。

禮類：《儀禮考》、《衣裳考》、《玉考》各一卷、《禮記明堂位辨》一卷。

史部——別史類：《宋季雜傳》二卷。

傳記類：《先覺年譜》

地理類：《建德府節要圖經》。

子部——天文算法類：《曆象考》一卷。

術數類：《皇極經世考》一卷。

雜家類：《續古今考》三十七卷、《虛古閒抄》一卷。

集部——別集類：《桐江續集》三十七卷、《虛谷集》、《璧流集》。

總集類：《文選顏鮑謝詩評》四卷、《瀛奎律髓》四十九卷。

詩文評類：《名僧詩話》一卷。

以上著作凡二十二種。〔註11〕另加上未錄之《理度德三帝紀》、《咸德事略》〔註

〔註11〕馬步蟾等纂修：清道光七年丁亥（1827）刊安徽省《徽州府志》。收錄於傅振倫等編：《中國地方志集成》（南京：江蘇古籍出版社，1998），頁466～500。

〔註12〕據陳櫟《定宇集》卷七所言：「愚按虛谷至元庚寅辛卯間嘗作《理度德三帝紀》，又作一二百大賢大不肖傳，以為後世修史者張本。」收錄於《景印文淵閣四庫全書第一二〇五冊》（臺北：臺灣商務印書館，1985），頁270。（案：「一二百大賢大不肖傳」者當為《宋季雜傳》）。又方回《續古今考》曰：「回嘗著《咸德事略》書咸淳德祐十

12），共計二十四種。〔註13〕今存者有《續古今考》、《桐江續集》〔註14〕、《文選顏鮑謝詩評》〔註15〕、《瀛奎律髓》與《虛古閒抄》五種，而又與論詩有關者，僅《桐江續集》、《文選顏鮑謝詩評》、《瀛奎律髓》三者以及後人輯錄的《桐江集》〔註16〕中相關的篇章。其中尤以《律髓》乃是方回評點學與詩學之集大成，且又針對當時或近人而發，衍生出一套唐宋詩學的概念，於本文目的更是貼近，是以本文決定選《律髓》爲主要的論述平台，參酌其他相關篇章，建構方回的詩學與評點學。

　　而就當時方回著成《律髓》之因，按第二章中筆者整理的方回簡歷來看，《律髓》成書應是爲了要作虛谷書院中的教詩教材，〔註17〕其五十六歲成立虛谷書院，五十七歲（至元二十年〔1283〕）序《律髓》，是書經過一年而完成，又按本文之第四章分析方回評點條例來看，有「重選異評」的現象，甚至自知而未改，據此推測應是分卷編次以爲教材，前卷已經完成並教授學生，後來再選才發現，已不易改也。這是《律髓》做爲教材的例證之二。是以推測《律髓》成書的目的可以有二，一者偏向功利實用，乃是做爲私塾的教材；二者才是如同一般文論專著與評點，欲成一家之言，並扭正當時詩風。

　　上述是對研究資料的概論，以下敘述《瀛奎律髓》的文獻版本。此書《律髓》元朝似無付梓刻印，有鈔本，現存刻印版本則有「明成化丁亥紫陽書院刻本」、「明建陽書坊刊巾箱本」、「清康熙庚寅陳士泰刊本」、「清康熙壬辰黃葉村莊重校刊本」、

<hr>

　　　二年事，如史漢唐書紀之狀，別爲諸臣，上及朱文公、呂成公、張宣公、二陸及欲爲理廟十六相傳，未完賣似道傳，三大冊三卷。」收於《景印文淵閣四庫全書第八五三冊》（臺北：臺灣商務印書館，1985），頁 457。可知此二書皆爲史部著作，然均不傳。

〔註13〕在此著錄方回二十四種著作與潘氏《方虛谷研究》（頁 263〜279）及詹氏《方回的唐宋律詩學》（頁 216〜235）中著錄之方回著作略有出入，比較如下：《徽州府志》多《鹿鳴二十二篇樂歌考》與《禮記明堂位辨》二書，然今皆佚，難以考知；二氏另錄有《筆記》一書，惟潘氏疑其爲《續古今考》之不全抄本（頁 277），故本文僅錄書名於註中。

〔註14〕方回：《桐江續集》，收錄於《景印文淵閣四庫全書第一一九三冊》，臺北：臺灣商務，1985 年。以下所引《桐江續集》之文章，皆出於此，不再加注，僅注明卷次、頁數括於引文之後。本書爲方回入元解官後之作，四庫本收詩文共三十六卷。

〔註15〕收錄於李慶甲集評校點：《瀛奎律髓彙評》，頁 1876〜1909。

〔註16〕（元）方回著：《桐江集》（元代珍本文集彙刊），臺北：國立中央圖書館編印，1970。以下所引《桐江集》之文章，皆出於此，不再加注，僅注明卷次、頁數括於引文之後。關於此書經昌彼得、潘柏澄與許清雲考證，乃後人輯錄之文，非原來應寫於《桐江續集》之前的詩集，潘氏又疑當爲佚失之《虛谷集》或《璧流集》。詳細辯證可參昌氏〈桐江集敘錄〉、潘氏《方虛谷研究》（頁 267〜269）與許清雲《方虛谷之詩及其詩學》（頁 3〜19）等相關論述。

〔註17〕可參看本論文之第二章「方回生平與學詩歷程」之第一節整理的方回生平大事簡歷。

「四庫全書本」與「瀛奎律髓刊誤本」。〔註18〕關於本書之各種版本，許清雲《方虛谷之詩及其詩學》中考證甚詳，〔註19〕學者可參，以下僅擇其影響流行較大或是現今較易見者說明之：

（一）明成化丁亥紫陽書院刻本《瀛奎律髓》四十九卷

方回《瀛奎律髓》於元時並無付梓，初刻於明朝成化三年（1457）丁亥六月之新安郡紫陽書院，有龍遵敍後序一篇附於卷末，詳述此編蒐羅、刻印的過程。現國

〔註18〕關於《律髓》最早之刻印本，今有兩種說法：一、認爲元朝即有刻本——「元至元癸未刻巾箱本」（二十四冊六函）此有李慶甲託其師陳子展於 1979 年從北京首都圖書館拍攝微卷，今其《彙評》前附有書影；二、認爲元朝僅有抄本，最早刻本當是「紫陽書院刻本」。據《瀛奎律髓刊誤》引紫陽書院刻本龍遵敍序曰：「《瀛奎律髓》四十九卷，宋紫陽方虛谷先生之所編選。予蚤年嘗聞是編，不獲一覽。天順甲申，叨守新安，實先生鄉郡，因搜訪得其傳錄全本，間有舛訛，卒無善本校正也。續又得定宇陳先生手自抄本，共十類。定宇自識云：『惟節序類得盧古親校本抄之，餘皆傳錄本，疑誤甚多；雖間可是正……第惜不得全編通校之。於是又徧訪郡之儒者，因得各家所藏抄本讀之，亦率多殘缺脫落，得此遺彼，遂會取諸本通參訂之』」（方回撰，〔清〕紀昀刊誤：《瀛奎律髓刊誤》，臺北：新文豐，1989 年《叢書集成續編第一一四冊》景印『懺華盦叢書』本，頁 4。）陳定宇，名櫟，爲方回晚年好友。當時離方回未遠，然不言付梓，不見刻本，所得皆爲抄本，蓋無至元年間之刻本。許氏、詹氏亦秉此說。針對至元本，除李氏所見之外，其說來自莫友之云：「《瀛奎律髓》四十九卷，元方回編。至元癸未刊，其板至明天順間始廢。」見《書目五編·邵亭知見傳本書目》（臺北：廣文書局，1911 年再版），頁 627。對此許氏認爲乃誤指「明建陽書坊刊巾箱本」，「蓋此刻本清宮原題元刊，民國以後始審定爲明版。」見《方虛谷之詩及其詩學》，頁 50。而詹氏亦反對有元至元刻本。對於李氏所見之至元刻本，詹氏認爲：「李慶甲集評點校《瀛奎律髓彙評》，卷首載元至元刻本《瀛奎律髓》書影，經筆者比對，行款與首都圖書館藏清陳士泰刻本相同，而陳刻本自稱底本是龍遵敍本和建陽本。李慶甲先生可能誤將陳刻本認定爲元至元刻本了。」見《方回的唐宋律詩學》，頁 230。是以元至元刻本之說法，遭到否定。然筆者比對《瀛奎律髓彙評》前載書影，其元至元刊本與清陳士泰刊本之行款並不相同，是以詹氏所言所見亦不可解。而筆者尚未及見北京首都圖書館藏之元至元刊本，難以判斷兩造說法，故先於註中列出，並存疑待考。

〔註19〕可參考許清雲：《方虛谷之詩及其詩學》第二章「虛谷詩學著述考」之第一節「《瀛奎律髓》」版本考部分，頁 48～56。而於正文中未說明之「明建陽書坊刊巾箱本」與「清康熙庚寅陳士泰刊本」在此簡述如下：「明建陽書坊刊巾箱本」據許氏考察乃福建書坊刻，今於臺北故宮博物院圖書館藏有一部，原爲清宮昭仁殿舊藏，卷末不載龍遵敍後序。每半頁九行、行二十二字；批語起首空一格，單行，行二十一字，字體較正文略小。正文與批語，均斷句讀。是行款、版式，均與紫陽書院刻本不同。然進一步比勘，除一、二字不同，恐係誤刻外，餘悉相同。殆亦據紫陽書院本而重刻歟！（頁 50）而此本李氏編《瀛奎律髓彙評》未見著錄，是流傳不廣矣。又「清康熙庚寅陳士泰刊本」將方回之抹點處悉去，而類次也與諸刻本不同，故價值最低。

家圖書館有藏。卷首有方序，卷末有龍後序，此本每半頁十行，每行二十一字，方評語雙行小字，每行十八字。臺北藝文印書館編印之四庫善本叢書及根據此縮印。另有日本成化十一年（1475）翻刻之朝鮮本，附有孝孫有慶跋，言翻刻之事，行款與紫陽書院刊本同，亦藏之國家圖書館。

（二）清康熙壬辰黃葉村莊重校刊本《瀛奎律髓》四十九卷

這是吳寶芝於清康熙五十一年壬辰（1712）所刻，每半頁十行，行十九字；批語雙行小字，行二十五字。是書保留原書卷次與方回之抹點，並詳加校勘。現於臺灣東海大學圖書館藏有一部，極不易見，大陸則有多部分藏各地〔註20〕。

（三）四庫全書本

臺北臺灣商務印書館於西元 1985 年印行之《景印文淵閣四庫全書第一三六六冊》，原爲清乾隆二十五年丁未（1787）由李光雲昆仲簽改，朱鈐等校。《四庫總目》云「內府藏本」，依許清雲考證，此即自明成化三年紫陽書院本。〔註21〕此本每半頁八行，行二十一字；批語起首空一格，單行，每行二十字，字與正文同大。

（四）懺華盦重刊本之《瀛奎律髓刊誤》

此本爲紀昀以吳書爲底本，詳加塗抹之後，於清嘉慶五年庚申（1800）由李光垣據其師紀昀手批本付刻，稱爲《瀛奎律髓刊誤》，保留了方回與紀昀之批語與圈點是這一刻本最有價值之處，也是研究評點者能清楚看到「點」者之佳本，宋澤元於清光緒六年庚辰（1880）重印，是今日所見之懺華盦重刊本，後由臺北佩文書局景印行世，臺北新文豐公司之《叢書集成續編第一一四冊》者亦同，本論文以此作爲論述之底本，有缺疑處，依《瀛奎律髓彙評》校之。

另有今人各家排印本不一，然皆爲大陸印行，且無法將方之圈點納入。今日所見最佳者爲李慶甲集評校點的《瀛奎律髓彙評》（上海：上海古籍出版社，1986），蒐羅有今日能見之各家序、各家評與《文選顏鮑謝詩評》。給予研究諸家評論《律髓》者很大的便利。是以本論文引文以叢書本《瀛奎律髓刊誤》爲主，以此《彙評》爲輔互校之。

以上爲本論文研究之底本版本介紹。而研究資料的範圍，則包含今日可見的方回詩學著述，包括《文選顏鮑謝詩評》、《瀛奎律髓刊誤》、《桐江續集》與後人輯錄的《桐江集》中相關的篇章。

〔註20〕按李慶甲於《彙評》附錄四第 1914 頁中所錄，計有北京、上海、遼寧、吉大、南京、
　　　　南大、安徽、浙江、湖北、廣東、中山大學、四川、雲南、雲大、貴州等圖書館
〔註21〕可參許清雲：《方虛谷之詩及其詩學》，頁 54。

四、研究主題與方法

本論文名曰:「方回《瀛奎律髓》及其評點研究」,從研究動機與目的而歸納出的研究主題大致可分為三個部分,首先是《瀛奎律髓》之內容,有系統地論述方回的詩學,這是第一部份,作為本文之第二章「方回其人及其生平概述」與第三章「方回的詩觀」之主題;再者,有鑑於現今論者關注《律髓》選詩部分較少,特將此列為本文第二個研究主題,具體成果呈現於第四章「《瀛奎律髓》選詩分析」;最後是有關《瀛奎律髓》的「評點」的研究。是本文第五章「《瀛奎律髓》評點分析」的研究主題。

誠如顧易生、蔣凡、劉明今在《中國文學批評通史・宋金元卷》所說:

> 古人的作品一經批評,就能『別是眉目』,展現全新的藝術境界。如此
> 批評或鑑賞,已不僅僅是復述古人之意,而是就客觀存在的文學作品,作
> 深層次的藝術挖掘,不問古人是否自覺地意識到,這種「別是眉目」的批
> 評方法,與今天的接受美學精神相通,尤重在讀者的藝術的再創造。〔註22〕

是可見評點之學與西方文論交互作用的新契機。二十世紀西方世界的文學批評歷經過三個轉折,依序分別是以作者創作為理解依據的作者中心論範疇,以文本自身的語言結構等來理解文學意義的文本中心論範疇,和探討讀者的閱讀、反應與創作性理解為文學意義的根源為主的讀者中心論範疇,在進入二十一世紀之後,文學研究者莫不為此歷程反思,在眾聲喧譁之後留下什麼成果與經驗?「二十世紀是文學批評的世紀」可以說是豐碩成果的最簡單表述,也是最大的概括。筆者以為這個歷程的「經驗」更應受到更大的關注與反思。這三個階段的歷程與其說是文學批評版圖的擴張,毋寧說是批評家視野的補足,也因此對文本的多面性有更深刻的體會,無論批評家採任何一種角度去詮釋作品,都可能對作品作出新的詮釋,獲得新的成就,但「經驗」告訴我們,批評家力求客觀而全面的批評理論卻從未出現,追求全面性的結果甚至可能出現「掛一漏萬」的窘境,無可避免的遺漏了更多精彩的「面」,這顯示了批評方法的單面性,尤其在讀者的期待視野(Expectant Horizon)〔註23〕的

〔註22〕顧易生、蔣凡、劉明今著:《中國文學批評通史》(上海:上海古籍出版社,1996),頁 442～443。

〔註23〕「期待視野」是姚斯(Hans Robert Jauss,1921——)提出的一個重要概念,是指閱讀作品時讀者的文學閱讀經驗的思維定向與已經存在的結構,亦即指讀者原本已經具備的審美的經驗與能力。它可以體現在三方面:一、是讀者從閱讀過的作品中所獲得的經驗;二、讀者所處的歷史社會環境以及由此而決定的價值觀、審美觀、道德、行為規範等;三、讀者自身的社經地位,受過的教育,與生活經驗與藝術欣賞的水準。以上說法參考 Hans Robert Jauss , *Toward an Aesthetic of Reception* , trans

侷限下更加凸顯，是以一個文本的內含意義將不會被一個人甚至一個時代將之詮釋
殆盡，然而讀者對文本作全面性認識的渴望總也不斷代代提醒，是以文本的多義性
與批評的單面性彷彿是一場永無止盡的攻城戰，而批評家——勞苦功高的讀者旗
手，總要從不同方向領眾奔來，不同的方向體現不同的視野，對文本喧譁不同的噪
音，並在經過驗證之後，成就一家之言。另一方面，也就是因為如此的渴望，同時
彰顯了各家之言的不可或缺，這更是回顧經驗之後所必須體認的。有鑑於此，本文
撰寫於廿一世紀之初，回顧前人筆路藍縷，乘其方便，避免蕪雜，借鏡三種中心範
疇作為本文關注的方向，就作者、文本與讀者三種角度，探討「律髓的作者」與「律
髓本身架構」中選詩與評點的問題，間及「律髓的讀者（如以紀批為例）」等三個面
向。採用的策略是除了基本的歸納與演繹論證功夫之外，西方文論方面以「接受美
學」為輔，作為部分論點支持，又或有問題是其他理論較適用時，亦兼用之。態度
是在遇到不同的問題時，惟求最適當的解決途徑。礙於筆者淺陋，諸多面向難以求
全，惟希冀擴展《律髓》研究的新視野耳。

　　接受美學重視的是讀者主動的與文本作用的狀態。一般人的閱讀，雖說已不可
避免帶著「期待視野」，從此出發循著文本已具「召喚結構」（The Appeal Structure）
〔註24〕去填補文本的「空白」（blanks）〔註25〕，以完成閱讀的過程。〔註26〕但事實
上，實際的閱讀經驗中，讀者經常是帶著原本的期待視野，努力去尋找作者的原意
（更多成分是會錯意），換個角度看，這實是一種努力去扮演「隱含的讀者」〔註27〕

Timothy Bahti（ Minneapolis:University of Minnesota press, 1982）, chapt.1 Literary History as a Challenge to Literary Theory, pp. 3～45.

〔註24〕 所謂召喚結構，是伊塞爾提出説明作品的否定性與意義空白促使讀者去尋找作品的
　　　　意義，從而賦予他參與構成作品意義的權利。因此否定性與意義空白構成了作品的
　　　　基礎，這就是作品的「召喚結構」。

〔註25〕 伊塞爾（Iser,Wolfgane，1926——）：「文學文本作為一個過程，使得世界可能被重新
　　　　形成。……如果要分析這個過程，我們需要一個模式來描述傳播、處理、重新形成
　　　　的各個階段。這個模式必須把焦點集中在兩種引導過程中的互動：文本與脈絡的互
　　　　動，文本與讀者的互動。兩種都必須被視為空白（blanks），這裡所謂的空白，意指
　　　　文本並未明示這些關係的本質。見伊塞爾著，單德興譯：〈讀者反應批評的回顧〉，《中
　　　　外文學》，第十九卷第十二期，頁 94。

〔註26〕 就伊塞爾而言，這樣的論調建立在完形理論（Gestalt Theory）上，他説：「文本和讀
　　　　者的接觸點可以用完形理論來加以思索。……文學文本之内並不具有一個唯一的意
　　　　義，而是當作一套指示，引導讀者自己去文學文本這麼做的時候，提供了一定份量
　　　　的資訊，但也喚起了已經儲藏在讀者自己心目中的經驗。所以，讀者藉著結合給予
　　　　自己的資訊與自己的經驗，而構成了完形。即使資訊處理得不好，或喚起的經驗只
　　　　是片斷的，結果還是相同。」（同上注，頁 95。）

〔註27〕 關於「隱含的讀者」（The Implied Reader），可參 Iser,Wolfgane. *The Act of Reading:A*

的表現。而批評家更是比一般閱讀活動更深化的讀者，除了解讀文本，力求「合理」（即最符合當時所處群體的接受度，而這又與文本上顯現的作者的企圖關係密切）的答案之外，更要在一己之期待視野上與文本建立對話交流，其中尤其充滿價值評判。觀察其所扮演的角色，乃一方面是嘗試去作那「隱含的讀者」亦即盡量去貼合作者的原意，以求最接近「正確」（如果假設作者為文本的唯一正確解答者）的詮釋，一方面又必須時時從中「醒來」，跳出作者的意圖的圈圍，扮演一個現實存在、真正的讀者，與文本對話。因此，批評家在不斷跳躍於兩種角色之間時，所留下的批評正是最確切的軌跡。在這般過程下，藝術客體（當然包括被評點的作品）形式是固定了，但屬於閱讀者的「整個世界被重新形成」〔註28〕，就批評家個人而言也是如此。倘若再加上下一個批評家，將前驅批評也視作文本，那不斷變化的世界便持續對後來的批評家有著莫大的影響，其批評的視野極容易在兩者之間的正反意見擺盪，這擺盪的過程中，可以顯現出作者與第二批評家的原意，正反兩者的詮解衝突，與正確解答的靠攏或遠離。這對研究者而言，雖方便也是擾亂，卻也是開啟了研究的路徑。因此更是一種召喚。後來者加入之後，在歷史上便形成一種縱向的鎖鍊關係。在承先或啟後的關係上來看，是以時間作為聯繫。此外，在每個批評家都相信自己作出的是正確詮解的情況下，無論正反意見，論爭便有交集，形成一定的議題。在歷史洪流裡依一文本畫出範圍當作戰場，形成特定的批評的空間。而探討這樣特殊時空的現象，便是一部接受史。從這樣的認識出發，我們可以說明，方回纂《瀛奎律髓》並非是無所依本、新鮮創生的文本，在歷史的軌跡下其實也是其中一環節，綜觀書中，明顯可見其立足於當時與早先的詩學觀念，孜孜不倦於某些議題的論爭之中。因此研究此文本的立足點──即作者的背景與觀念，是研究工作不可或缺的一步。又如紀昀對方回的「刊誤」，更有如前面所述，將《律髓》當作一戰場，他的

Theory of Aesthetic Response. John Hopkin University Press,1978. 伊塞爾對它解釋為「隱含的讀者這個概念意指一種召喚反應的結構網絡，驅使讀者去把握文本。」（P. 34）譯文參照伊麗莎白・佛洛依德（Elizabeth Freund），陳燕谷譯《讀者反應理論批評》（*The Return of the Reader*）（臺北：駱駝出版社，1994），頁140。而伊麗莎白在書中也認為伊塞爾「隱含的讀者」的概念一方面牢固地植根於文本之中，『它包含著文學作品產生其效果所需要的全部先期傾向，他們寓於文本自身而不是外在的經驗現實中。』（Iser. 1978,P. 34）；但另一方面文本的結構又只能由現實的讀者來解釋，這樣，隱含的讀者這個概念就包含著兩個基本的和互相聯繫的方面。」（頁140）其說可參。總體來說，「隱含的讀者」是伊塞爾建構其接受美學的一個重要概念。指的是作者預置於文本中，由激發讀者閱讀的結構形成的網絡，通過預先設定讀者在閱讀活動中扮演的角色來領導讀者閱讀。

〔註28〕可參考註25的說明。

前驅批評家是最大的對手，尤其有清一代，評點《律髓》者眾，這戰場顯得混亂複雜，這樣的現象除了說明《律髓》必有其存在的價值，撇開作為後代詩學觀念或派別的論爭的工具不談，一部文本能經過歷史考驗而被眾評點家突顯出來，當不僅僅是承繼沿說前人主張而已，必有其新變也，而此正是最能確立文本價值的特點，因此，研究《律髓》的新變處更甚重要。同時也說明了研究《律髓》的接受史將是一件艱鉅而精彩的任務。而在此之前，我們還是必須先將這戰場的地形——《律髓》（文本）本身瞭解清楚。

　　以上說明本論文的態度與方法，以下擬先就《律髓》架構最基礎之部分——體例展開探討。

五、《瀛奎律髓》體例之溯源與意義

　　方回編纂《律髓》有一基本的體例，即是卷前有序，對所賞之詩句加以圈點塗抹，並在詩後有評點敘述。卷前有序，通常用於表述此卷選詩之意、評點著眼之處或借題發揮，一抒己見。圈點塗抹詩文字句，乃是中國傳統評點的標準特色之一，朱筆起落之間，看似隨性，實已蘊含評點家畢生之見解。欲分析《瀛奎律髓》構成的體例，我們可以參考方回之序言：「所選詩格也，所註詩話也。學者求之髓由是可得也。」（《律髓刊誤》頁5）來看，其自覺地將《瀛奎律髓》區分為「選」與「註」兩大結構，亦即是吾人常言之「詩選」與「評點」兩大部分。吾人解其體例如此大抵不離方回之本意，又紀昀〈瀛奎律髓刊誤序〉亦是如此分講〔註29〕，是筆者以下由此二路闡述體例並溯源。

（一）《瀛奎律髓》體例溯源

　　論方回《律髓》體例由「詩選」與「評點」兩路分論。其在「詩選」部分，方回不僅選詩，更是以詩旨分卷得四十九類，是「以類選詩」為其最主要的架構。選詩集不是編者漫無目的的選擇集合，而是要透過編者詩觀的運作，才能編成。是以儘管詩集無實質上的評點形式，卻已有評論的匠心進入其中，因此，筆者在探討評點史時，毋寧上推至詩文選。而欲見評點者的用心，則儘管評點處少，依舊可把選詩當作是「評點」的一種前身，若要確實研究「評點」，則自當選詩就需多加注意。因此在本論文撰述中，特於第四章加入「以選代評法」一節，也藉此增廣研究者可

〔註29〕可參紀昀〈瀛奎律髓刊誤序〉所言：「其選詩之大弊有三：一曰矯語古淡，一曰標題句眼，一曰好尚生新。……其論詩之弊：一曰黨援，……一曰攀附，……一曰矯激……。」且先不論紀昀所評其失正確與否，其理解、批判《瀛奎律髓》亦是從「選詩」與「論詩」兩方面著手，亦即「選詩」及「評點」二者。（《律髓刊誤》，頁7）

論的場域。

再者，論選詩體例之溯源。吾人皆言《詩經》經過「孔子刪詩」，此乃是一具有「選擇意識」的命題，若真，則第一部詩選應為《詩經》，然眾說紛紜，又無自述刪修過程，令人莫能考定。而確實第一本標舉「選擇」意識的總集則是《昭明文選》，其蕭統自序其選擇標準是「事出於沈思，義歸乎翰藻」正式標舉文學性的選擇意識，與〈詩大序〉的教化作用全然不同，是以「文學之選」就此發端。而其分類體例則是「凡次文之體，各以彙聚；詩賦體既不一，又以類分，類分之中各以時代相次。」〔註30〕由於本書選錄文體甚廣，故勢難用統一分體法來分列每一文體。觀其分法，先以文體分為「賦、詩、騷、七、詔……」等，下再次分類，以「詩」為例，其分法或以詩之內容主題分，如「勸勵、公讌、祖餞、詠史、遊仙、遊覽、詠懷、哀傷、贈答……等」皆是，下開後代以主題分類選詩之例，如《瀛奎律髓》等；又有以「詩體」分，如「樂府、挽歌、雜歌、雜詩、雜擬等」此開後世以詩體分卷者，如周弼《唐賢三體詩法》分「絕句體、七言體、五言體」三大體；另有異於二者，以其特殊性質而為一類，如「補亡」詩，以補《詩經》之缺疑。如「百一」詩，此體不知是以每篇共一百字而為名，或寓以「百慮有一失乎」之義名之。〔註31〕然此皆特殊體例，後并亡矣。

其序又曰：「類分之中各以時代相次。」即每一類目以詩人時代先後來決定次序，下以人繫詩。選詩以人為主而分，是後來詩選總集最常用的安排，如殷璠（唐開元天寶年間人）《河嶽英靈集》、高仲武（生卒年不詳）《中興間氣集》與令狐楚（766～837）《御覽詩》等皆是，但人之次序能按時代先後者，則要推李康成（生卒年不詳）《玉臺後集》與韋莊（836～910）《又玄集》了。觀今存之唐人選唐詩者，其詩人次序安排多令人不解，〔註32〕是以見之《文選》於體例上之進步。

〔註30〕是序見昭明太子蕭統編：《昭明文選》（臺北：藝文印書館，1991），頁2。

〔註31〕關於「百一」詩之義，李善注曰：「今書七志曰：『應璩集謂之新詩以百言為一篇，或謂之百一詩』然以字名詩，義無所據。百一詩序云：『時謂曹爽曰：「公今聞周公巍巍之稱，安知百慮有一失乎」』百一之名蓋興於此也。」見同上注書，頁312。從此注我們可以得知當時「百一詩」之名義，有這兩種解釋。而究以何者為是，則難考矣。

〔註32〕此言今存唐人選唐詩者，所採以傅璇琮：《唐人選唐詩新編》（臺北：文史哲出版社，1999）所輯為主。計有許敬宗《翰林學士集》、崔融《珠英集》、殷璠《丹陽集》、《河嶽英靈集》、芮挺章《國秀集》、元結《篋中集》、李康成《玉臺後集》、令狐楚《御覽詩》、高仲武《中興間氣集》、姚合《極玄集》、韋莊《又玄集》、韋縠《才調集》與佚名《搜玉小集》十三種。除《搜玉小集》依照詩題旨而分類，《珠英集》以官班排次與《丹陽集》按詩人籍貫分之外，餘皆以人序次，然原則多不可解。

　　而若從以詩旨分類一法來看，最早依此體例之詩選集，當在開元至天寶年間的《搜玉小集》〔註33〕。此書分法，四庫館臣原認爲是「莫能得其體例」，然余嘉錫《四庫提要辯證》則眞得其體，認爲這些詩之順序正是「以類相從」。〔註34〕是此體例詩選之先，亦是今可見之最早者。然尙不得見其明確分類。另有唐李氏《麗則集》五卷，也是分門編類，然亦已亡佚。〔註35〕進入宋朝，除《文苑應華》等詩文總收不選者外，以類分詩之專書亦相繼出現。而在近《律髓》而稍早尙有一部劉後村（1187～1269）編選的《分門纂類唐宋時賢千家詩選》，也是分類式詩選集，全書二十二卷，無序跋，類分「時令、節候、氣候、晝夜、百花、竹林、天文、地理、宮室、器用、音樂、禽獸、昆蟲與人品」等十四類。方回不喜劉後村，是否編《律髓》與之分庭抗禮也說不定，惜方回並未論及，未能盡解。又或此書爲各地書肆輾轉謀合劉之選詩〔註36〕，再傳刻，方回未見也。

〔註33〕本書之其斷代照傅璇琮與呂師光華之說法建立。傅書中依據《搜玉小集》書中詩人裴漼、許景先、韓休、王諲及余（徐）延壽等均生活在開元中，又《直齋書錄解題》列其於《國秀集》之後，《寶氏聯珠集》、《河岳英靈集》之前，故推測成書時間在「開元後期至天寶前期」見《唐人選唐詩新編》，頁 975。又呂師光華於《今存十種唐人選唐詩考》中考證一卷本《搜玉小集》所錄詩人，以魏徵（580～643）最早，崔灝（704？～754）最晚，公元七五四年爲玄宗天寶十三載；又所選三十七人中，賀朝、屈同仙之作亦入《國秀集》，依樓穎之序稱該集所選作品之年限爲開元至天寶三年（此註：樓穎序言：「自開元以來，維天寶三載」，實天寶十三載之訛），依此，暫以 720（開元八年）爲此集編成年代之上限。見呂師光華：《今存十種唐人選唐詩考》（永和：花木蘭文化出版社，2005），頁 159。是以本書當於天寶開元年間成書，而爲最早以類爲次之詩選本。

〔註34〕《四庫全書總目提要》於《搜玉小集》一條云：「其次第爲晉（案：指毛晉）所亂，不可復考，既不以人敘，又不以體分，編次參差，重出疊見，莫能得其體例。」見永瑢、紀昀等撰：《四庫全書總目提要》卷一八六（石家莊：河北人民出版社，2000），頁 5096。而余嘉錫則辨之曰：「其編次雖不以人敘，不以體分，余嘗即其詩以考之，〈開卷奉和御製〉三首爲應制，其次〈西征軍行遇風〉至〈燕歌行〉凡六首爲從軍，〈次塞外〉、〈紫騮〉、〈胡無人行〉凡三首爲出塞，……其他皆以類相從，先後次序莫不有意，此必唐人原本如此，非晉所能辦也。」見《四庫提要辯證》卷二四，「《搜玉小集》一卷」條（昆明：雲南人民出版社，2004），頁 1324～1325。是以余已看出《搜玉小集》之體例，又或其爲《搜玉集》（《新唐志》總集類著錄十卷。然已亡。）之縮減本，則可見其原來體例必也以類相從。

〔註35〕依晁公武《郡齋讀書志》卷四下「《麗則集》五卷」條云：「又唐李氏撰，不著名，集文選以後至唐開元詞人詩，凡三百二十首，分門編類，貞元中鄭餘慶爲序。」見《昭德先生郡齋讀書志》（臺北：臺灣商務印書館，1978），頁 501。而於《宋史》卷二百九總集類記作「李吉甫《麗則集》五卷」李吉甫生於乾元元年，卒於元和九年（758～814），於唐憲宗元和二年（807）爲相，此集或爲其編，抑或誤植，然聊備一格。

〔註36〕可參清阮元《四庫未收書目提要・一》引「《分門纂類唐宋時賢千家詩選》」條云：「《後

後尚有可觀者如咸淳年間趙孟奎（寶祐四年〔1256〕進士）撰《分門纂類唐歌詩》，其分「天地山川、朝會宮闕、經史詩集、城郭園廬、仙釋觀寺、服食器用、兵師邊塞、草木蟲魚」等類，每類下又分類是全然以類分卷之作，不以人集錄。共得一千三百五十三家，四萬七百九十一首，體制十分龐大。然今僅存「天地山川」類五卷與「草木蟲魚」六卷，收於《宛委別藏》〔註37〕。

從以上各分類詩選集來與《瀛奎律髓》相較，則可發現有些詩類流傳久遠，一直是詩人喜歡的主題。以其較之《文選》，則見「祖餞」之於「送別」，「詠史」之於「懷古」；「遊覽」之於「登覽、風土、旅況、山巖、川泉、庭宇等」，「哀傷」之於「傷悼」，或「贈答」之於「寄贈」等；較之《分門纂類唐宋時賢千家詩選》，則見「時令」之於「春日至冬日」四類，「節候」之於「節序」，「氣候」之於「晴雨」，「晝夜」之於「暮夜」，「百花、竹林」之於「著題、梅花」，「天文」之於「月類」，「地理」之於「登覽、風土、晴雨、山巖、川泉」，「宮室」之於「宮闕」，「器用」之於「著題」。從此分析則可得一代詩人之風尚，而《律髓》尤多「拗字、變體」等技巧，更能體現當時詩風。以上探溯「選詩」體例，以下就「評點」再探究之。

「評點」者，乃中國古典文學批評中頗為特殊的一類，它對傳統文論的最大意義，在於同一文本上，結合了批評者的理論與實際批評，落實了理論實踐部分。而要研究評點，就必須先界定「評點」之義界。依據譚帆的說法，首先「評點是中國古代文學批評的一種重要形式，與『話』、『品』等一起，共同構成古代文學批評的形式體系。」這是從其評論主題與歷史淵源所作的歸納界定，體現了「評點」〔註38〕與「話」、「品」有共同的特徵，亦即都含有評者的文論觀在裡頭，若單就詩評點而言，它與中國傳統詩話屬於同一脈淵源。再者，「這種形式有其獨特性，其中最為重

村大全集》有《唐五七言絕句選》，及《本朝五七言絕句選》，《中興五七言絕句選》三序，或鋟板于泉洲，于建陽，于臨安。則克莊在宋時，固有選詩之目。此則疑當時輾轉傳刻，致失其緣起耳。」

〔註37〕趙孟奎：《分門纂類唐歌詩》收於阮元輯《宛委別藏》（臺北：商務印書館，1981）。前有序曰：「昔荊公嘗選唐人三百家為一集，名曰《詩選》；姚鉉作《唐文粹》，序亦謂有《唐詩類選》、《英靈》、《閒氣》、《極元》、《又元》等集，皆有去取於其間，非集錄之大全也。……因發吾家藏，手出鋟目，合訂分類，志成此編……，旁收逸墜，募致平生所未見者得一千三百五十三家，四萬七百九十一首，大略備矣。」蓋此乃有意蒐羅齊全總集，似無去取的選擇意識，當為以類分之詩總集。

〔註38〕本處以「評點」指稱具有評點形式的「文本」，而不用「評點文學」避免與視「評點」為一種文學類型的研究混淆，本文將「評點」視作一種「文本」（text），是可以作分析有機組合體。雖然今人也習慣將文學作品稱為「文本」，且在這一點上與「評點」有一定程度的相近處與共通點。但若據此使「評點」與「文學」相通甚至等同前述之「評點文學」，則非本文之意，儘管本文所採之西方文論大都在文學作品上取得實踐。

要的是『批評文字』與『所評文學』融爲一體，故只有與作品連爲一體的批評才稱之爲評點，其形式包括序跋、讀法、眉批、旁批、夾批、總批、和圈點。」〔註39〕這段話則是從形式方面建構評點的獨有地位，最重要的是文本（所批之文）與評點（批評文字）必須是連爲一體才可認定是評點。最後則歸納出中國傳統評點具有上述的批與點等形式。然必須要補充說明的是並非每一「評點」都完整含有這些形式，甚至大部分都會缺某些體例，故這些舉出的形式，只需有一，且不違背之前的要件，即可視爲「評點」。

　　中國傳統文學的評點源自「訓詁學」與「歷史學」，評點承續前者的注釋形式與方法，並傳承了後者的論贊形式。如春秋三傳或《詩大序》等注解諸經之作。然猶迂闊，欲往下收溯，可先參錢鍾書：《管錐篇》的說法：

> 　　陸雲《與兄平原書》。按無意爲文，家常白直，費解處不下二王諸《帖》。什九論文事，著眼不大，著語無多，詞氣殊肖後世之評點或批改，所謂「作場或工房中批評」（workship criticism）……茍將雲書中所論者，過錄於機文各篇之眉或尾，稱賞處示以朱圍子，刪削處示以墨勒帛，則儼然詩文評點之最古者。〔註40〕

錢氏以爲晉朝陸雲（262～303）、陸機（261～303）兩兄弟彼此魚雁往返，砥礪以促進造文之力。若使之與兩廂結合，加以朱墨，則是評點初祖。其言可參，然此畢竟是錢氏之發明，其書信無論在形式與內容上，頂多只有對文學之見解，隸於「評」之一環，而若言評之初祖則要論曹丕之《典論論文》。另外，關於評點之源亦可參章學誠之說法，其《校讎通義》曰：

> 　　評點之書，其源則始於鍾氏《詩品》，劉氏《文心》，然彼則有評無點，且自出心裁，發揮道妙，又且離詩與文，而別自爲書，信哉其能成一家言矣。自學者因陋就簡，即古人之詩文，而漫爲點識批評，庶幾便於揣摩誦習。……且如《史記》百三十篇，正史已登於錄矣。明茅坤、歸有光輩，復加點識批評，是所重不在百三十篇，而在點識批評矣，豈可復歸正史類乎？謝枋得之《檀弓》，蘇洵之《孟子》，孫鑛之《毛詩》，豈可復歸經部乎？凡若於此者，皆是論文之末流，品藻之下乘，豈復有通經習史之意乎？〔註41〕

〔註39〕以上說法參考譚帆：《中國小說評點研究》（上海：華東師範大學出版社，2001），頁6。

〔註40〕見錢鍾書：《管錐篇》第四冊一四一全晉文一〇二條（北京：中華書局，1986二版），頁，1215。

〔註41〕〔清〕章學誠撰，〔民〕葉瑛校注：《校讎通義》〈宗劉第二〉右二之六條（臺北：頂淵文化事業有限公司，2002），頁958～959。

章氏之言約有數端可觀。一者論評點之源，可上溯至《文心雕龍》與《詩品》。此二書乃文學批評之專書，亦是中國文論中確立「評」之濫觴，其辨別文體、講論文要與作家批評等，建立後代文評走向。尤其《詩品》分品論人，開「選人」之例；專論作家，宛如小序，兼及風格，更下開《河嶽》、《中興》之例，論其爲評點之源實可也。二者，乃評點意識。指明如茅坤、歸有光等評點家「所重不在百三十篇，而在點識批評」，他們爲評點而評點，而非爲解經注史而評點，「評點」成爲一種獨立創作，儘管還依附著被批評的文字，但所有的文本經過了評點，就成爲評點者的「專著」，這是在一定程度上提升「評點」的獨創意識。三者、論評點歸部。此延續前者而論，雖章氏認爲此般評點是「論文之末流，品藻之下乘，豈復有通經習史之意乎？」從對經史無補角度觀之而貶抑「評點」的價值，然所謂「論文之末流，品藻之下乘」正從反面爲之判斷分部歸屬，強調出「文學性」。今觀茅坤、歸有光、謝枋得、蘇洵〔註42〕及孫鑛等之評點批語，於經史闡釋之外，更多的是從文學角度去看，將之視爲文章範本去勾勒出爲文大要，是以不應再把「評點」附庸於原文本。原本屬經史之《史記》、《檀弓》、《孟子》及《毛詩》者，一經評點，面目迥新，脫離原本屬經史獨有之性質，而是一全新文本了。

然上述章氏言評點者，都著眼於「評語」施作上，且四部不分。若要針對文學作品能「評語」「批點」兼施，且不離所評文字而形成著作者，則要等到南宋了。關於此，今人多引《四庫全書總目提要》之《蘇評孟子》提要云：

> 宋人讀書，於切要處率以筆抹。故《朱子語類》論讀書法云：「先以某色筆抹出，再以某色筆抹出。」呂祖謙《古文關鍵》、樓昉《迂齋評註古文》，亦皆用抹，其明例也。謝枋得《文章軌範》、方回《瀛奎律髓》、羅椅《放翁詩選》始稍稍具圈點，是盛於南宋末矣。〔註43〕

蓋朱熹於讀書時喜以筆分色抹示重點，此與今人讀書時隨手勾畫的習慣同，這是較爲明確提出「批點」的溯源。再則，運用「批點」的形式進入既有文本，兼有「評語」，形成一種對原來文本進行再創作，進而形成一專著的特殊體例，這般過程乃始於南宋，並盛行之。而於「點」之體例也是逐漸豐富，《古文關鍵》與《迂齋評註古

〔註42〕此蘇洵之評《孟子》者當爲依託。按《四庫全書總目提要》之《蘇評孟子》提要云：「舊本題宋蘇洵評。考是書《宋志》不著錄。孫緒《無用閒談》稱其論文頗精，而摘其中引洪邁之語，在洵以後，知出依託。……此本有大圈，有小圈，有連圈，有重圈，有三角圈，已斷非北宋人筆。其評語全以時文之法行之，詞意庸淺，不但非洵之語，亦斷非宋人語也。」此條見《四庫全書總目提要》卷三七，頁 966。分從引語、語句與評點體例剖析，所證甚明，此評非出宋人之手。

〔註43〕同前注。

文》是用「抹」，其形式如今之於句旁畫線；《文章軌範》、《瀛奎律髓》及《放翁詩選》等還出現加點（如、）或「圈」的形式，此爲大體而言，爾後明清時尚有實圈（如●），或雙圈（如◎）等多樣形式。而如此發展有其意義與作用，誠如吳寶芝重刻《瀛奎律髓》記言八則之二云：

> 詩文之有圈點，始於南宋之季，而盛於元。雖曰一人之嗜憎，未免有偏著。然當時評諸公，皆作家巨子，各具手眼。其所圈識，如與作者面稽印可，能使其精神眉目，軒豁呈客於行墨之間，……學者且當從此領會參入，而後漸次展拓，即古人全體之妙，不難盡得。

寶芝此語乃論圈點之功用，然而筆者若僅言「圈識」，此乃一連串之符號，讀者眞能從符號中見得作者之「精神眉目」？無評語說法，讀者僅能知批點處是重點，然何以爲之？非要靠評語不解，故此言當擴大範圍涵蓋「評語」矣。另外，這段話也凸顯了人受限於己的狀況，評點家莫不以己意而下筆，雖難免有偏，但若評者「皆作家巨子，各具手眼」則甚爲可讀，小疵可略。再者，其言強調了評點家的能力與地位，在此前提下，其圈識更是讀者與作者之間一橋樑，正所謂「如與作者面稽印可，能使其精神眉目，軒豁呈客於行墨之間」，評點家爲作者代言，將文本隱含處或讀者不盡明白處，透過評點手眼一一勾現，正有功於讀者涵養學習，評點之教育意義由此體現。

接著我們可以參考孫琴安對中國傳統歷來評點歸納出的特點。他說：「第一，重直覺與主觀感受；第二短小精悍，生動活潑；第三，帶有較多的鑑賞性。」就《律髓》來看，的確頗爲符合。然他又舉出與那些文學理論專著比較之下，顯出兩個缺陷，意即「它終究停留在感性認識的階段」與「太瑣碎」。〔註44〕就前者而言，《律髓》雖有相當部分的感性認識式的批評語調，但如從摘句舉例來說明其詩論上這一點看，則又顯得較有論辯式的理性思維，尤其《律髓》的部分評語也系統地闡述方回的詩人傳承體系觀，幾乎在片語間便建構了一套近似理論之言，這也是一例；關於後者，則是《律髓》不可避免的問題。其本身就是一部選詩集，早已是片段接續著片段的存在，其批語自然也隨之片段般的依附其中，然方回有總序，每卷類亦有小序，此皆屬總結性的評論，可以較完整的體現評者之意，在相當程度上彌補了這方面的不足。考其三點特色與兩個缺陷，似都針對「評語」而言，至於「圈點」部分，筆者補充爲具有「言有盡而意無窮」的特點。評語有盡處，也有語言上一定程度的限制與失焦，「圈點」是以符號代替語言功能，評點者劃下圈點塗抹，即使沒有

〔註44〕可參考孫琴安：《中國評點文學史》（上海：上海社會科學院出版社，1999），頁9～10。

說明，但讀者也會對此產生種種聯想，在其腦中實已完成「評點」的任務——傳達評點者的意念與觀感。因此，圈點也有其特點與存在的必要。然其缺陷也在於此，因爲評點家若無評語加以限囿，則圈點的意思將漫瀚無邊，然對經過接受美學洗禮的今日眾人，增加讀者的想像空間那又何妨？

此外，反觀就「選詩」而又能「評」者觀之，在不論「批點」的情形下，則唐朝的殷璠《河嶽英靈集》開其先聲，後有高仲武《中興間氣集》承其體例。此二詩選集在所選詩家名下進行評議，並有摘句評賞的形式，乃是選評合一之本，甚具批評意識，爲後來之詩評點奠基。而到了宋代，在科舉推波助瀾之下，時人學文的意識高漲，爲讓學者得「古人之妙」，眞正下手實際評點文章是最有效的教材。故散文評點先詩而出，呂祖謙（1137～1181）的《古文關鍵》、樓昉《崇古文訣》、謝枋得《文章規範》與眞德秀《文章正宗》等著作應時而出，這都使得評點達到成熟的狀態，然這也大都是爲了講學傳道而著，可見教育風氣興盛亦是帶動評點盛行的因素之一。〔註45〕其中眞德秀的《文章正宗》雖有「詩歌」一類，交由劉後村類編。然眞氏於此書去取甚嚴，以理爲主、以致用爲本而不論文。詩歌一門「約以世教民彝爲主」，是以離詩愈遠，所佔又非主要部分，故影響不大。〔註46〕而詩評點在詩話蓬勃發展下似乎被耽擱了，自《六一詩話》爲濫觴，兩宋在詩話上取得空前的成就，也促成詩學長足進展。然於對於詩之評點，卻遲遲未現，顯示詩人與評家都把焦點

〔註45〕可參考孫琴安：《中國評點文學史》，第二、三章關於唐宋評點文學之部。

〔註46〕可參《四庫全書總目提要》中〈文章正宗提要〉所言：「是集分辭令、議論、敘事、詩歌四類。錄《左傳》、《國語》以下至於唐末之作。……其持論甚嚴，大意主於論理而不論文。」其引劉克莊《後村詩話》又曰：「《文章正宗》初萌芽，以詩歌一門屬予編類，且約以世教民彝爲主，如仙釋、閨情、宮怨之類皆弗取。余取漢武帝《秋風辭》，西山曰：『文中子亦以此辭爲悔心之萌，豈其然乎？』意不欲收，其嚴如此。然所謂『懷佳人兮不能忘』，蓋指公卿扈從者，似非爲後宮而設。凡余所取，而西山去之者大半。又增入陶詩甚多。如三謝之類多不收。」可見後村所選與眞氏所主大異，被大刪矣。〈提要〉並云：「詳其詞意，又若有所不滿於德秀者。蓋道學之儒與文章之士各明一義，固不可得而強同也。」指出二人立場差異。其又引顧炎武《日知錄》曰：「眞希元《文章正宗》所選詩，一掃千古之陋，歸之正旨。然病其以理爲宗，不得詩人之趣。且如《古詩十九首》雖非一人之作，而漢代之風略具乎此。今以希元之所刪者讀之，『不如飲美酒，被服紈與素』，何異《唐風·山有樞》之篇：『良人惟古歡，枉駕惠前綏』，蓋亦《邶風·雄雉于飛》之義。……必以坊淫正俗之旨，嚴爲繩削，雖矯昭明之枉，恐失國風之義。六代浮華固當刊落，必使徐、庾不得爲人，陳、隋不得爲代，毋乃太甚。豈非執理之過乎？」顧氏之評切中眞書之害，而其影響與價値亦如《提要》所論：「故德秀雖號名儒，其說亦卓然成理，而四五百年以來，自講學家以外，未有尊而用之者，豈非不近人情之事，終不能強行於天下歟？」見《四庫全書總目提要》卷一八七，頁5119～5120。

轉移至詩話上，而評點被專用於學文科舉的情勢明顯，於詩上評點似不那麼需要。又或僅於私塾間作教學法使用，不及專著印行。

是以較成熟且大量的詩評點則要待宋末評點大家劉辰翁（1232～1297）了，而他也已與方回同時（晚方回五年生，早死於方十年）足見詩評點專著出現之晚。其評點作品到底有多少，今已難詳考，而評點過之唐宋詩家今可見者則有王維（701～761）、孟浩然（698～740）、杜甫（712～770）、韋應物（737～791）、孟東野（751～814）、李長吉（790～816）、王安石、蘇東坡、陳簡齋（1090～1138）、陸放翁（1125～1210）與汪元量（1241～1317後）等。其評點兼詩人、詩體、作品藝術手法與風格等，擴展評點的範圍，使之全面性；再者，評語常隨己意而自由驅使，擺脫詩話作註與詩格標格的傳統窠臼，提出評點家應具備的獨立見解。以上種種皆標誌評點體例的成熟。

再者，詩話之發展尤值得注意。由於詩話數量龐大，學者盡觀不易，也無需，故有經過篩選而合集之「叢編」或「叢話」問世，以因應學者方便之需。而最早者當以不知撰者的《唐宋分門名賢詩話》，郭紹虞斷「此書爲北宋詩人所輯，大約與蔡絛同時。」，今存十卷，亦是第一部分門編類之詩話總集〔註47〕。往後則有如李頎（？～1126？）《古今詩話》、阮閱（？～1130？）《詩總》〔註48〕、胡仔《苕溪漁隱叢話》、任舟（南北宋之交人）《類總》、何谿汶（？～1279）《竹莊詩話》、魏慶之（？～1268）《詩人玉屑》等等，以上或有以類分，亦有以人分。而這些詩話總集除《古今詩話》外，方回皆有考述，顯示對此道著意頗深。〔註49〕其中除胡仔《苕溪漁隱叢話》爲其詩學啓蒙讀物外，何汶之《竹莊詩話》亦得注意。本書之體例除了廣蒐詩話外，還於每條詩話後附上完整詩作，讓讀者可觀之全貌，避免以管窺天。是以從本書體例可看出時人對於詩話摘句或片段式的表述已不滿意，需要更完整的材料供給研讀，其體例在某一程度上頗似「選詩而評」，所差僅是前後相反，並缺一己之評。本書方回考之，蓋其體例或有予其靈感。然發展至此，都在在預告完整的詩選加上評點的專著，應要出現。

再觀劉氏評點詩集亦皆是別集類，真能集「選」、「評」與「點」三者合一之專

〔註47〕可參郭紹虞：《宋詩話考》（臺北：學海出版社，1980），頁 195～197。其言撰者不詳，已佚。

〔註48〕此書成於宣和五年（1123），後於紹興年間已改稱《詩話總龜》，蓋經人增改重編。分四十六門。

〔註49〕方回對這些詩話總集的考述，可參見《桐江集》卷四所收之〈漁隱叢話考〉、〈古今類總詩話考〉、〈詩話總龜考〉、〈詩人玉屑考〉及〈竹莊備全詩話考〉（案：與《竹莊詩話》同本，而作者方回作「何汶」），頁 573～587。

著，並跨唐宋二代詩，先以類編，次以詩人時代，融合前人體例而爲新者，便要屬方回《瀛奎律髓》了，是以從體例觀之，已能見其於詩評點史之意義。

（二）《瀛奎律髓》體例之意義

此書體例所彰顯的特色除了是「詩選集」之外，它更是「唐宋詩選集」，具有跨代比較的意義；另一方面，它以類目選詩，區分爲四十九類四十九卷，每一類下再以詩體分出「五言律詩」與「七言律詩」，每一詩體之下又依作者時代先後排列。而於「評點」方面，方氏先有總序，每一類下加上小序，或說明選詩意旨，或述此類詩之源流、立意或規矩方圓等，多屬隨筆雜談、短長不一；對所選之詩，常用筆於詩側點出警句詩眼等，標示讀者宜著眼處；詩後多有評語，大凡考究詩人、註釋典故、討論詩法、列出佳聯乃至人喜好等皆有所見，內容廣泛，如其總序所言：「所註，詩話也。」誠然哉。而就其評語內容觀，實兼含各家之長。如詩人之小序早已在《河岳英靈集》與《中興間氣集》中出現。《律髓》明顯效之，其作法便是在採用分類選詩的同時，也常於首選某詩人之詩後，介紹其生平經歷、特殊情事、文學主張或及闡發詩家個人的藝術風格等，並展開評論。這般作法宛如爲詩人立傳，這在當時詩話中雖非獨創，但方回採之與類選並行，用於《律髓》這合唐宋兩代詩之鉅著中，則使人對眾詩家有更立體的認識與比較的機會，甚能彰顯紀傳體般詩史的特色。以其終極典範——杜甫（712～770）爲例。方回在評點杜詩時，常連帶提及作詩背景，如評杜工部〈晚出左掖〉：

> 杜天寶十四年乙未年四十四矣，始得爲河西尉，不赴，改帥府冑曹。十一月而祿山反，公如奉天。明年七月，肅宗即位靈五，公在鄜州，奔行在，爲賊所得，留長安。或謂亦囚至東都。……所謂「封事」「諫草」，人不盡知，史不詳書。夜不寢而待曉，晝治事而晚出，於此二詩并見之。其年已四十七矣。（《律髓刊誤》卷二朝省類，頁24）

其知人論世的態度十分明顯，大概是希望學者除了學杜甫的詩法技巧之外，也應仿效其忠君愛國的高尚情操，和對社會的無比關懷。

再者，方回記載詩家不僅有介紹生平、經歷，更重要的是對詩人的文學觀與創作特色的剖析，這般作法與現今的文學史書相差無幾。如評蕭千巖（生卒年不詳）〈次韻傅惟肖〉曰：

> 蕭千巖，字東夫，三山人。初與楊誠齋湖湘同官，誠齋盛稱其詩爲尤、蕭、范、陸。止於福建帥參。使不早死，雖誠齋詩格猶出其下。其詩苦硬頓挫而極其工。（《律髓刊誤》卷六宦情類，頁71）

簡單幾句概括其重要生平事蹟與文學地位，最後一句「其詩苦硬頓挫而極其工」更

把其詩特色表明出來。是以蕭德藻詩雖流傳不多，從此也能讓後人多所參考。至於方回排斥者，亦有所載，如對四靈前輩之一的潘檉，他便形容說：「轉庵潘檉，字德久，永嘉人，葉水心快稱其詩，竟謂「永嘉四靈」之徒凡言詩者皆本德久。」（《律髓刊誤》卷三懷古類評潘德久〈題釣臺〉，頁 42）對於四靈之輩，方回總不忘連帶提及葉適，蓋欲將之體系傳承表明。方回傳記詩人，有時亦混軼事於其中，或連詩題中提到的詩人也一併載記。如評僧貫休〈秋寄李頻使君〉說：

> 李頻，睦州人，終於建州刺史。貫休，婺州蘭溪人，死於蜀。爲詩有極奇處，亦有太粗處。「盡日覓不得，有時還自來。」爲人嘲作「失貓詩」，此類是也。然道價甚高，年壽亦高。早與李頻交，而老依錢鏐，不肯改「一劍霜寒十四州」，遂入蜀。此詩第四、六句好。（《律髓刊誤》卷十二秋日類，頁 109）

方回記載是如此豐富，難怪乎厲鶚《宋詩記事》多采其中，而《四庫全書總目提要》論《律髓》則要說：「然宋代諸集不盡傳於今者，頗賴以存。而當時遺聞舊事，亦往往多見於其註。……其議論可取者亦不一而足，故亦未能竟廢之」。（《律髓刊誤》頁 3）

觀《河岳英靈集》與《中興間氣集》二書乃以人繫詩而分卷，方回雖以類分，然於每卷類中亦兼之。蓋欲合「以類分卷」與「以人分卷」兩體於一書之用意顯矣。

從方回《律髓》的選詩、編卷與評語等各方面綜合觀之，我們可以感受到方回欲成一家之言的企圖，而這一家之言，不僅是建立在詩學體系的架構上，他還有向史書靠攏的現象，彷彿要將《律髓》編著成一部唐宋詩史，其表現不僅於爲詩人列傳，更要建立詩家典範體系，連接唐宋二代詩之傳承，如一祖三宗之說也。此從其評語即可察出。而欲得此之第一步，當從嚴謹之體例著手。其於體例上的價值與意義，吳之振可說是第一個舉出《律髓》分類體例在詩史上的地位之人。他在〈瀛奎律髓序〉中說道：

> 紫陽方氏之編詩也，合二代而薈萃之，不分人以係詩，而別詩以從類。蓋譬之史家，彼則龍門之列傳，而此則涑水之編年，均之不可偏廢。（《律髓刊誤》頁 6）

在這段話裡，吳序將方回分卷編詩的體例上比至司馬光的《資治通鑑》。平心而論，《律髓》在文學史上的價值或許不比《資治通鑑》在史學上的價值，但在體例特色的聯繫上，這段比擬確有創見，凸顯了《律髓》「別詩以從類」的特色。又如王荊公《唐百家詩選》也是「分人以係詩」的顯例之一，此書乃是方回編《律髓》的重要

參考書之一〔註50〕，兩相比較之下，方回在體例上的轉變更有意義。正可彌補「以詩人分卷」之不足。以詩人分卷的選集可充分展露詩人們的個人藝術特色，卻無法在教學上建構學生創作類詩風格的印象。亦即某類詩便應有某類詩的藝術風格，此點非以詩建類的選集不能彰顯。這便是方回在分類選詩上的詩史意義。

對於吳之振的序，紀昀批道：「分類始自《昭明》，究爲陋體，不必曲爲之辭」。從看段話裡，紀昀的基本立場便十分明顯了。紀昀除了厭惡方回的人格之外，尚不喜分門別類式的詩選集，即使《文選》亦然，故評其爲「陋體」，也因此常在《律髓刊誤》中見到紀昀批評方回選詩分類的弊害，也就不足爲奇了。對此，吳瑞草〈重刻紀言八則〉之三所言則顯得公允多了。他說：

> 詩文分類，原始文選，而亦盛於宋、元。在古人則爲實學，欲便參考、資博洽也；今人徒以供獺祭便剽販而已。然詩以類選，則有詩不甚佳，而強取以充類者；亦有詩甚佳，而類中已多，其詩甚佳而無類可入，因之割愛者：是編所以有餘憾也。然學者且先致力乎此，歷其堂奧，而後漸及諸家之全，於詩學亦思過半矣。（《律髓刊誤》頁10）

此言凸顯了選詩分類體例必會招致的弊端，好詩與詩類無法完全符稱正是其中最大問題所在。雖此，但也不失可做學子的入門，有其不可忽略的存在價值。

而在吳氏父子之後，沈邦貞繼承他們的觀點而擴大論之，並做爲第一個注意其分類意涵的評家。他在《瀛奎律髓》的序中首先讚揚吳之振學養慧眼兼具，並把《律髓》一書視爲繼承《詩經》等五經之鴻刊，能振作日益隱晦的詩教。他說：

> 石門吳橙齋先生，道學風流；當代景仰。其言詩也，獨以方虛谷先生《瀛奎律髓》一選以爲有功於詩教，而知其學之通經者，亦即於其選中命名標意而知之。夫《詩》之有三百也，本乎《易》，合乎《禮》，用乎《樂》，而推乎《書》與《春秋》。自歷代相沿，詩之教彌廣，而詩之道彌晦。

將《律髓》推高之如此境地後，便深入闡論此書之分類，將每一類都提出一道詩教般的命題。他接著說：

> 如髓之隱於形骸中，而能充其神氣，以發天地之靈秀者，鮮矣。是選也，絜而明之，分卷爲四十九，取諸大衍數之用也。發端於「登覽」，庶乎與天地近焉。而論世知人，必曰詩祖，可謂知本乎。次之「朝省」而盡忠補過，「懷古」而取法垂戒，「風土」而考制正俗，至於「昇平」而富貴不淫，「仕宦」而驕謟皆忘，「風懷」而邪正必辨，「宴集」而惆悵

必達,「老壽」而頌禱必誠;他如「春」、「夏」、「秋」、「冬」,順其序也;「晨朝」、「暮夜」,因其時也;「節序」、「晴雨」,異其宜也;飲以養陽,「茶」、「酒」可以雅俗共賞乎;氣以機先,「梅花」可以格物致知乎;變化無方,「雪」、「月」可以蕩滌胸襟乎;而後乃「閒適」矣,雖施之「送別」而不與境遷也,極之「拗字」而文從理順也,證之「變體」而形與勢合也,歸於「著題」,所謂從心欲而不踰矩者近是;於是乎「陵廟」有肅肅之度,「旅況」無瑣瑣之譏,「邊塞」則存雄壯之風,「宮閨」則存幽閒之意,「忠憤」則存正直之氣,涉「山巖」而厭其峻,臨「川泉」而不疑其身,安「庭宇」而不改其常,即古人之「論詩」而大旨昭然耳。「技藝」雖小道,可以喻大。「遠外」不可忽,庶幾引而進之。要之,「消遣」而物理見,世故明,人情當,斯天道全矣。最難得者「兄弟」,不能忘者「子息」,苟有「寄贈」而辭以將志恭敬而有實也。以之處「邊謫」,而可以安命;以之處「疾病」,而可以娛憂紓怨。庶「感舊」而不至于傷,「俠少」而不比於匪,「釋梵」而不流於空,「仙逸」而不入於姦,「傷悼」而仍不失其和以正焉。則生人之能事畢矣。如是者,所謂比事屬辭而不亂,通於《春秋》也:疏通知遠而不誣,通於《書》也;廣博易良而不奢,通於《樂》也;絜靜精微而不賊,通於《易》也;恭儉莊敬而不煩,通於《禮》也、詎獨溫柔敦厚三百篇之遺教云爾哉!

對這一大段的評論紀昀批道:「大而無當,欲示誇而適形其陋。」(以上沈序、紀評《律髓彙評》頁 1819~1820)誠然,沈序之言不無誇大荒誕,然其推本書分類符合《易・繫辭上傳》說:「大衍之數五十,其用四十有九。」對照方回對易學的素養來看應是正確。而其對各類的評論也有可取者。如言「登覽」類,稱之「庶乎與天地近焉。」從其選詩較多感受到的是登高感慨,又此為第一卷,卷中多談詩家體系傳承,與應詩法的對象,蓋詩學體系與技法立論賴此而正,其曰:「而論世知人,必曰詩祖,可謂知本乎。」說中了本卷立論之最根本——杜甫地位的確立。又如言「風土類」是「考制正俗」,亦是,然亦有寄託方言俗語入詩來求新變的用心;至於論「昇平」是「富貴不淫」,「傷悼」為「不失其和以正焉」可參。

至於對其他類的評論,頗有浮誇,如稱「春」、「夏」、「秋」、「冬」、「晨朝」、「暮夜」得「順其序、因其時也」則未免誇大,方回與此諸類所選大抵是應季節有感之詩,又或僅憑詩題便選者,與沈序的說法相去甚遠;又如論「梅花」類則說:「氣以機先,可以格物致知乎。」此亦去之遠也。方回於此所選,除了是善於描摹梅花的樣態與氣質之外,更強調的是梅花詩與人品的對應;至於說:「歸於『著

題』，所謂從心欲而不踰矩者近是。」則完全迷失於教化之中，此類最多只能算是善於「寫物」的集合罷了。以上所舉，蓋所見文本雖一，則讀者的領悟則各如其面，大相逕庭矣。不過，沈氏有辨類取意之慧眼，形成一套有系統的論述，已是相當進步的作法。

從以上論述，我們可以發現方回編選《律髓》帶有濃厚的詩史味道。不只如此，方回除了讓《律髓》向詩史靠攏之外，也在書中透過隻字片語建立起唐宋詩家的傳承體系，這個體系主要是從「一祖三宗」向上下推展，形成方回心目中理想的學詩典範史，尤其他對這個體系的建立，常會伴隨著詩法與藝術風格等因素共同討論，因此，欲完整探索方回詩學，必得合其風格論與作家論一同觀之，以免失之片面。

以上是對《律髓》體例溯源及分析其意義。但我們如果把《律髓》放進當時的評點發展來看，它卻又顯得孤獨！我們可取約略同時的評點大家劉辰翁來比較，方、劉二人詩學觀時有相似，論者或有並其同為江西之言，然當劉氏評點大行其道，具有濃厚的商業價值時，〔註51〕《律髓》終元一代卻不曾刻印，而是悄悄的在學詩人之間流傳，自始至終都是私塾教材，違反當時評點的商業化特色，或者說「其傳不傳蓋亦有幸不幸」〔註52〕，然則劉氏評點之流行，卻也不曾見方回引述或評論，而方之現存資料中也不曾提到劉辰翁，顯然方劉二人雖同時卻毫無影響對方。即使劉辰翁曾評點王荊公的《唐百家詩選》，這是方選《律髓》一重要參考，卻也不見提及，〔註53〕而劉評點過的詩集如此多，也無隻字片語進入《律髓》，如他也曾評點過陳簡齋詩，但方回卻僅採胡穉註；《律髓》選評王安石詩也僅採李雁湖註，無劉氏之評語。凡此種種，都顯示方回在當時似乎是邊緣一隅，甚或自我封閉於市場之外。另外，與劉之評點相較，劉有超越訓詁（逐字逐句）、傳記（某地某事）、比興（寓言、

〔註51〕 關於劉辰翁的評點，可參楊師玉成的：〈劉辰翁：閱讀專家〉，收錄於《彰化師大國文學誌》第三期「宋代文化專號」（彰化：國立彰化師範大學國文學系，1999 年 6 月），頁 199～248。楊師曾說：「劉辰翁大肆刪改注解，門生弟子或書商卻往往重新補上『增注』，迎合市場需要；評本甚至成為商業競爭手段，……劉辰翁的名號當時已具有商業價值了，宋末元初評點大行其道，和這種商業背景息息相關。」（頁 208）《律髓》雖是評點，在商業價值上顯然孤獨多了。

〔註52〕 語出方回《瀛奎律髓》第三十六卷論詩類序（《律髓刊誤》，頁 350）。

〔註53〕 劉辰翁評點王荊公《唐百家詩選》今已亡佚，相關說明可參楊師玉成：〈劉辰翁：閱讀專家〉，頁 200，註釋 1。楊師認為：「明初高棅《唐詩品彙》收劉辰翁批語數百條，可能就是根據此書，原貌尚可想見。」然綜觀《唐詩品彙》收劉辰翁批語亦無稱引方回者，顯見方劉二人在當時雖皆有詩評，卻不相干涉。抑或劉評《唐百家詩選》早於《瀛奎律髓》，然觀《瀛奎律髓》中批語亦無關劉氏者。另關於王荊公《唐百家詩選》影響方回之說，可參本文第四章第三節之「（一）參考前人選本而選」。

寄託）、出處等傳統詮釋，轉向文本自身。〔註54〕而方回的評點除了文本自身之外，四種傳統詮釋皆具，顯得保守拘謹多了，帶有更濃厚的宋詩話性質。這也顯示方從事評點幾乎不受劉之影響。如此現象頗值得玩味。蓋方回眞拘於一隅？抑或於當時沒沒無名？此當需從其生平探知，是以下一章進入探討「方回的生平及其學詩歷程」，求得知人論世之目的，並作爲接下來研究推展之基礎。

〔註54〕楊師玉成：〈劉辰翁：閱讀專家〉，頁 205。

第二章　方回生平與學詩歷程

　　本章以闡述方回的詩學背景與概念爲目的，並在知人論世的前提下，對其生平作簡要的敘述，以求對方回有更全面的瞭解。本節的論述包含了方回的生平及其學詩過程兩個部分。關於其生平部分，前人專著已論之甚詳，故本文在承繼前人的研究上，僅捻出其重要生平事蹟，意在表達方回一生之波折與觀念塑造的經歷，尤其是足以影響其詩觀者，第二部分承此而論，意在建構方回學詩歷程，從中探討與《律髓》中可能相呼應之詩觀。並爲下一章「方回的詩學」鋪路，以方回的生平與學詩過程，作爲認識其詩學的輔助，期望對方回有更完整的認識。而欲探究《律髓》的選詩與評詩的特色，必先探究方回的詩觀，故在對方回的詩學有基本的認識之後，再以此爲基礎，去分析方回編選《瀛奎律髓》的選詩與評點特色。此爲本文論述研究之進程。以下先就其生平與學詩經歷兩部分敘述之。

一、方回生平概述

　　本節的論述包含了方回的生平。惟之前的研究者已對這部分論之甚詳，故本文在承繼前人的研究上，對此僅作簡要的敘述，意在表達方回生平與重大事件，點明其足以影響方回文學觀者，尤其是足以影響其詩觀者，其餘無關建構其詩學的部分則先略之，以下就此部分闡述。

　　方回正史無傳，現存最詳實的原始傳記資料是元中葉歙人洪焱祖所撰《方總管傳》〔註1〕，而今人潘柏橙曾爲其作年譜，蒐集資料完整，且頗有條理。是以本文關於方回的生平，參酌兩方及其他研究資料，擇其相關詩學精要處述之如下。

　　方回（宋理宗寶慶三年丁亥〔1227〕～元成宗大德十一年丁未〔1307〕），字

〔註 1〕　（元）洪焱祖所撰《方總管傳》，收錄於（元）方回著：《桐江集》（元代珍本文集彙刊），臺北：國立中央圖書館編印，1970。前附錄。

萬里，一字困甫，號虛谷，別號紫陽山人，安徽歙縣人。父親琢，歷任楚州州學教授、吉陽軍學教授、廣西經略司幹辦公事等職，後遭廣西提刑錢弘祖挾私怨誣劾，謫封州，取胡氏爲妾，生方回，琢卒，年五十六。虛谷三歲而孤，由叔父珌扶養，五歲從學於叔父琢，琢精通古文詩律，嘗舉先君所賦詩句與《漁隱叢話》及古人佳作，令回參考互證，回於是心嗜於詩。十歲入徽州州學，從諸葛泰學時文。二十歲從呂午（1179～1255）學詩，喜張文潛（1054～1114）詩，欲學其體。二十五歲出遊浙右江左，尋詩家求教；後又返歙見午，午爲其詩作序，又字之以「萬里」，因其歸自封州也。後以午薦，入天臺山從洪勳問學三日，勳以回所讀書細密教示其肯綮節目處，並於一日偶談及淮閫賈似道（1213～1275）姦詭特甚，他日必誤國。二十六歲，魏克愚知徽州，賞其詩而延入郡齋。並於兩年後（回二十八歲），命其監刊其父魏了翁（1178～1237）遺稿，總爲大全集。二十九歲謁方岳誦詩徹曉。三十五歲以呂師夔薦應浙漕試，中舉。翌年（宋理宗景定三年壬戌〔1262〕），以尙書登進士第，爲別院省元。三十八歲以隨州教授兼湖北安撫大使司簽廳，寓居鄂州州治之宅。四十一歲，受御史論罷官，歸歙，續完魏了翁之《古今考》，是年始讀《易》，喜魏了翁《周易集義》。方回之間歷任官職，省。四十八歲爲吉州通判。四十九歲，尙書省承詔令方回赴都堂稟議。是年正月，賈似道自出師，抽諸路精兵三十萬戰元，大潰。三月十四日方回入朝未見宰執，先詣麗正門上書，論賈似道有十罪可斬，乞誅之。書上，太皇太后付三省宣諭，除方回太常寺簿，兼莊文府教授。副本發行各地，內外大快，後傳至賈手，似道始懼。之後請誅者數，賈於九月遭護送鄭虎臣殺之。本年七月方回視事建德府，平盜賊，有治聲。五十歲，宋降，回以建德府歸附於元，之後仍居舊任，至五十五歲解職。五十六歲築虛谷書院。五十七歲，是年（至元二十年〔1283〕）十月，自序《瀛奎律髓》。五十九歲方回自定之《桐江續集》結稿，凡九卷，卷百首（今日流傳之四庫全書本《桐江續集》，乃自此書之四至九卷，原一至三卷已佚）。六十六歲，寓居錢塘，直至老死。八十一歲，（元成宗大德十一年丁未〔1307〕）正月十四日卒於杭。

以上敘述主要根據《方總管傳》及其散見於各處對自己生平的敘述相關論述，與潘著《年譜》〔註2〕、許清雲《方虛古之詩集其詩學》〔註3〕等資料彙整對照亦合。蓋其生平經過眾人考證，大抵詳實可靠。

本文第一章第三節曾理出方回著述有《讀易析疑》、《易中正考》、《易吟》、《尙

〔註2〕潘柏澄著〈方虛谷年譜〉，收錄於其著作《方虛谷研究》，頁3～71。
〔註3〕參考許清雲：《方虛谷之詩及其詩學》中有關方著各版本之考察，頁1～81。

書考》、《鹿鳴二十二篇樂歌考》、《儀禮考》、《衣裳考》、《玉考》、《禮記明堂位辨》、《宋季雜傳》、《先覺年譜》、《建德府節要圖經》、《曆象考》、《皇極經世考》、《續古今考》、《虛古閒抄》、《桐江續集》、《虛谷集》、《璧流集》、《文選顏鮑謝詩評》、《瀛奎律髓》、《名僧詩話》、《理度德三帝紀》、《咸德事略》等，共計二十四種及後人輯錄的《桐江集》。著作雖多不傳，但從書名可知方回除了詩學之外，其餘也多有涉獵。尤其道學方面，方也頗有心得，如其〈先君事狀〉中所說：「不專為科舉之學，性理自《真西山讀書記》入，學典故自《呂東萊大事記》入。」（《桐江集》卷四，頁535）。蓋方回治學頗受呂東萊、真西山所影響，對其亦私慕不已，而此二者承朱文公（1130～1200）之學，方回更是十分推崇朱文公，於道、於學、於詩無施不可，是他心目中最崇高的典範之一。方回既深造道學，對於其詩學也必互有雜染，造成其評詩也帶有道學家的詩觀，此點將與其選詩分析合觀，待第四章之第二節「據道學家詩觀選詩」處再詳論之。

至於有關周密（1232～1298）《癸辛雜識》毀謗方回人品者，因潘柏澄於《年譜》中辨之已詳，周密實乃污衊，故本文不多加論述，又周密所舉與論詩無關，亦不宜在此多作辨析。

二、學詩歷程

除對方回生平概述之外，欲對方回的詩學歷程有更多的瞭解，並以此作為論方回詩學的輔助，則應對其生平中有相關詩學之要者再加以挑明，以求知人論世之效。故筆者特於下再整理表列出方回之文學年譜。本年譜著重於表現方回在文學方面，尤其是相關其詩學者之記錄。於歷任官職則於前已見，故多略之。本年譜主要依據潘柏橙編之〈年譜〉（收錄於潘柏澄著：《方虛谷研究》頁3～71）為編年基礎，參酌方氏今傳之相關文學論著，編輯而成。

為說明方便，以下表格摘錄《桐江集》者，以「《集》」表示；摘錄自《桐江續集》者，以「《續集》」表示，並於其後附注卷數、頁數。如《桐江集》第三卷，以「《集》三」表示。

年　　代	紀元	方回歲數	文　學　暨　重　要　生　平　記　事
宋理宗寶慶三年丁亥	1227	1	五月十一日巳時，方回生於封州。時年父琢年五十四。
紹定二年己丑	1229	3	父琢病卒，年五十六。

紹定四年辛丑	1231	5	1. 方回從學叔父琭。回〈先君事狀〉曾曰:「先八叔父嘗取所爲東漢黨錮及隱逸四皓等策爲回講解。取諸史傳,先令檢勘出處,講後,令回覆衍其詳,回於是文思湧進。又嘗舉先君所賦詩句、并取《漁隱叢話》及古人佳作,令回參考互證,回於是心嗜爲詩。」(《集》四,頁532)此乃方回學詩之始也。 2. 方回曾著〈漁隱叢話考〉曰:「回幼好之(《漁隱叢話》),先君所藏川本,在八叔父元圭家,回師也,盡多竊觀學詩實自此始。」(《集》四,頁574)蓋方回學詩,早先從《漁隱叢話》入也,并上一條互參。
端平三年丙申	1236	10	入徽州州學,從諸葛泰學時文。〈先君事狀〉記曰:「回不專爲科舉之學;學性理自《眞西山讀書記》入,學典故自《呂東萊大事記》入,學五七自張宛邱入,學四六自周益公入,而時文之進自州教授天臺諸葛工泰始。」(《集》卷四,頁535)此乃記方回學各文類之入門處。方回詩學、性理、四六與時文並進,尤其性理之學影響詩學大矣。
淳祐六年丙午	1246	20	從呂午學詩,讀張文潛詩覺有味,欲學其體。(《集》三〈送俞唯道序〉,頁311)此則如上所言,學五七自張宛丘入也。
淳祐八年戊申	1248	22	在宋氏館,借鼎本班固《漢書》讀之。
淳祐十一年辛亥	1251	25	1. 出遊浙右江左,訪詩家求教。〈送俞唯道序〉曰:「見政亦山,會張筠憲武子之姪歸鄉,極論詩法。」(同上) 2. 後返歙見呂午,午以「萬里」字之,因其歸自封州也。 3. 呂午薦其入天目山訪洪勳問學。〈送俞唯道序〉曰:「天目謁洪後峴,取《半山集》看讀,凡佳句必再三拈掇之。」(同上)這是方回首次接觸王安石詩之記載,其詩學亦受其影響。 4. 年底,至金陵訪馮深居。
淳祐十一年壬子	1252	26	三月,魏克愚知徽州。方回歸歙,以詩投魏克愚,延入郡齋。〈送俞唯道序〉曰:「其兄己齋守宣城,贈《梅聖俞集》,又欲學梅聖俞。」(同上)
寶祐二年甲寅	1253	28	魏克愚令方回監刻其父魏了翁遺稿,總名爲大全集。

寶祐三年乙卯 | 寶祐六年戊午	1255 | 1258	29 | 32	1. 方回嘗至祁門謁方岳，岳客之門下，誦詩徹曉。方岳卒於景定三年（1262），年六十四。回時年三十六。後於六十九歲時（1285）有〈跋方秋崖壬戌書〉，推崇岳之品德甚高。 2. 與魏克愚至永嘉，識詩人趙希邁，大見賞。 3. 與友人羅裳相與抄誦少陵、山谷、後山律詩，似未有所得，別看陳簡齋詩，始有入門，於是改調，通老杜、黃、陳、簡齋玩索。（《集》三〈送俞唯道序〉，頁311）此乃方回學老杜派詩之始，諒必為將來詩論之發軔。
開慶元年己未 | 景定元年庚申	1259 | 1260	33 | 34	陳杰對方回詩一見稱嘆，指授甚詳。勉方回專意古文及詩，四六長短句不必作也。
景定二年辛酉	1261	35	秋，以呂師夔薦，應浙漕試，中舉。翌年，以尚書登進士第，為別院省元。
景定五年甲子 | 宋度宗咸淳二年丙寅	1264 | 1266	38 | 40	1. 得三衢張實齋道洽，其人律詩爛熟。 2. 有阮梅峰者，年八十餘，在蕪湖，索予詩稿往觀，批抹圈點，有去有取。……梅峰所選，予乃大悟大進，阮陳之力居多。（《集》三〈送俞唯道序〉，頁312）
咸淳三年丁卯	1267	41	1. 魏克愚以其父了翁親筆未成之《古今考》借觀，勉方回續成，此書即《續古今考》。 2. 始讀易，極喜魏了翁《周易集義》。
咸淳十年甲戌	1274	48	方回詩友、徽州通判尤冰寮刻其曾祖袤遺詩二十卷，方回為之正訛偽，並作跋。（案：此詩集已佚。）
宋帝㬎德祐元年乙亥	1275	49	奸臣賈似道自抽諸陸精兵三十萬出師戰元於魯港，大敗。方回上書乞誅賈似道。
德祐二年丙子	1276	50	二月初六，方回以建德府歸附於元。
元世祖至元十六年（宋帝㬎祥興二年）己卯	1279	53	宋亡。
至元十八年辛巳	1281	55	方回建德府解職，計為此太守七年。後又在此斷續寓居五年。
至元十九年壬午	1282	56	返歙，建虛谷書院。有〈虛谷書院上梁文〉：「虛谷主人，得善若虛，致柔為谷。」闡其號義。又曰：「爰念學箕之計，盍圖宮梓之居，安土重遷，樂天知命，聊復爾耳。……囂閣規模，虀鹽滋味……人能為人，必賴漸摩之力；子又生子，永為講肄之區。」（《集》卷三，頁398～399）可見此虛谷書院當作住宅兼講學之所，而始編《律髓》為教材。

至元二十年癸未	1283	57	1. 作詩贈友人程恕、楊復，有序曰：「予歸紫陽下半年餘，詩筒往來多年長、或敵己，未見後生之雋；……知予初學張宛邱、晚慕陳後山，求假二集，觀予批注，良可嘉也。」（《續集‧贈程君以忠楊君泰之併序》十九，頁 462）知張、陳之詩前後為方回詩之入門處，又曾批注。 2. 十月初一，自序《瀛奎律髓》。是此書由建虛谷書院為塾算起，歷經一年而成。
至元二一年甲申	1284	58	有〈跋俞仲疇詩〉曰：「於熟之中更加之熟則不可，熟而又新則可也，新之如何，料與意皆不必全似賈合也。」（《集》三，頁 298）對於新熟之論，臻於成熟。
至元二二年乙酉	1285	59	1. 三月末，方回自定之《桐江續集》結稿，凡九卷，卷百首。（此書之一至三卷久佚，今見之四庫本乃此書所餘，四庫本之卷一即原書之卷四，其餘類推。） 2. 四月初，讀《張南湖集》前集二十五卷，三千餘首，極喜其詩。
至元二五年戊子	1288	62	1. 馮庸居來歙，以所作詩見方，回研朱加點其中佳句，並作跋贈之。其〈跋馮庸居詩〉分古時與後世詩論曰：「詩有韻之文也，而為六經之一，孔子定書自堯始，……而思無邪一語，門人以紀於魯論，此古之所謂詩也；漢有建安四子，晉有陶淵明，唐有李、杜、陳、韋、韓、柳，此後世之所謂詩也。予獨悲夫近日之詩，組麗浮華，祖李玉溪，偶比淺近，尚許鄭州，詩果如是而已乎。」（《集》三，頁 310）這段話不改抨擊四靈江湖之調，但省略有宋一代之典範，是否在其晚年意味著，將宋詩消融於唐詩之中，蓋不得知，頗值玩味。 2. 年底，編至元十九年至二十五年所作詩為《桐江續集》，共二十卷，卷百首。自序仿〈答客難〉而自述詩法曰：「讀書有法，作詩無法。客疑之，則先問予讀書之法。予謂：『學也者，所以學為人而求見道也。……此予之讀書法也。』然客猶疑予之作詩不無法也，則詰之曰：『子之詩，初學張宛邱，次學蘇滄浪、梅都官，而出入於楊誠齋、陸放翁，後乃悔其腴而不臞也，惡其弱而不勁也，束之以黃陳之深嚴，而參之以簡齋之閎宏。古體詩其始慕韓昌黎而懼乎博之過，慕柳柳州而懼乎偏之過，慕元道州而懼乎短澀之過，慕韋蘇州而懼乎諄諳之過，

			既而亦於子朱子有得，追謝尾陶，擬康樂和淵明亦頗近矣。而謂詩無法，是欺我也。』與凝思久之而復其說曰：『此皆予少年之狂論，中年之癖習也。去歲適六十一矣，始悟平生六十年之非，所作詩滯礙排比，有摹臨法帖之病，翻然棄舊從新，信筆肆口，得則書之，不得亦不苦思而力索也。然後自信作詩不容有法，惟於讀書之法，則當終身守之而勿失耳。』客嘻笑又怒罵曰：『子終欺我，子所謂讀書之法，即所謂作詩之法而奚已有法無法爲哉？』予不能復答。」（《續集》卷三二，頁665～666）這段話可說是方回一生詩學的回顧，也是最後對詩學的看法，從有法進至無法，是方回最終的期許與領悟，這與陸楊等人出入江西中晚唐之後，開闢一條自我之路的心路歷程頗爲相似，其作詩隨口而不苦思也與之相似。總而言之，這段話正說明了方回詩學最後的型態與態度。
元成宗大德二年戊戌	1298	72	1. 方回寄詩呂師夔子元愷，並索贈李雁湖注王安石詩。 2. 十月二十二日，夜讀周煇《清波雜志》，中有美王安石語，方回不取焉。
大德三年己亥	1299	73	作〈送胡植芸北行序〉，文中抨擊學許渾、姚合者，雖不讀書皆爲詩。尤其江湖阿諛大官尤不可恕。顯見即使方至晚年，對四靈江湖的不滿依然貫徹。（《集》三，頁388～390）。
大德四年庚子	1300	74	正月十九，四更，起讀《朱熹年譜》，至天大明。賦詩十二首。
大德六年壬寅	1302	76	作〈恢大山西山小稿序〉（《續桐江集》三三，頁683～684）提出「老杜派」一詞含括唐宋諸名家。蓋「老杜派」之名乃其晚年對詩學典範提出的定名，作用良可信哉。
大德八年甲辰	1304	78	作〈學藝圃小集序〉提出「詩以格高爲第一」之說（《集》三，頁386）。可見「格高說」也是其晚年之定見。
大德九年乙巳	1305	79	1. 著〈學詩吟〉十首並序，討論詩學體系，本文亦多處參考。（《續集》二八，頁588～590）。 2. 九月初六，序釋圓至箋注《唐賢三體詩法》，文中除了駁斥其四實四虛之說，並論曰：「唐詩前以杜、李，後以韓柳爲最，姚合以下，君子不取焉。宋詩則歐、梅、黃、陳爲第一，渡

			江以後，放翁、石胡諸賢當深玩熟觀、體認變化。雖然，以吾朱文公之學而較之，則又有向上工夫，而文公詩未易可窺測也。」〔註4〕其論詩與以往大致相同，對於朱熹的詩，在《律髓》中雖比之後山，但在他處，常推崇朱熹甚高，成爲方回論詩的最高典範之一（可參本文第四章第二節「據道學家詩觀選詩」），在此顯見也是如此。朱子與他人大差異者，在於道學也。
大德十年丙午	1306	80	作〈送俞唯道序〉，歷述一生師學頗詳，亦與其詩學典範體系相吻。本年譜多參之，不一。
大德十一年丁未	1307	81	方回卒於杭州，年八十一。

從本表中，我們可以發現方回塑造其文學觀的歷程中，江湖詩人竟也參與其中。如方岳，雖在江湖諸集中無收其詩，然後世論者多視爲江湖詩人。考之方岳生平，並無謁客行爲，且與賈似道大不合。方回學詩受其影響，又推崇其氣節品德，蓋未必將其視作江湖一派。又有阮梅峰者，亦是江湖詩人，方回至蕪湖時受其稱賞指點，於是詩法大進。但於《律髓刊誤》卷二十梅花類評戴復古〈寄尋梅〉又批評他說：「蓋江湖遊士多以星命相卜，挾中朝尺書，奔走閩臺郡縣餬口耳。……錢塘湖山，此曹什佰爲群；阮梅峰秀實、林可山洪、孫花翁季蕃、高菊澗九萬，往往雌黃士大夫，口吻可畏，至於望門倒屣。」（頁207）蓋方回受阮指點於三十八歲至四十歲之間，記載這段事蹟的〈送俞唯道序〉則作於八十歲，而《律髓》成編於五十七歲時，兩言皆屬晚年之作，其矛盾在於詩學上受其影響甚深，但在人品上卻難以接受阮輩之行爲。事實上阮最初曾遊於賈似道門，用其錢而詆之，後攝蕪湖茶局，稱賞圈示方詩佳句。再謁賈似道則不爲禮遇，故怒而歸閩，行前猶訪方回。大抵阮梅峰者一方面受到經濟的壓力而屈服與賈門，但一方面又不齒賈之人品，故在兩造矛盾之間求活。這或許是方回一方面貶斥其人品，一方面又與其詩交之因。由此可見，方回學詩歷程是籠罩在江湖風氣之中，不免與江湖詩人交遊，但在人品上，則要嚴厲區隔其謁客行爲，尤其是干乞賈似道者尤不見容，這在往後談及之劉後村身上也能見到。此又能輔以說明方回排斥江湖詩人之因，除了詩學理念與實際創作上的差異之外，最根本的因素還在於人品以及與賈似道的關係上。

再者，方回對於王安石詩的觀感也是可以注意之處。其年二十五時洪勳授以《半山集》，並拈佳句示之。這不啻是一種面授機宜、實際操作的評點，相信這對方回影

〔註4〕見周弼撰，釋圓至注：《箋注唐賢三體詩法》（臺北：廣文書局，1972），前序文。

響不小，甚至方晚年（七十二歲）雖不喜美王安石語，但卻又汲汲取其詩而觀，這在在顯示方之詩學與王安石詩有著特殊的聯繫。尤其方編《律髓》，多所參考王之《唐百家詩選》，這關係是效法或是競爭，有容後文〔註5〕探討。

三者，可以注意的是方回的評點經驗。在《律髓》之前，可以確定的是方已有評注張宛邱與陳後山之詩（詳見上表五十七歲條），又早年亦曾受洪勳、阮梅峰等之評點指導，故其評點的習慣應早便養成，《律髓》是其成熟之作，而如此評點體例自然也應用於教學之上，如〈唐師善月心詩集序〉云：「合三藁中每佳者，一句一聯予已爲研朱圈點、指似其眼以曉學者。」（《桐江續集》卷三二，頁657）便是方回在學者之詩集上直接評點給予指正。又如馮庸居來訪亦是一例（詳見上表六十二歲條）。足見編《律髓》之外，凡遇後學求教，方亦常用評點授之。其評點詩作之精熟，來由不僅是受宋代評點氛圍影響，也與其成長與學詩經驗有關，更同現實教學運用有關。

除了上表簡述其文學歷程之外，我們還必須再多關注〈送俞唯道詩序〉。這篇序是方回晚年之作，翌年而卒，則序中自述學詩過程當是最爲詳實者。其曰：

> 予作詩六十年，弱冠在鄉里無碩師，竹坡呂左史實警發之。俾讀張文潛詩有味，欲學其體，……入天目謁洪後峴，取《半山集》看讀，凡佳句必再三拈掇之；……二十六還家，以詩投郡守魏靜齋，其兄己齋守宣城贈《梅聖俞集》，又欲學梅聖俞，從靜齋永嘉，……歸而友人羅裳相與抄誦少陵山谷後山律詩，似未有所得，別看陳簡齋詩，始有入門，於是改調，通老杜黃陳簡齋玩索。

從這段話裡，我們不難看到虛谷在學詩過程中，爲求得詩之入門，轉益多師，從呂午、洪勳、魏靜齋、魏己齋等一路到友人羅裳互相砥礪，中間經過張文潛（1054～1114）、王半山、梅聖俞、杜少陵、黃山谷（1045～1105）與陳後山（1045～1105）等前人詩的涵詠，每閱一詩集則欲抄寫參透，實是用心甚苦，終於在簡齋詩上找到入門磚，從此直進杜甫、黃庭堅等，師法乎上，成就一己詩學。虛谷後來之論詩與這段經歷極有關係，此序又言：

> 大概律詩當專師老杜黃陳簡齋，寬則梅聖俞，又寬則張文潛，此皆詩之正派也。……五言古陶淵明爲根柢，三謝尚不滿人意。……七言古須守太白退之東坡規模，絕句，唐人後惟一荊公實不易之論。……不當學姚合許渾，格卑語陋，恢拓不前。……唐二孟、近世呂居仁，尤蕭楊陸但可爲

〔註5〕可參閱本文第四章第三節第一小節「參考前人選本而選」之探討。

助。(《桐江集》卷三,頁 310～313)

這段話實把學詩經歷轉化,成爲後來在《律髓》等大力標舉的從師選擇。此文開門即言「一祖三宗」說,而梅聖俞與張文潛在方回學詩過程中先後影響他,亦被視爲詩之正派。梅聖俞有詩句「既觀坐長歎,復想李杜韓。」(〈讀邵不疑學士詩卷杜挺之忽來因出示之且伏高致輒書衣時之語以奉呈〉,《宋詩話全編》第一冊,頁 153)。顯示其效法典型;張文潛亦有〈讀杜集〉與〈讀黃直魯詩〉,感念杜甫,對山谷傾慕。方回這段話可以概解爲律詩專主三宗,而以杜甫爲中心誠爲善學者,取法乎上也。另外,其餘各體亦舉正宗,陶淵明(365～427)、李白(701～762)、東坡與王安石皆爲典範。尤其較近者,如呂居仁(1084～1145),乃《江西詩社宗派圖》作者,亦爲振響江西詩派者。稍後,尤蕭楊陸,多初學於江西,而後轉出,成爲一代巨擘。方云;「乾淳間詩巨擘,稱尤楊范陸,謂遂初、誠齋、放翁及公也」(《律髓刊誤》卷一登覽類評范成大〈鄂州南〉,頁 22)又「宋中興以來,言治必曰乾淳,言詩必曰尤楊范陸。」(《桐江集》卷二〈跋遂初尤先生尚書詩〉,頁 193)。《律髓》選他們的詩甚多〔註 6〕,足見頗受重視讚賞。從以上師法看來,方回深明各家取捨,從師之道了然於胸,是有自得者。

三、小 結

本章分爲兩節敘述,一是關於方回的生平部分,一是闡述了方回的學詩過程。在關於生平部分,可以發現方回的生命歷程並不十分順遂,尤其與賈似道結怨並奏請彈劾,實影響其官宦生涯甚鉅。而宋亡之後,方回雖仍司職建德府,但身爲亡國臣,其心境應難以平適。解官之後,便大量整理創作,《律髓》也是解官後才出,是以奠定方回文學地位者,皆於此時。再者,第二節強調方回選取生命中足以影響其詩觀的事蹟,建構成表,以求對其學詩歷程有更清楚的認識。而我們可從中發現,方回與江湖詩人有著巧妙的關係。對方而言,江湖詩人的謁客行爲與人品乃其所不齒,但在方回學詩歷程中,卻又受到多位江湖詩人影響,顯見方回的詩學歷程正是在江湖氛圍中完成,江湖詩影響方回最強烈,但又在人品的因素之下,方回難以苟同江湖詩派,是以《律髓》中對江湖之抨擊也最激烈,這是第一個需要注意之處。接著是王安石的詩與詩觀,《半山集》是方學詩之啓蒙讀物,然長成之後,對王詩並不滿意,雖如此,王之《唐百家詩選》仍深深影響了方回

〔註 6〕 選陸詩五律五十六首、七律不含重出三首計一百二十九首,共選詩一百八十五首爲
入選宋詩人之冠;尤、楊詩各五律六首、七律二十五首,並列第十三;范詩五律二
首、七律二十六首,居十五位。相關統計可參本文附錄一。

作《律髓》，此將於後文再述。總之，方王二者的關係也可能是影響方回詩觀的因素之一。再者，方回從學詩歷程到指點後輩，評點一直是他習以爲常的手法，而《律髓》可視爲成熟之作，這部分一方面表現方回與「評點」的關係，另一方面也表現當時評點風氣之盛行。

最後，是他博學又轉益多師的態度與經歷，這不但影響他評詩的準則，更與後來在《律髓》等著作中，建構唐宋詩人的典範體系論有著密切的關係。因此，爲瞭解其詩學的典範體系論，必先觀察其學詩歷程，探索其立論之源頭。是以本文在緒論之後，建立本章知人論世的論述，以此作爲以下各主題研究之基礎。

第三章　方回的詩觀

　　在敘述完了方回的生平與學詩經歷之後，本章將探討方回的詩觀，方法是從現今能見的資料上去歸納整理，得出方回的詩觀大致可分為三方面，第一是「詩法論」，包括「句法」、「偶對」與「格意」等主張，這是方回論詩最基礎而細膩之處，透過較明確的要求與《律髓》中實際的評點，讓讀者學詩有一定的準則可循；第二是「風格論」，這部分強調的是探討詩作的風格，並可與詩人係聯。尤其方回偏愛「淡」、「瘦勁」與「新熟」等風格，使得這一部分的個人色彩十分濃厚，同時也是最能展現方回作為一個評點家的手眼處；接著是「格」論，方回論「格」不拘於人格、詩格或文學作品的藝術風格，甚至常互相雜染含括，故本章于詩法和風格論之後，以其論「格」作為方回評詩人與詩之部分的一項統整，並下開其典範體系論。最後一部份是筆者嘗試建立方回典範詩人的體系觀，結合其散見各篇對前人詩家的評論與《律髓》一書中所選詩家的相關文本，進行綜合比較，發現方回建立的詩人體系當不止於「一祖三宗」，而是涵蓋從盛唐到宋末諸多詩人，這個範圍都是從「一祖三宗」這個基礎，向下推展開來，尤其是宋代詩人方面，我們可以發現在方回詩觀中，幾乎都不能脫離受杜甫的影響，由此建立起以「杜甫」為祖的「老杜派」，並用來糾謬宋末熱中學習晚唐詩風的現象。以上這四個部分作為方回詩觀不同面向的呈現，其研究結果將分別闡述如下。

一、詩法論——從句法到活法

　　在對方回詩法的分析中，我們可以發現「字眼」是方回評點詩的最小單位，而「佳句」則是選詩依據的最小單位。方回評點從「字眼」為基礎論述，加以擴大範圍，延伸到對「句」與「聯」乃至整首詩的章法架構的討論。這是方回對一首詩的基本切入角度，在這基礎上展開對詩人品格、詩作優劣與文學見解的演述，並從中

參雜一己之詩學素養，而整部《律髓》的基調也是如此，包括評所選作品的格律、風格、章法與特殊意義等，都是建立在以「句法」爲基礎，再延伸活法、風格與詩人各方面的介紹與評論。因此，對於「字眼」、「佳句」、「聯」等的討論，是解析《律髓》架構不可或缺的基準點。而所謂「句法」只是方回對作詩的消極條件，積極的要求是建立一套以「格」爲第一，「意」次之，字眼句法最末的創作觀，這同時也是他用來評詩的批評準則。以下就「句法」、「活法」等分別敘述。並下接「格、意、字」的關係呈現於第三節之中。

方回詩論講句法，尤其《瀛奎律髓》中對一首詩之篇章結構常有著鉅細靡遺的分析。首先，他要求一首詩應當至少有一句可觀，而要達到一句之可觀，必在句中有字爲眼。其於〈跋俞則大詩〉說：「一首中必當有一聯佳，一聯中必當有一句勝，一句中必當有一字爲眼；大篇貴爽逸，小篇貴古淡，鍛煉磨礱，不穩不已。」（《桐江集》卷三，頁 301）這段說法從大而小，頗有結構。因此欲求其句法，必先知何謂句眼。對於「句中眼」，他曾在評李虛己〈次韻和汝南秀才遊淨土見寄〉說：

> 虛己官至工侍。初與曾致堯倡和，致堯謂：「子之詩工矣，而其音猶啞。」虛己惘然，退而精思，得沈休文浮聲切響之說，遂再綴數篇示曾，曾駭然歎曰：「得之矣。」予謂此數語詩家大機括也。工而啞，不如不必工而響。潘邠老以句中眼爲響字，呂居仁又有字字響、句句響之說，朱文公又以二人晚年詩不皆響責備焉。學者當先去其啞可也。亦在乎抑揚頓挫之間，以意爲脈，以格爲骨，以字爲眼，則盡之。（《律髓刊誤》卷四二寄贈類，頁372）

從這段話可以理出兩個做詩的條件。一是較基本的要求，亦即句眼說。另一個則是積極的條件，必須從「意爲脈，以格爲骨，以字爲眼」三個方向考慮，而其中致力於字眼安排正是其他二者的基礎，關於這方面。先論句眼（字眼）。從以上的話來看，所謂句眼正是響字，而這響字又與音律有關。考其字眼說，蓋得自呂本中。呂本中曾於《童蒙詩訓》說道：

> 潘邠老言：「七言詩第五字要響，如『返照入江翻石壁，歸云擁樹失山村』，『翻』字、『失』字是響字也。五言詩第三字要響，如『圓荷浮小葉，細麥落輕花』。『浮』字、『落』字是響字也。所謂響者，致力處也。」予竊以爲字字當活，活則字字自響。」（《宋詩話全編》第三冊，頁2895）

呂本中引潘邠老的話，正是以字眼法來實際評點之例。響字者是要在詩句中致力經營之處。唯有用心安排妥貼，才能不啞而活。呂、潘二人之說，影響南宋所及，成

了許多詩評家在詩法方面的要求之一。〔註1〕方回繼承它們的說法，並實際運用於評點上。如評鞏仲玉〈中旬休日呈岩老〉詩之「酸風鱗面慵開眼，細雨毛空怯上樓。」一聯說道：

> 「鱗」字、「毛」、字下得有眼。（《律髓刊誤》卷六宦情類，頁72）

標出句眼，亦是詩學所在。又如評杜工部〈奉酬李都督表丈早春作〉說：

> 「采」字舊作「來」字，或見《奉酬李都督》，謂此是「來」字，非也。「力疾」、「采詩」是重下斡旋字，若「來」字則無味亦無力矣。「桃花」對「柳葉」，人人能之，惟「紅」字下著一「入」字，「青」字下著一「歸」字，乃是兩句字眼是也。大凡詩兩句說景，大濃大鬧，即兩句說情爲佳。「轉添」、「更覺」，亦是兩句字眼，非苟然也，所以悲早春，所以轉愁，所以更老。……此乃詩法。（《律髓刊誤》卷十春日類，頁84）

方回在這段話裡不只標出單字眼，亦有合成詞的字眼，這種變化除了是音律的要求之外，也延伸至字意上的要求，亦即以虛字入詩。方回評黃山谷〈十二月十九日……〉說：

> 凡爲詩，非五字、七字皆實之爲難，全不必實，而虛字之有力爲難。「紅入桃花嫩，青歸柳葉新。」以「入」字、「歸」字爲眼。……凡唐人皆如此，賈島尤精，所謂「敲門、「推門」，爭精微於一字之間是也。然詩法但止於是乎？惟晚唐詩家不悟。蓋有八句皆景，每句中下一工字，以爲至矣，而詩全無味。所以詩家不專用實句、實字，而或以虛爲句，句之中以虛字爲工，天下之至難也。（《律髓刊誤》卷四三遷謫類，頁381）

方回以虛字入詩爲變化，反譏晚唐詩家爭於一字之奇，卻字字用實字，不懂入虛字讓詩句變得更靈活流動。除此之外，晚唐另一不被方回欣賞的句法便是對於「景物」的細摹，晚唐詩有八具或中四句皆景，對於此方回濟之以「情景對」、「虛實用字法」等，更不惜別開一「變體類」〔註2〕糾謬之。然而此皆工之能事。最好的詩應該是

〔註1〕響字說廣爲南宋詩評家所接受，成爲他們詩法的基礎論。即使是反對江西詩派的嚴羽也在《滄浪詩話・詩法》篇中說：「下字貴響，造語貴圓。」（收錄於《宋詩話全編》第九冊，頁8725）又如姜夔《白石道人詩說》也說到：「意格欲高，句法欲響，只求工於句、字，亦未矣。故始於意格，成於句、字。」（收錄於《宋詩話全編》第七冊，頁7550）姜夔與方回不同者，在於要求的倒轉矣。亦即先求意之深遠，再求句調。響字說影響甚鉅，進入各詩評家的論點而有稍變。

〔註2〕方回設「變體」一類，所做詩評大部分皆是運用情景相對的靈活句法，加上對輕重虛實字、句的要求，除了糾正晚唐過工的句式之外，也用來辯駁周伯弼《三體詩法》中的四實四虛說。如〈變體類序〉說：「周伯弼《詩體》分四實四虛，前后虛實之異。夫詩止此四體耶？然有大手筆焉，變化不同，用一句說景，用一句說情。或先若，

情景交融〔註3〕，對句勝上句，「令人不測乃佳」〔註4〕。

　　方回論詩之句法從有法漸至「令人不測」，講求的是不拘泥於某種法則，強調作詩能融通諸法而變幻莫測。這在方回便是「活」的表現。他在〈滕元秀詩集序〉云：「詩貴活、貴響，不然則死語、啞語也。……夫詩貴活，其說出呂居仁；貴響，其說出潘老。」（《桐江集》卷一，頁30～31）是以所謂活法，不只是對響字音律上的要求，應當要包含更大的範圍。考「活法說」乃出自呂居仁，劉克莊〈江西詩派小序〉曾引呂居仁之言，認爲好詩應該規矩備具且變化莫測，能出於規矩而不背，是有法而無定也。並以「好詩流轉圓美如彈丸」作爲活法的具象語。〔註5〕對此活法方回或稱「彈丸法」，乃是在江西詩法上矯以新變——復歸自然之法。〔註6〕方回承繼呂氏之說，在論詩上一定程度發揮「活法」觀，形成《律髓》中一項評詩的準則，如評許渾（788～858）〈姑蘇懷古〉說：「學者若止如此賦詩，甚易而不難。得一句則撰一句對，而無活法，不可爲訓。」（《律髓刊誤》卷三懷古類，頁35）是以賦詩不只以巧對爲工，還需考慮整體變化，又評曾茶山〈次韻王元勃問予齒脫〉說：「此當與陳簡齋〈目疾〉、范石湖〈耳鳴〉詩參綜以觀，格律相似，善用事亦相似，但貯胸無奇書，落筆無活法，則不能耳。誰謂『江西』詩可輕視乎？」（《律髓刊誤》卷四四疾病類，頁393）孫克寬將這段話概括爲「筆無活法，則不能用事。」〔註7〕

或不測。此一聯既然矣，則彼一聯如何置？今選於左，并取夫用字虛實輕重。外若不等，而意脈體格實佳，與凡變例之一二書之。（《律髓刊誤》卷二六，頁278）又如對類中之詩評道：「『酒闌病客惟思睡』，我也，情也。『蜜熟黃蜂亦懶飛』，物也，景也。……一輕一重，一來一往，所謂四實四虛。前后虛實，又當何如下手？至此則知系風捕影，末易言矣。」（《律髓刊誤》卷二六變體類評蘇東坡〈送春〉，頁280）。

〔註3〕方回評杜工部〈江亭〉詩便旨在以情景交融破晚唐摹景之精工與僵化的情景對。他說：「老杜詩不可以色相聲音求，如所謂『圓荷浮小葉，細麥落輕花。』……他人豈不能之：晚唐詩千鍛萬鍊，此等句極多。但如老杜『水流心不競，雲在意俱遲。』即如『片雲天共遠，永夜月同孤。』景在情中，未易道也。又如『寂寂春將晚，欣欣物自私。』『江山如有待，花柳更無私。』作一串說，無斧鑿痕，無妝點跡，又豈只是說景者之所能乎？」（《律髓刊誤》卷二三閒適類，頁232）。

〔註4〕方回評胡文恭〈飛將〉：「凡詩讀上一句，初不知下一句作如何對。必所對勝上句，令人不測乃佳。」（《律髓刊誤》卷三十邊塞類，頁324）。

〔註5〕劉克莊〈江西詩派小序〉曾引呂居仁〈夏均父集序〉的話說：「學詩當識活法。所謂活法者，規矩備具，而能出於規矩之外，變化不測，而亦不背於規矩也。是道也，蓋有定法而無定法，無定法而有定法，知是者則可以與語活法矣。謝玄暉有言：『好詩流轉圓美如彈丸』此真活法也。」（收錄於《宋詩話全編》第八冊，頁8573～8574）

〔註6〕可參方回評呂居仁〈海陵雜興〉曰：「其詩宗江西而主於自然，號彈丸法」（《律髓刊誤》卷四風土類，頁49）

〔註7〕可參看孫克寬〈方回詩與其詩論〉所言。（臺北：中國詩季刊，第八卷第四期，1977），頁105。又如方回評梅聖俞〈吳正仲見訪……〉說：「五、六用事妙，不覺其爲用事

用事也需要靈活變換而佳。

　　方回論詩雖講究許多詩法，然最終的目的卻是要人「規矩盡備」而能靈活運用，並講求自然詩風，矯正江西後來枯晦生硬之病。

二、風格論

　　方回《瀛奎律髓》除了評論詩家的詩法技巧之外，也評論詩或詩人創作的風格。書中談到的風格多種，主要標舉「淡味與自然」、「瘦勁」、「清新與新熟」等三系列，以下分別敘述之。

（一）淡味與自然

　　方回論詩標舉平淡，對於「淡而有味」之詩總不免圈點讚評，而考《律髓》之論平淡者，講求的是透過詩人才力運作斡旋之後的平淡，而非枯槁淺俗之作。如其曰：「宋人當以梅聖俞爲第一，平淡而豐腴。」（《律髓刊誤》卷一登覽類評陳簡齋〈與大光同登……〉，頁 21）此淡中有豐腴也。又評韋蘇州〈月夜會徐十一草堂〉：說「蘇州詩淡而自然。」（《律髓刊誤》卷八宴集類，頁 78）此則淡與自然並舉。又如評尤延之（1127～1194）〈德翁有詩……〉說：「遂初詩不見其著力處，而平淡中自有拗斡。」（《律髓刊誤》卷二十梅花類，頁 206）、「子由詩淡靜有味，不拘字面事料之儷，而鍛意深、下句熟。」（《律髓刊誤》卷二四評蘇子由〈送龔鼎臣……〉，頁 266）這正是平淡需用拗斡之例，要從鍛意和鍊句著手，達到「淡」的境界。從上述可知，方回主平淡之詩，實皆乃蘊藏著致力用心處也。

　　在《律髓》中最能造平淡者，當屬梅聖俞。而梅聖俞也是宋朝第一個有意識地創造平淡詩之人。他在〈讀劭不疑學士詩卷杜挺之忽來因出示之且伏高致輒書一時之語以奉呈〉詩曰：「作詩無古今，惟造平淡難。」（《宋詩話全編》第一冊，頁 153）。如此「平淡」乃是造境，對照歐陽脩《六一詩話》中載錄梅聖俞的話，則又更明顯。這段話是這樣說的：「聖俞嘗語余曰：『詩家雖率意，而造語意難，若意新語工，得前人所未道者，斯爲善也。必能狀難寫之景，如在目前，含不盡之意，見於言外，然後爲至矣。』」（歐陽脩《六一詩話》，收於《宋詩話全編》第一冊，頁 214）。造

也。」（《律髓刊誤》卷十五暮夜類，頁 134）認爲用事當以令人不覺不測爲佳，類似的觀點還可參考早於呂居仁、方回的李頎《古今詩話》說：「作詩用事要如水中著鹽，飲食乃知鹽味，……則善用故事者，如繫風補影，豈有跡耶？」（收錄於《宋詩話全編》第二冊，頁 1354。）又胡仔《苕溪漁隱叢話》載《西清詩話》也有類似之言，惟作詩用事一段，載記爲：「杜少陵云：『作詩用事，要如禪家語：水中著鹽，飲水乃之鹽味。』」，收錄於《宋詩話全編》第四冊，頁 3584。備參。想來這種說法早於活法，而方回合而爲一。

語之要在於描摹之善與含有言外之意，前者是能工能新，後者是有味，如此之味是聖俞有意營造的平淡之味，一如歐陽脩對梅詩的形容，「近詩尤古硬，咀嚼苦難嚼，又如食橄欖，真味久愈在。」（同前書，頁 215）。在造語要工且含有真味的雙重要求下，其平淡之味一如橄欖，是需要時間去咀嚼品味才能發現的。方回重視平淡之味，與梅聖俞者同，也認識到梅聖俞會有這樣的創作表現，有其歷史淵源。在評錢思公〈始皇〉說：「此崑體詩，一變亦足以革當時風花雪月、小巧呻吟之病，非才高學博未易到此。久而雕篆太甚，則又有能言之士，變為別體，以平淡勝深刻。時勢相因，亦不可一律立論。」（《律髓刊誤》卷三懷古類，頁 40），此以平淡勝深刻的能言之士，正是歐、梅諸人，而梅詩之所以以造工致平淡，也是從雕鏤深刻的西崑體轉化的過程中，所遺留下來的影響。

此外，方回《律髓》中也常以淡而有味來形容梅氏之詩，例子甚多，略舉一二如下：

> 五、六平淡之中有滋味，亦工緻。（《律髓刊誤》卷三懷古類評梅聖俞〈夏日陪提刑彭學士登周襄王故城〉，頁 32）。

> 聖俞詩淡而有味。此亦信手拈來，自然圓熟。（《律髓刊誤》卷十四晨朝類評梅聖俞〈曉〉，頁 127）。

方回認為聖俞之詩平淡而又工緻，這正如之前所述。而自然圓熟與淡而有味幾劃上等號，自然者，在方回詩觀中，是與平淡同一系列的風格，如承繼梅聖俞一派的張宛邱，〔註8〕方回常以「自然」讚之，如評其〈白羊道中〉詩說：「宛邱詩無不自然，於自然之中，卻必有一聯、二聯工，當細觀之。」（《律髓刊誤》卷二九旅況類，頁311）又說「宛邱詩大抵不事雕琢，自然有味。」（《律髓刊誤》卷二十九旅況類評張宛邱〈二十三日立秋夜行泊林里港〉，頁311）宛邱的自然承繼聖俞的平淡，風格上大同小異，然有一點變化必須注意的是宛邱詩雖必有一聯或兩聯工，但大致上絕不流於雕琢，可見宋詩從梅聖俞發展到張宛邱，已經逐漸擺脫西崑雕琢穠纖的影響，形成求淡求瘦的江西風格，然最後卻失之粗硬。故方回高舉梅、張做為其詩人典範體系之一，一者欲糾正西崑之雕琢，一方面也是救江西末流之弊，發聲振聵，復歸真正的典範之下。〔註9〕

〔註8〕方回曾稱讚宛丘曰：「梅公之詩為宋第一……而張文潛足繼聖俞。」（《律髓刊誤》卷二二月類評梅聖俞〈和永叔中秋月夜……〉，頁228）在方回詩觀中，張宛丘除了是他的師學對象外，在宋詩史上也是承繼梅聖俞一脈發展而來的典範。

〔註9〕關於二者作為方回之詩人典範體系之論，可參本章第四節之第四小節「梅聖俞與張宛邱」。

此外，如評梅聖俞詩圓熟，而圓熟正是活法的表徵，是以也爲呂居仁的活法說尋著一契機，標示呂居仁除了承繼江西一脈之外，另高舉活法來救江西弊端，這種變化當是參酌了梅聖俞平淡圓活的詩風，是以兩道洪流匯聚呂氏，成爲江西之變的發軔處。

（二）瘦　勁

方回標榜的風格還有「瘦勁」一格，並與其他風格搭配使用。如評杜甫詩是「不麗不工，瘦硬枯勁，一斡萬鈞，惟山谷、後山、簡齋得此活法，又各以數萬卷之心胸氣力鼓舞跳蕩。」（〈讀張公父南湖集序〉《桐江續集》卷八，頁302）「瘦硬枯勁」不只是杜甫詩的寫照，也是三宗承其一祖之處，更是「格」高的表現。〔註10〕尤其是陳後山，在這方面學杜最到功夫。方回識得，如評陳後山〈寄外舅……〉便說：「後山學老杜，此其逼眞者。枯淡瘦勁，情味深幽。」（《律髓刊誤》卷四二寄贈類，頁370）而「情味深幽」雖受欣賞，但「瘦勁」才是他最主要勉勵學者的話。如作〈贈孫元京…〉談到：「未防全瘦勁，卻恐太幽深。」（《桐江續集》卷八，頁311）寧可太過瘦勁，卻不能過於幽深，此可謂正中江西弊病也。再者，「瘦勁」也與「淡」產生係聯，另外也有「瘦」與「淡」合用者，如評韓仲止（1159～1229）〈探梅〉說：「瘦淡之中自有穠粹。」（《律髓刊誤》卷二十梅花類，頁206）便是一例。而從這些例子之中，我們可以發現「瘦勁」或「瘦淡」除了用於形容杜甫詩之外，便是用於讚賞三宗乃至以下詩人，這正是方回從風格上使江西與杜甫取得聯繫的用心之一。

（三）清新與新熟

除了「淡」與「瘦勁」之外，「清新」與「新熟」也是方回常用的風格批評術語。先看「清新」，方回〈馮伯田詩集序〉曾說：「老杜謂：『清新庾開府』，並言之，未嘗別言也。非清不新，非新不清，同出而異名，此非可以體用言也。」（《桐江集》卷一，頁42）他在此把清新相等同，然大多時，方回是將「清」與「新」分開來使用，因此我們必須先界定「清」的義界。關於「清」，他在〈馮伯田詩集序〉有段對「清」字頗生動的形容比擬，曰：「天無雲謂之清，水無泥謂之清，……空山大澤、鶴唳龍吟爲清，長松茂竹、雪積露凝爲清；荒迥之野笛清，寂靜之室琴清。而詩人之詩亦有所謂清焉。」（《桐江集》卷一，頁41）在此把「清」的境界，除了用形象來表示，也可用聲音來形容。要無雜單純才是清，這是一個要求純粹的境界，可以

〔註10〕　參考王德明的說法：「其實，方回對詩歌高格的強調，說穿了是在強調詩歌瘦硬枯淡的風格。」見〈方回的「格」論及其對晚宋詩風的批判〉，收於《宋代文學叢刊》第五期（1999年12月），頁163。

指的是聲律，也可以指示一種風格，以「清」表示之。此外，方氏在運用「清」來做評語時，也常與其他風格並用，界定了不同之「清」。如與「瘦勁」合之曰：「勁健清瘦」、「勁瘦清絕」；又說「清峭」、「清而有味」〔註11〕，大凡用清者，如清潤、清洒、清苦、清古等複合詞，約略有二十多處，皆是讚賞之意。

接著，問題在於若清與新相等，則清之意義是否又有所轉化？要知此之解，便要先論方回之「新」爲何。他在此〈序〉中對「新」有這般解釋：

> 又有所謂新焉。新沐者必彈其冠，新浴者必振其衣，此以舊爲新者也；古嘗黍稻麻麥皆貴新，此名舊而實新者也；田磽則易，器敝則改，此捨舊而圖新者也；成湯之盤，庖丁之刃，善用之則物雖舊而未嘗不新者也。（同前，頁 41～42）

在這段話裡雖包含了「捨舊而圖新」，但更強調的是「以故爲雅、爲新」，且唯有透過大作手能使「庖丁之刃」，化舊物常新。再考老杜「清新庾開府」之句，乃是針對李白所言（〈春日憶李白〉），我們都知道李白的創新有很大部分是建立在復古上頭，因此方回引來說明「以故爲新」足見用意之深矣。有鑑於此，「清新」一詞指的是不但要純粹，更要求讓舊物恆新，在詩而言，則是以故換新，這實是對江西詩派之「以故爲新」又闡釋得更生動而深廣。他最後又對「清新」下一個定義，那就是「意味之自然者爲清新」（頁46），指出雖然以故爲新，但仍要使之自然而意味深長，避免失之雕琢險僻。而從實際批評來看，方回論詩之「新」有大部分是建立在「以故爲新」的原則上，如評陸放翁〈中春偶書〉：「三四能以常語爲新。」（《律髓刊誤》卷十春日類，頁 91）評杜工部〈九日藍田崔氏莊〉：「三四（案：「羞將短髮還落帽，笑倩傍人爲正冠。」）融化落帽事，甚新。」（《律髓刊誤》卷十六節序類，頁 155）評梅聖俞〈過永慶院〉說：「五、六忽能以故爲新。」（《律髓刊誤》卷四十七釋梵類，頁 420）等，這些例子的新指的都是「以故爲新」之法。再考《律髓》之論清新者如評王右丞〈送梓州李使君〉：「風土詩多因送人之官及遠行，指言其方所習俗之異，清新雋永，唐人如此者極多，如許棠云：『王租只貢金』如周喾云：『官俸丹青砂』皆是。」（《律髓刊誤》卷四風土類，頁 44）這是以方言俗語或異鄉土物來豐富詩的語言與內容，是以俗爲新的表現。又如評王建〈原上新居〉：「老杜謂『清新』，此等

〔註11〕 「清」與「瘦勁」合之者如評陳後山〈登快哉亭〉：「全篇勁健清瘦」（《律髓刊誤》卷一登覽類，頁17）、評朱文公〈觀梅花開盡……〉曰：「文工詩似陳後山，勁瘦清絕，而世人不識。」（《律髓刊誤》卷二十梅花類，頁188）；言「清峭」者如評曾茶山〈逮子得龍團……〉：「茶山嗜茶，茶詩無一篇不清峭，有奇骨。」（《律髓刊誤》卷十八茶類，頁177）；論「清之有味」者如評李頻〈送德清喻明府〉：「偉句尤清之有味」（《律髓刊誤》卷二四送別類，頁256）

語亦清新者。」（《律髓刊誤》卷十春日類，頁87）這些例子都能與前述界定相符。但若論晚唐詩人如「賈浪仙詩、幽奧而清新，姚少監詩、淺近而清新，張文昌詩、平易而清新。」（《律髓刊誤》卷二三閒適類評張司業〈過賈島野居〉，頁235）則其清新之意蓋不能與之相同也。形容晚唐家之清新乃指的其佳處可以意味自然。尤其求新是晚唐家之特色，惟此非以故爲新，而是務去陳言之變新，因此此處之「新」當是捨舊而圖新之意。這是必須分明之處。

　　另外，方回論「新」則又常與「熟」相對，然熟豈是新之反物？方回對「熟」字下了如此的定義，他說：「熟也者，非腐爛陳故之熟，取之左右逢源是也。」（《律髓刊誤》卷二十梅花類，評張澤民〈梅花二十首〉，頁210）由此可知「熟」指的是活法中的圓熟，能熟用諸法而左右逢源也。因此新與熟不僅不是矛盾的雙方，還是並濟互用、相輔相成的左右手。如虛谷〈跋俞仲疇詩〉便說「于熟之中更加之熟則不可，熟而又新則可也。」（《桐江集》卷三，頁298），又在〈恢大山西山小稿序〉說：「熟而不新則腐爛，新而不熟則生澀。」（《續桐江集》卷三三，頁684）是於語熟、律熟等諸法皆熟之外，仍不忘求新，如此才是好詩，也才有創作的價值，此乃其新熟之本意也。

三、「格」論——詩以格高爲第一

　　從第一節中我們可以知道方回論詩喜談「格、意與字眼」，作詩必須「以意爲脈，以格爲骨，以字爲眼」，對於這樣的觀點筆者以爲可向上追溯到陳後山。我們可以參考張表臣（？～1146）《珊瑚鉤詩話》中一段與陳後山之對話，記之如下：

　　　　陳無己先生語余：「今人愛杜甫詩句，一句之內，至竊其數字以髣像之，非善學者。學詩之要，在乎立格命意用字而已。……學者體其格，高其意，鍊其字，則自然有合矣。何必規規然髣像之乎！」（《宋詩話全編》第三冊，頁2610）

陳後山同樣提出「格、意、字」三層次的批評法則，並鼓勵詩人只要朝這三方向去作詩，就可與杜甫「自然有合」。杜甫是黃、陳二人的作詩最高典範之一。而這樣的批評法想來也是陳後山提出的最根本的準則。之後類似的說法亦多能見，如南宋初年的姜夔（1155～1221）也曾言：「意格欲高，句法欲響，只求工于句字亦末矣，故始于意格，成于句字，句意欲深欲遠，句調欲清欲古欲和，是爲作者。」又說：「意出於格，先得格也；格出於意，先得意也。」（《白石道人詩說》，《宋詩話全編》第七冊，頁7549～7550）姜夔若有合意與格爲一的趨勢，這是與後山稍變之處。值得注意的是姜夔乃是初學江西而後出入中晚唐者，可見格意字三段模式的評論法亦是

江西詩法之一。如此模式與方回之論頗爲神似，方回繼承這觀念又加以演化，他在評曾茶山〈上元日大雪〉說：「詩先看格高而意又到語又工爲上，意到語工而格不高次之，無格無意又無語下矣。」（《律髓刊誤》卷二一雪類，頁 221）將「格」提升至作詩的第一要緊，意其次，語句工法則又其次。又在〈學藝圃小集序〉說：

> 詩以格高爲第一。三百五篇，聖人所定，不敢以格目之，然風雅頌體三，比興賦體三，一體自有一格，觀者當自得於心。……自騷人以來，漢蘇李，魏曹劉，亦無格卑者，而予乃創爲格高卑之論何也？曰：此爲近世之詩人言之也。予于晉獨推陶彭澤一人格高，足可方嵇、阮。唐推陳子昂、杜子美、元次山、韓退之、柳子厚、劉禹錫、韋應物；宋推歐、梅、黃、陳、蘇長公、張文潛。而于其中以四人爲格之尤高，魯直、無己，足配淵明、子美爲四也。（《桐江集》卷三，頁 386～387）

這段話充分展現方回的格高論。誠如郭紹虞所說：「虛古詩論所謂格高之說，可以有詩人的看法，同時也可以有道學家的看法。」又說：「虛谷之所謂格高，即後山之所謂換骨。格是換骨之後的境界。」〔註12〕對於詩人的看法，我們兩個方向去理解，一指詩之「體格」，二指詩之「風格」；至於道學家的看法則是指詩人之「品格」〔註13〕。所謂「風雅頌體三，比興賦體三，一體自有一格」之「格」指的便是體格，亦即一種文體應當有一種適合它的體裁，一套適合它的書寫模式。而所謂「自騷人以來」，從漢魏之蘇、李、曹、劉到宋代的張文潛爲止，方回舉出淵明、杜甫、山谷與後山四人爲最高格的典範，這其中包含了「風格」與「品格」的評價。然而無論是體格、風格或是品格，這三者在方回評點《律髓》之詩時，常互有指涉。如評王半山〈壬辰寒食〉說：「半山詩步驟老杜，有工緻而無悲壯，讀之久，則令人筆拘而格退。」（《律髓刊誤》卷十六評，頁 144）「悲壯」是種風格論，也是杜甫詩之佳處，〔註14〕王荊山的詩就是缺乏這種風格，會讓學者作詩在體格上退步，亦即失去「律

〔註12〕郭紹虞：《中國文學批評史》（臺北：文史哲出版社，1988），頁 550～551。

〔註13〕視〈學藝圃小集序〉所言之「格」爲「體格」與「風格」者，可參考王德明〈方回的「格」論及其對晚宋詩風的批判〉一文，其亦不廢方回的格論有關係「人格」，然這主要針對晚唐詩人而言。收錄於張高評主編：《宋代文學研究叢刊》第五期（高雄：麗文文化事業股份有限公司，1999），頁 161～171。又許清雲《方虛谷之詩其詩學》則認爲方回格論主要在於詩人之人品高低。見許清雲：《方虛古之詩及其詩學》，（私立東吳大學中國文學研究所博士論文，1986 年），頁 101～102。

〔註14〕方回識得杜甫詩之悲壯，而這也正是江西詩人所缺乏者，其在《律髓》中曾提舉數次，如評杜工部〈夏日楊長寧宅……〉：「方回：五、六悲壯，惟老杜長於此。（《律髓刊誤》卷二十四送別類，頁 252）又評陳簡齋〈登岳陽樓〉說：「簡齋登岳陽樓凡三詩，又有〈巴岳書事〉一詩，皆悲壯激烈，……近逼山谷，遠詣老杜。（《律髓刊

詩」應有的體格。又在〈瑤池集考〉說:「荊公詩雖工密,然格不高,立言命意有頗僻處,又焉得謂之全於道?」(《桐江集》卷四,頁 582) 在此則又牽涉到品格的部分,大概與王荊公變法失利、任用佞人有關,〔註15〕是以方回也懷疑他的品格,連帶影響到詩的「命意」。

大體而言,方回《律髓》中論格高格低,都是針對晚唐姚合(779?～859?)、許渾與學其詩之四靈、江湖而言。如評許渾〈曉發鄞江……〉:「其詩出於元白之後,體格太卑,對偶太切。陳後山〈次韻東坡〉有云:『後世無高學,舉俗愛許渾。』以此之故,予心甚不喜丁卯詩。然初年誦半山《唐選》,亦愛其懷古數篇,今老而精選,罕當予意。」(《律髓刊誤》卷十四晨朝類,頁 126) 方回不喜許渾乃在於其詩過度講究對偶,求之工故失之格。而宗主晚唐的四靈與江湖詩人,當然也繼承了這個毛病。尤其江湖者,不僅詩之格有問題,人品也讓人側目。如方回評江湖詩派的劉後村,他說「予嘗謂後村詩其病有三:曰巧、曰冗、曰俗,而格卑不與焉。此三詩(指〈老奴〉、〈老妾〉、〈老兵〉)可見矣。」(《律髓刊誤》卷二十七著題類評劉後村〈老兵〉,頁 296)「巧、冗、俗」雖其三病,然影響最大的還是人格卑下。方回非常不滿江湖詩人的品格,他曾說:

> 蓋江湖遊士多以星命相卜,挾中朝尺書,奔走閩臺郡縣餬口耳。慶元、嘉定以來,乃有詩人爲謁客者,龍洲劉過改之之徒,不一人;石屏亦其一也。相率成風,至不務舉子業。干求一二要路之書爲介,謂之闆扁;副以詩篇,動獲數千緡,以至萬緡。如壺山宋謙父自遜,一謁賈似道,獲楮幣二十萬緡,以造華居是也。錢塘湖山,此曹什佰爲群;阮梅峰秀實、林可山洪、孫花翁季蕃、高菊澗九萬,往往雌黃士大夫,口吻可畏,至於望門倒屣。」(《律髓刊誤》卷二十梅花類評戴復古〈寄尋梅〉,頁 207)

尤其欲彈劾賈似道而不得一事,影響方回一生甚鉅。而江湖詩人竟拜謁奸臣以求名利,這在十分重視詩人品格的方回眼裡,當然要撻伐一番。總而言之,雖說「格」

誤》卷一登覽類,頁 21) 將老杜與三宗之一的簡齋用「悲壯」格繫連,應是具有修正後來江西派粗硬之弊的意味。

〔註15〕方回於〈讀王荊公詩說跋〉中攻之尤烈,將之比於管仲曰:「管仲之禍,止於齊國,而荊公之禍至今未父(案:父當爲復)者。管仲止於治一國,身死之後,伯移於晉,故其禍淺;荊公合天下宗其說,身已死而姻黨盤錯於中外,諸君子攻之不勝,繼之以章惇、曾布、京、卞之報復,舉天下間心術皆壞焉,而莫敢爲異,是以其禍如此其烈也!……荊公者,其心灼然,以爲王者之治止於如吾所爲,其聚斂也,其用兵也,其疏君子進小人也,自以爲此皆王道也,聖人亦不過如是,則其所見又出於管仲下矣。荊公者,尚不識於王伯之分者也。」足見方回最不滿王安石處,在於其變法失敗與引起的後續影響。見《桐江集》卷二,頁148～149。

是晚唐詩與四靈、江湖的共同問題，然前者在詩格之卑，後者除此之外，尚有人品之劣，其間尤須辨明。

「意」是「格」以下的第二要求，然在《律髓》較少提及，且與一般評詩之「立意」並無大異，大體是指作詩必須求立論有著，志向需高，莫徒描形寫物而流於空言。關於這方面茲舉一例，方回曾說：「詩有形有脈，以偶句敘事述景，形也，不必偶而必立論盡意，脈也；古詩不必與後世律詩不同，要當以脈爲主。」（《文選顏鮑謝詩評》卷三評謝靈運〈過始寧墅〉一首，《律髓彙評》頁 1877）詩未必得對偶精工，講究句法，但是立論盡意卻是必要的。

四、典範體系論

方回詩觀中另一個分析的重點便是他的「典範體系論」，亦即是他心目中的理想詩家譜系。歷來論者大都著眼於其「一祖三宗」的說法，認爲他是江西詩派的殿軍，是江西最後的餘響。所謂一祖者，指的是以杜甫詩爲祖，學詩須祖於此而言；三宗指的是黃山谷、陳後山與陳簡齋。而以祖、宗來架構體系，實自佛門禪宗影響。禪宗至宋朝有五家七宗，北宋時以臨濟、雲門最盛，而南宋時以臨濟、曹洞爲顯。〔註16〕在其席捲宋朝文人思想的情形下，論詩受禪宗影響，帶入禪宗語彙是當時極常見的現象。如周紫芝〈謝曾使君惠丹秋集〉曰：「舊說江西一派禪，公家得法自當年。回風流雪何人似？寶缽天衣幾世傳。」〔註17〕又清潘德輿《養

〔註16〕禪宗衍至五祖弘忍後有南宗六祖慧能與北宗神秀之別，分主「頓悟」與「漸悟」之說。慧能後則一花開五葉，五宗分別是：潙仰宗、臨濟宗、曹洞宗、雲門宗、法眼宗。臨濟又開「黃龍」、「楊歧」二派，故爲「五宗七派」。潙仰宗只傳四代，入宋不傳；臨濟宗盛行兩宋，至南宋時「黃龍」漸衰，「楊歧」取得正統至今；曹洞宗則於南宋大興，與臨濟並立有「臨天下，曹一角」之說；雲門宗北宋時盛，至南北宋之交時衰微，元朝時無考；法眼宗宋初極盛，再傳二代，至宋中葉而斷絕。故宋人論詩多禪宗語，其中又以臨濟、雲門與曹洞最常被取來比喻。

〔註17〕見《太倉稊米集》，收於《宋詩話全編》第三冊，頁 2841。其《竹坡詩話》亦云：「呂舍人作《江西宗派圖》，自是雲門、臨濟始分矣。見同上書，頁 2835。此言以蘇軾對照雲門，山谷比擬臨濟，《宗派圖》出，離山谷於蘇門，與之並列而自立一派，猶如禪宗分派。而就周裕鍇考言，蘇軾交遊以雲門爲多，《五燈會元》卷十七將蘇軾列於臨濟宗黃龍派東林常總禪師法嗣，並不可靠；而山谷列爲臨濟宗黃龍派祖心禪師法嗣，較有依據。見《文字禪與宋代詩學》（北京：高等教育出版社，1998），頁 59～66。其說法可爲注解。此外又如《詩人玉屑》引吳可詩曰：「學詩渾似學參禪，竹榻蒲團不計年。直待自家都了得，等閒拈出便超然。」「學詩渾似學參禪，頭上安頭不足傳。跳出少陵窠臼外，丈夫志氣本沖天。」「學詩渾似學參禪，自古圓成有幾聯。春草池塘一句子，驚天動地至今傳。」又趙章泉曾和其韻詩曰：「學詩渾似學參禪，識取初年與暮年。巧匠曷能雕朽木，燎原寧復死灰然。」「學詩渾似學參禪，要保心

一齋詩話》曰：「『工部百世祖，涪翁一燈傳』『老杜詩家初組，涪翁句法曹溪。尙論師友淵源，他時派衍江西』皆曾茶山詩也。夫祖工部可也，竟以涪翁爲杜之法嗣，可乎？此自茶山之見耳。」（《清詩話續編》，頁 2140）此茶山之言以杜甫比達摩，山谷比六祖慧能，已開方回之先聲。

　　然筆者考方回論詩，在技巧論與風格論上雖多承襲江西詩派而修正之，但觀其《律髓》從事實際評點時卻又是有意識地與江西詩派隔離，站在一個較宏觀的角度，無意讓自己成爲江西之餘脈，並出現批判江西詩派之言。例如評杜工部〈立春〉說：「巫陵峽、杜陵客，不見此物，又只如此大片繳去，自有無窮之味。晚唐之弊既不敢望此，江西之弊，又或有太粗竦，而失邯鄲之步。」（《律髓刊誤》卷十春日類，頁 91）將晚唐與江西之弊並舉，這正是經過江西盛行與四靈、江湖的反撲之後，得到的修正觀，方回立於歷史的便利，看出專舉江西蓋不容於世，且江西末流已生弊害，非變通不可。因此高舉一祖三宗以針砭時弊，杜甫正是那顚沛於晚唐與江西之間的宋詩人的最後復歸。又如評趙章泉（1143～1229）〈出郭〉說：「江西苦於龐〔註18〕而冗，章泉得其法，而能瘦、能淡、能不拘對，又能變化而活動，此詩是也。」（《律髓刊誤》卷十春日類，頁 97）不僅指出江西之病，更提出趙章泉救之。所謂能瘦、能淡，從陳後山而來也；能不拘對又變化活動，則屬活法也。趙章泉一方面承續陳後山，復歸江西之源頭，一方面參酌呂居仁之新變，這正是方回要爲當時詩壇所找的出路。凡此皆可見方回是有意的站在江西與宋末晚唐風潮之外，修正二者之弊，謀求新出路。

　　　傳與耳傳。秋菊春蘭寧易地，清風明月本同天。」「學詩渾似學參禪，束縛寧論句與聯。四海九州何歷歷，千秋萬歲孰傳傳。」（收《宋詩話全編》第九冊，頁 8953～8954）此等例直把參禪的工夫論引入作詩中，以禪宗中各種取象，譬喻學詩、作詩之要領，足見當時禪宗對詩學浸漬之深。再者，吳可論詩除多以禪喻詩，開《滄浪詩話》先河之外，其學詩亦以宗杜爲主，如其《藏海詩話》曰：「學詩當以杜爲體，以蘇黃爲用，拂拭之則自然波峻，讀之鏗鏘。蓋杜之妙處藏於內，蘇黃之妙處發於外，用工夫體學杜之妙處恐難到。用功而效少。」（同前書第六冊，頁 5539。）亦見當時論詩受江西與禪宗交互影響之下，呈現出一種在江西的工夫論之外，勤拂拭──參透「詩」機，亦爲當時人之詩法之一，尤其是對高不可攀的杜詩而言。然對照其詩句「跳出少陵窠白外，丈夫志氣本沖天。」又得見出當時也有不專祖杜詩之反動，甚至出現在同一人身上，顯示其於江西後，一片籠罩學杜風氣之中，或有不耐而極力尋思突破的期盼。

〔註18〕案：此「龐」字原句作「麗」字，當是傳抄龐（粗）字之形誤也。紀昀對此條曾表示疑惑，他說：「江西詩派粗獷則有之，未見麗而冗，此語未解。」江西風格並無「麗」者。又許清雲對此字已有辨析，認爲此「麗」字疑作「龐」；形近之誤。（《方虛谷之詩及其詩學》，頁 210。）可參。

此外，再考《律髓》中所選詩人，與江西派說之始——《江西詩派圖》相較，將上述說法尤顯。蓋江西詩派之定名來自呂居仁作《江西詩派圖》，共選二十五人以為江西法嗣，若取《律髓》與之相較則同者有十一，扣除陳後山，不論呂居仁，則所餘九人選詩均不超過三首，這數量與方回撻伐的晚唐詩人——四靈、江湖（如劉後村）諸人相較，差之甚多，呈現相對弱勢。〔註19〕足見其不專選江西，甚至對黃山谷讚賞有加的姪子徐師川（1075～1141），也不客氣的予以貶評，〔註20〕這些都可

〔註19〕 呂居仁《江西詩派圖》今不傳，可見最早者為胡仔《苕溪漁隱叢話前編》卷四八所言：「仁近時以詩得名，自言傳衣江西，嘗作《宗派圖》，自豫章以降，列陳師道、潘大臨、謝逸、洪芻、饒節（案：即僧如璧）、僧祖可、徐俯、洪朋、林敏修、洪炎、汪革、李錞、韓駒、李彭、晁沖之、江端本、楊符、謝邁、夏傀（案：當為「倪」字誤）、林敏功、潘大觀、何覬、王直方、僧善權、高荷，合二十五人以為法嗣，謂其源流皆出豫章也。其《宗派圖序》數百言，大略云：『……惟豫章始大出而力振之，抑揚反復，盡兼眾體，而後學者同作並和，雖體制或異，要皆所傳者一，予故錄名字，以遺來者。』余竊謂……所列二十五人，其間知名之士，有詩句傳於世，為時所稱道者，止數人而已，其餘無聞焉，亦濫登其列。居仁此圖之作，選擇弗精，議論不公，余是以辨之。」（收錄於《宋詩話全編》第四冊，頁3850。）後趙彥衛《雲麓漫鈔》亦有載，所言二十五人多同，惟名曰《江西詩社宗派圖》，林敏修作林修，無何覬，多呂居仁等與之異。（《宋詩話全編》第七冊，頁6747。）又有劉克莊〈江西詩派小序〉亦載，然合山谷僅二十四人，少潘大觀、何覬、王直方，多呂居仁，差異較大。此學者多目為後村重訂之本，非原圖。可參龔鵬程：《江西詩社宗派研究》（臺北：文史哲出版社，1983），頁282～283。是以本文比較采其年代最近呂氏之《苕溪漁隱叢話》所錄二十五人，而呂居仁本作圖者，自己肯否加入猶可疑，或後來者將其備列也，故亦不論。如此相較《律髓》選錄與《派圖》同者及詩數分別為：陳後山（一百一十一首）、韓駒（三首）、王直方（二首）、晁沖之（三首）、高荷（一首）、謝逸（二首）、謝邁（一首）、徐俯（三首）、江端本（一首）、僧如璧（二首）、與僧善權（一首）共十一位。而較之《律髓》選四靈者：徐璣十首、徐照十三首、翁卷與趙師秀各二十四首。不僅四人皆全，選詩數目亦超出許多；若與江湖代表詩人相比，雖戴石屏、劉改之、宋謙父等人錄詩皆三首以下，然其攻最力之劉後村竟選入四十首，數量頗巨。關於江西、四靈與江湖詩人詩數統計，可參文後附錄二、三。或如胡仔所言：「其間知名之士，有詩句傳於世，為時所稱道者，止數人而已，其餘無聞焉，亦濫登其列。」然方氏選詩多存罕見詩人，於評《派圖》中人時，亦常標「入江西派」語，實若專主江西可再多選，其缺之，量必詩不佳耳！其不專主江西詩派亦可知。

〔註20〕 黃山谷頗愛賞徐師川之詩，他曾說：「所寄詩正忙時，讀數過，辭皆爾雅，意皆有所屬，規模遠大。自東坡、秦少游、陳履常之死，常恐斯文之將墜，不意復得吾甥，真頹波之砥柱也。」（黃庭堅〈與徐師川書〉，收錄於《宋詩話全編》第二冊，頁944）直把他視為足繼東坡、後山之人。然方回評論徐詩卻說：「東湖居士詩三大卷，……。以予考之，殆以山谷之甥，嘗親見之，故當世不敢有異論，在江西派中無甚奇也。惟壓卷詩數首可觀，亦人所可到。律詩絕無可選。『一百五日寒時雨，二十四番花信風。』若可備節序之選。而上聯乃云：『知君園裡千株雪，不比山茶獨自紅。』又甚無格，亦不工。……又師川詩多愛句中疊字，十首八九如此，可憎可厭。」（《律髓

說是方回不專主江西的例證。

　　若說方回不專主江西，則「一祖三宗」者是為何派？鄭因百曾說：「一祖三宗之說，論江西詩派者多引述之，虛谷本意實謂古今詩人，非專指江西一派。」〔註21〕此論頗可參。試看方回評陳簡齋〈道中寒食二首〉之二所言：「予平生持所見：以老杜為祖，老杜同時諸人皆可伯仲。宋以後山谷一也，後山二也，簡齋為三，呂居仁為四，曾茶山為五。其他與茶山伯仲亦有之，此詩之正派也。餘皆旁支別流，得斯文之一體者也。」（《律髓刊誤》卷十六節序類，頁144）。在此他畫出一個論詩、學詩的簡單系譜，即以杜甫（含同時諸家）、黃山谷、陳後山、陳與義、呂居仁與曾幾為派別主幹，其餘則為旁支。再觀其〈恢大山西山小稿序〉曰：

> 五言律、七言律及絕句自唐始，盛唐詩人杜子美、李太白兼五體，造其極。王維、岑參、高適、李泌、孟浩然、韋應物以至韓、柳、郊、島、杜牧之、張文昌，皆老杜之派也。宋蘇、梅、歐、蘇、王介輔、黃、陳、晁、張、僧道潛、覺範，以至南渡呂居仁、陳去非而乾淳諸人，朱文公詩第一，尤、蕭、陸、范亦老杜之派也。是派至韓南澗父子、趙章泉而止。別有一派曰崑體，始於義山，至楊、劉及陸佃絕矣。炎祚將迄，天喪斯文，嘉定中，忽有祖許渾、姚合而為派者，五七言不能為，不讀書亦作詩，曰學四靈，江湖晚生皆是也。嗚呼痛哉！」（《桐江續集》卷三三，頁683～684）

合以上兩段話，我們可以為方回的詩人典範區分出三個體系，首先是分別是老杜派，這是論詩最主要的體系，以杜甫為主，包含盛唐諸家，此為主幹，旁及中唐韓愈（768～824）、柳宗元（773～819）、孟郊、賈島（779～843）；晚唐杜牧（803～852）、張籍（767～830）；北宋則有蘇舜欽（1008～1048）、梅聖俞、歐陽脩、蘇軾、王安石、黃庭堅、陳師道、晁補之（1053～1110）、張耒、僧道潛（1043～1106）、洪覺範（1071～1128）等，以黃庭堅、陳師道為主脈；南渡時期呂居仁、曾幾（1084～1166）與陳與義為主脈，往後乾淳年間則能採朱熹、尤袤（1127～1202）、蕭德藻、陸游、范成大（1126～1195），至韓南澗（1128～1187）父子、趙章泉而止。以上為其專主學詩之體系「老杜派」；第二則西崑體派——包含楊億（974～1020）、劉筠（971～1031）

刊誤》卷二一雪類評徐師川〈戊午山間對雪〉，頁220）又說：「徐師川亦有社日詩，乃云『哀公問松柏，田文祭春秋。』殊為粗率；學晚唐人厭江西詩，如川詩，不律不精，可厭也。」（《律髓刊誤》卷十六節序類評謝無逸〈社日〉，頁144）對之撻伐，不輸四靈、江湖之人也。

〔註21〕鄭因百之言，可參（宋）陳簡齋著，鄭因百合校彙注：《陳簡齋詩集合校彙注》（臺北：聯經出版有限公司，1975年），頁400。

至陸佃（1042～1102）而止；第三則是晚唐派——唐爲許渾、姚合；宋爲四靈、江湖。首先檢視「老杜派」之人，範圍大大超過一般論者之江西詩人，幾乎涵蓋唐宋所有名家，尤有甚者連理學家朱熹也一併劃入，故這老杜派人，實皆方回所愛賞推舉的詩家，然若細考《律髓》之評，將發現與杜甫及其詩法眞有繫連、傳承者，實無如此漫瀚。觀其選韓愈詩僅十三首，柳宗元詩十首，歐陽脩選詩十首，然所論亦多在詩法上，無關詩家傳承；至於孟郊、蘇舜欽、晁補之、僧道潛及洪覺範等被選更不足十首，從其數量上實難以彰顯典範性，故可略。又蘇軾被選有四十一首，於全書列名第十五、宋詩人第八，雖如此多，但方評卻無於杜詩取得相關性，甚至言「坡詩不可以律縛」〔註22〕，是以雖蔚爲大觀，卻不適合取與學詩者爲法。因此，吾人在探索其作爲一學詩典範體系之「老杜派」，宜先不論韓柳歐蘇等人及選詩過少者，以免失焦。

　　再者，將上述之體系詩人取與《江西詩派圖》相較，則可發現除黃庭堅外，圖中同者僅陳師道一人，〔註23〕由此更能佐見，在方回眼中，與其說他標舉的是江西，毋寧說是「老杜派」，亦即以杜甫爲祖爲宗，沿其流而下者。筆者以爲「老杜派」才是「一祖三宗」與《律髓》所賞諸家的派名，也是眞正方回所標舉的流派。

　　又見方回所持詩法多是從黃山谷、陳後山與呂居仁學杜之一端而出，這在一般論者視爲江西正宗，故也標其爲「江西」，遍查《律髓》，全無自許江西之意，後評者論其主江西者，蓋詩法之刻板也。然江西詩法出少陵，黃陳效之；方回亦推杜甫、黃陳，詩法觀念當接近耳！然此並不能與江西詩派混談，尤不能以江西詩法窄之，方回論詩自有一套體系，有其新變，不應忽之，這是吾人宜多加著眼處。

　　另外有西崑體，乃楊、劉、錢諸人學李義山而成派，然於方回之時早已退出宋詩舞台，故《律髓》中雖選而無大加撻伐，僅表明反對其雕琢之意。〔註24〕若與其

〔註22〕可參方回評蘇東坡〈正月二十日往岐亭潘古郭三人送余於女王城東禪莊院〉：「坡詩不可以律縛，善用事無不妙，他語意天然者，如此盡十分好。」收於《律髓刊誤》卷十春日類，頁94。指其不能以一般詩律法去規範，而蘇詩作爲典範則多在詩法舉隅示範上，然難以尋章摘句、按圖索驥去學。詳論可觀本文第四章第一節之（四）「具有特殊教學意義」一小節。

〔註23〕參註19。

〔註24〕如評錢思公〈始皇〉說：「此崑體詩，一變亦足以革當時風花雪月、小巧呻吟之病，非才高學博未易到此。久而雕篆太甚，則又有能言之士，變爲別體，以平淡勝深刻。」（《律髓刊誤》卷三懷古類，頁40）又評其師祖李義山〈茂陵〉說：「義山詩織組有餘，細味之格律亦不爲高。」（《律髓刊誤》卷二十八陵廟類，頁301。）足見方回對於西崑一脈多在於其雕琢之病下論，並藉此引出歐梅之平淡詩風。若與其評江湖詩人。

評江湖詩人之論而言，實溫和客觀多矣。四靈、江湖者，效「晚唐」一脈，矯江西而起，在方回之世其風正熾，不讀書亦作詩更是方回眼中之大病，〔註25〕故成為方回真正論戰的對象。四庫館臣論其「排西崑而主江西」，非確論者；紀昀〈律髓刊誤序〉曰：「而晚唐、崑體、江湖、四靈之屬，則吹索不遺餘力。」〔註26〕其範疇較是，然「吹索不遺餘力」又過激！若深入解析方回主張，從人格、詩格兩要求合觀，則方回針貶不無理也，蓋方紀論詩差異多因立足角度不同矣。

在了解方回詩法觀與「老杜派」之後，以下就此族系予以分析，建立方回詩人體系論之要點。

（一）杜甫詩法來處

虛谷評杜審言（645～708）〈旅寓安南〉曾言：「此杜子美乃祖詩也，子美曰：『吾祖詩冠古家法如此』」（《律髓刊誤》卷四風土類，頁44）又評其〈和康五望月有懷〉曰：「起句似與其孫子美一同，以終篇味之乃少陵翁家法也。」（《律髓刊誤》卷二二月類，頁 224）顯見虛谷極重視杜家師法，尤其偏於句法方面。其實在方回之前的宋時便有人注意到杜家師法問題，如胡仔《苕溪漁隱叢話》記載所言：

> 《詩眼》云：「自杜審言已自工詩，當時沈佺期、宋之問等，同在儒館，為交遊，故老杜律詩布置法度，全學沈佺期，更推廣集大成耳。……
> 《後山詩話》云：「魯直言：『杜之詩法出審言，句法出庾信，但過之耳』」
> 苕溪漁隱曰：「老杜亦自言：『吾祖詩冠古。』則其師法乃家學所傳云。（《宋詩話全編》第四冊，頁 3551）。

又如陳振孫（1183?～1249?）《直齋書錄解題‧詩集類》論《杜必簡集》也提道：「審言詩雖不多，句律極嚴，無一失粘者。甫之家傳有自來矣，然遂欲衙官屈、宋，則不可也。」〔註27〕顯見宋朝隨著杜甫聲望地位的提高，研究其師法成一風尚。而再考《律髓》所記之杜甫詩法者，如評宋之問（656?～713）〈早發始興……〉：「（老杜詩）蓋出於其祖審言同時諸友陳子昂、宋之問、沈佺期也。……此四人者老杜之詩所自出也，特老杜才高氣勁，又能至廣大而盡精微耳。」（《律髓刊誤》卷四風土類，頁 44）則知方回認為杜詩詩法來自杜審言與同時諸友陳子昂（661～702）、宋之問、沈佺期（656?～713?）等，這與前面胡仔引《詩眼》之言不異。然方回論詩亦重視

〔註25〕可參考吳寶芝〈重刻律髓記言八則之五〉所言：「然觀其論詩小序云：『立志必高、讀書必多、用力必勤、師傅必真。』四者不備，不可言詩，……。」（收錄於《律髓刊誤》，頁 10）讀書是作詩的必備工夫，然此亦本黃庭堅等之觀念而來。
〔註26〕《四庫全書總目提要》論《律髓》曰：「大旨排西崑而主江西，倡為一祖三宗之說。」見《律髓刊誤》，頁 3。紀昀所言亦見同前書，頁 7。
〔註27〕陳振孫：《直齋書錄解題》（上海：上海古籍出版社，1987），頁 557。

人品，故杜甫師法之中亦有優劣。如評宋之問〈初到黃梅臨江驛〉：「乃知以言語文字取人，工則工矣。又當觀其人之心行為如何？之問後逃還，為考功，復以醜行貶越州長史，流欽州，賜死桂州。故曰其為人不足道也。(《律髓刊誤》卷四三遷謫類，頁 379) 又如評沈佺期〈塞北〉：「八韻十六句，無一句一字不工，唐律詩之祖也。時稱沈、宋，而佺期、之問，皆不令終。無美善而有艷才，議者惜之。陳子昂、杜審言詩，亦絕出一時。於四人之中，而論其為人，則陳、杜之詩尤可敬云。」(《律髓刊誤》卷三十邊塞類，頁 317) 可見陳子昂與杜審言在人品上、詩法上俱佳，故受到更高的評價，而沈、宋二人則因人品瑕疵而貶之。

(二) 盛唐諸家

方回〈恢大山西山小稿序〉曰：「五言律、七言律及絕句自唐始，盛唐詩人杜子美、李太白兼五體，造其極。王維、岑參、高適、李泌、孟浩然、韋應物以至韓、柳、郊、島、杜牧之、張文昌，皆老杜之派也。」此言將盛唐各派詩家乃至中晚唐詩人，籠統括為一「老杜派」，乍看十分迂闊而不合史實。就盛唐詩人觀之，王岑諸人及詩實無學杜，何統之於杜甫之下？難道方氏為將杜詩標之最高而罔顧史實？筆者以為依方回之能概不犯此誤，其如此概括實有其用心。其《律髓》曾云：「予選詩以老杜為主。老杜同時人皆盛唐之作，亦皆取之。」又「余平生持所見，以老杜為主，老杜同時諸人皆可伯仲。」「學老杜詩而未有入處，當觀《老杜集》之所稱詠敬歎及所交遊唱酬者，而求其詩味之，亦有入處矣。」(分別見《律髓刊誤》卷十春日類評許渾〈春日題韋曲野老邨舍〉，頁87；卷十六節序類評陳簡齋〈道中寒食二首〉，頁 144；卷二四送別類評岑參〈送懷州吳別駕〉，頁 254) 與老杜同時詩人為盛唐詩人概無問題，然這些言論同時也透露方回選詩除杜甫之外，盛唐詩人也是一併入選之典範，如此一典範群可廣含各類詩的範本，除可彌補杜詩之不足，更能做為學杜詩的敲門磚。又如以卷三十邊塞類為例，此卷無選杜詩，而以岑參詩最多。方評其〈題金城臨河驛樓〉之「庭樹巢鸚鵡，園花隱麝香。」便云：「老杜亦有「鸚鵡」、「麝香」之聯，當時人詩體亦相似。」此評雖被紀昀笑曰：「此自然偶和，意思各別。緣此四字，便曰相似，陋矣。」(《律髓刊誤》卷三十邊塞類，頁 319) 然方之用心顯矣。在方回眼中，盛唐詩是範本，足以與杜甫比肩頡頏，造就一詩之盛世。方捏一杜甫為其首，凡遇可繫連者便述之，是以雖曰老杜派，意並不在將盛唐諸家置於杜下而立派，而是以老杜之名統括這一足為範式之群組。又如其言：

> 開元天寶盛時，當陳宋杜沈律詩、王楊盧駱諸文人之後，有王摩詰、
> 孟浩然、李太白、杜子美及岑參、高適之徒，並鳴於時。韋應物、劉長卿、
> 嚴維、秦系亦並世，而不見與李、杜相倡和。詩人至此，可謂盛矣！為之

君如明皇者，高才能詩，亦不下其臣，豈非盛之又盛哉？（《律髓刊誤》
卷十四晨朝類評唐明皇〈早渡蒲關〉，頁 124）

此言所示「詩之盛時」，包含詩人從約與杜甫同時的王維、孟浩然、李白、岑參、高
適到嚴維（生卒年不詳）、秦系（727？～806？）爲止，乃是一個相當龐雜的群體，
甚至連唐玄宗也可列入。所謂「詩人至此，可謂盛矣！」標榜的是一個詩的盛世，
而這也能爲方氏所舉「老杜派」做一註腳，是以若把老杜派的典範僅侷限在杜甫一
人身上，則不僅窄化了《律髓》的詩人群體架構，也容易從此對此書做出錯誤的歸
納與結論。再者，方氏除標舉「盛唐諸家」之外，亦有擴大範圍而獨標「盛」字者，
如評陳子昂〈度荊門望楚〉曰：

> 陳拾遺子昂，唐之詩祖也。不但感遇詩三十八首爲古體之祖，其律詩
> 亦近體之祖也。……陳子昂、杜審言、宋之問、沈佺期，俱同時而皆精於
> 律詩。孟浩然、李白、王維、賈至、高適、岑參與杜甫同時而律詩不出則
> 已，出則亦足與杜甫相上下。唐詩一時之盛，有如此十一人，偉哉！（《律
> 髓刊誤》卷一登覽類，頁 15）

在此將陳子昂、杜審言、宋之問、沈佺期等先於杜者一併論之，視爲「唐詩之盛」，
是以其典範體系上不僅在詩法上溯源杜詩法來處，亦將這些詩家納入其體系之中，
擴大「老杜派」之前衍。故吾人在理解其典範體系時，須一併認識其唐詩之盛時，
而此盛時絕非全等同於如明高棅《唐詩品彙》以國勢興盛劃分之盛唐範疇。

（三）一祖三宗

方回「一祖三宗」之言見於評陳簡齋〈清明〉詩云：「嗚呼！古今詩人，當以老
杜、山谷、後山、簡齋爲一祖三宗，餘可配饗者有數焉。」（《律髓刊誤》卷二六變
體類，頁 282）蓋一祖三宗乃是古今詩人之典範，非專指江西詩派也。對於杜甫，
方回評價極高認爲他是「意趣全古之六義，而其格律又備後世之眾體」的「獨雄百
世者」〔註28〕而關於一祖與三宗的聯繫，方回表述多集中於他們在繼承上的關係。
如〈跋仇仁近詩集〉說：

> 周伯弼詩法，分領聯、頸聯、四實、四虛，前後虛實，此不過情景之
> 分。如陳簡齋「……」乃是一聯而一情一景，伯弼所不能道。老杜云：「……」
> 山谷云：「……」後山云：「……」此一脈自老杜以來，知而能用者，惟三
> 數公。（《桐江集》卷三，頁 303～304）

〔註28〕方回〈跋許萬松詩〉曾言：「老杜所以獨雄百世者，其意趣全古之六義，而其格律又
備後世之眾體。」（〈桐江集〉卷二，頁 249）。

這是講求詩法上的聯繫。又云：「簡齋詩、氣勢渾雄，規模廣大。老杜之后有黃陳，又有簡齋。」（《律髓刊誤》卷二四送別類評陳簡齋〈送熊博士赴瑞安令〉，頁 268）這是在氣勢風格上的聯繫。山谷、後山學杜多為當時人指出，故方回於一宗杜甫下置黃山谷、陳後山並無可奇，可注目處在於黃陳之地位先後問題。宋人常云陳後山詩學黃山谷，故如《宗派圖》一般列名法嗣其下，縱使山谷十分推崇後山。方回亦知後山向山谷學詩一事，然其云：「後山為文早師南豐，不知何年以詩見山谷，聽山谷說詩，讀山谷所為詩，焚棄舊作，一變而學豫章。然未嘗學山谷詩，字字句句同調也。意有所悟，落花就實而已。」（《桐江集‧劉元輝詩摘評》評〈讀後山詩感其獲遇山谷〉，頁 376）他肯定山谷指導過後山，然不在詩句上規模造句，而是在詩學之悟上，故方回評陳後山〈登鵲山〉云：「詩暗合老杜，今註本無之。細味句律，謂後山學山谷，其實學老杜與之俱化也，故書此以示學者。」（《律髓刊誤》卷一登覽類，頁 17）於此打破黃先陳後之說，使之皆學於杜而並列。〔註29〕後又加陳簡齋與二人同列，尤值得注意。〔註30〕方回對簡齋極為推崇，曾直言：「詩逼老杜，於浙

〔註29〕陳後山向黃山谷學詩首見其〈答秦觀書〉曾言：「僕於詩初無詩法，然少好之，老而不厭，數以千計。及一見黃豫章，進焚其藁而學焉。……豫章之學博矣，而得法於杜少陵，其學杜少陵而不為者也，故其詩近之，而其進則未已也。（收於《宋詩話全編》第二冊，頁 1029）此言不僅言向黃學詩之事，亦帶出黃山谷學杜甫詩法。然而黃山谷並不自居為陳師，甚至對其多所推崇。如《苕溪漁隱叢話》卷五一引《冷齋夜話》云：「余問山谷：『今之詩人誰為冠？』曰：『無出陳無己。』」（《宋詩話全編》第四冊，頁 3866）又云：「陳履常正字，天下士也。……其作詩淵源，得老杜句法，今之詩人不能當也。」見〈答王子飛書〉，收於《宋詩話全編》第二冊，頁 942。就此觀之，黃陳二人皆認為對方是向杜甫學詩，彼此處於切磋琢磨之交遊。這般看法倒與方回相同，是一祖再加黃陳二宗，實較貼合二人本意。

〔註30〕南宋人對於江西詩多所反省與索源，蓋不滿僅限江西，落於第二義，紛紛標出黃、陳與江西派者之來源。如《苕溪漁隱叢話》卷四九曰：「近時學詩者，率宗江西，然殊不知江西本亦學少陵者也。故陳無己曰：『豫章之學博矣，而得法於少陵，故其詩近之。』今少陵之詩，後生少年不復過目，抑亦失江西之意乎？江西平日語學者為詩旨趣，亦獨宗少陵一人而已。余為是說，蓋欲學詩者師少陵而友江西，則兩得之矣。」見《宋詩話全編》第四冊，頁 3584。《苕溪漁隱叢話》為方回詩學的啟蒙讀物，此等言論當亦型塑方回詩觀。又如與方回同時之劉辰翁〈簡齋詩集序〉所言：「詩至晚唐已厭，至近年江湖又厭。謂其和易如流，殆於不可莊語，而學問為無用也。……及黃太史，矯然特出新意，真欲盡用萬卷，與李、杜爭能於一辭一字之頃。……後山自謂黃出，理實勝黃。其陳言妙語，乃可稱破萬卷者……。惟陳簡齋以後山體用後山，望之蒼然，而光景明麗，肌骨勻稱。古稱陶公用兵得法外意。以簡齋視陳、黃節制亮無不及；則後山比簡齋，刻削尚似，矜持未盡去也。吾執鞭古人，豈敢叛去，獨為簡齋放言？或問：『宋詩簡齋至矣，畢竟比波公何如？』曰：『詩道如花，論高品則色不如香，論逼真則香不如色。』」見《陳與義集》（四部刊要／集部‧別集類）（臺北：漢京文化事業有限公司，1983），頁 3。劉氏所論，與方回多所相似，

江所題如此，可謂亦壯矣哉。」又動輒言：「欲學老杜，非參簡齋不可。」「此詩絕似老杜」（以上分別見《律髓刊誤》卷一登覽類評〈渡江〉，頁 18；卷二三類閒適類評〈山中〉，頁 246 與卷二四送別類評〈別伯恭〉，頁 262）直把簡齋詩化做宋之杜詩！而究其原因在於簡齋與黃、陳均格調高勝之外，還多承繼了杜甫「悲壯」的風格，〔註31〕而此應來自他歷經宋室南渡之亂，與杜甫歷經安史之亂有類似的經驗所致。再者，簡齋詩也學到了杜甫音調鏗鏘之法，方回也看出這點，他說：「簡齋詩響得自是別。」（《律髓》卷十九酒類評陳簡齋〈對酒〉，頁 181）關於此我們可以參考錢鍾書《宋詩選註》的陳與義簡評云：「杜甫律詩之聲調音節，是公推爲唐代律詩裡最弘亮而又沈著者，黃庭堅、陳師道費心用力的學杜，忽略了這一點，陳與義卻注意到了，所以他的詩儘管意思不深，可是詞句明淨，且音調響亮，比江西派的討人喜歡。」〔註32〕學得杜甫之音調，是簡齋高於黃陳之處，而方回能識，亦是他頗具評點家手眼之處。

　　對於方回標舉一祖三宗的價值，今人查洪德認爲其一，能爲江西詩派起衰，打破江西後學的自我設限；其二在救當時之弊。〔註33〕此論誠然，不僅如此，一祖三宗也是其建構典範體系的發軔，它是老杜派之祖宗，也是古今詩人的典範，擴大了江西的範圍，使江西詩人復歸到杜甫身上，而非僅停留與黃陳二者，所謂取法乎上也，也是他見著江西末流取法乎中而流於下所做的修正。此外，就老杜派而言，在

其厭江西，方亦曾言；厭江湖，方大厭之！論黃、陳能「破萬卷」，此亦追杜「讀書破萬卷，下筆如有神！」（〈奉贈韋左丞丈二十二韻〉）也，蓋劉氏對黃陳與杜之繫連可見，此與方回在「論詩類」小序中所言：「詩人世豈少哉？而傳於世者常少，由立志不高也，用心不苦也，讀書不多也，從師不真也。」提出「讀書須多」的要求相合，同用於針貶江湖之淺俗。而最特別者，在其提升簡齋之地位，足可雄視黃陳，與之並列，甚至爲宋詩之至者！此與方回所提「三宗」不謀而合，差者在劉未明言簡齋與杜甫之繫連，而與蘇軾相較，著力於肯定陳在宋詩史的地位。今觀兩人著作雖不相涉，然所論頗爲相似，諒爲一時思潮罷，亦顯方回主張其來有自。

〔註31〕方回常以「悲壯」來表彰與杜工部的傳承關係，相關論述可參考本節註14。又如評陳簡齋〈與大光同登封州小閣〉云：「嗣黃陳而恢張悲壯者，陳簡齋也。」（《律髓刊誤》卷一登覽類，頁 21）也是一例。

〔註32〕錢鍾書：《宋詩選註》（臺北：書林出版社有限公司，1990），頁 184。

〔註33〕查洪德：〈關於方回詩論的「一祖三宗」說〉認爲：「方回倡導『一祖三宗』之說，高揚杜甫的旗幟，是一箭雙鵰：其一是爲江西詩派起衰，打破江西後學的自我局限，引導人們放寬眼界，於三千年史詩上討下索，學習一切值得學習的東西。學習杜甫就是學習三千年史詩的優良傳統，這乃是『一祖三宗』說的真諦。其二是爲當時詩界救弊。爲江西起衰也就是爲詩界救弊。後期的方回則進一步突破『一祖三宗』說，比較強調轉益多師。他將中國史詩各主要時期、各種詩體、多數風格流派的著名詩人都標舉出來，提倡學詩既要『備眾體』，又要『自成一家』。他的這些主張，在當時和以後都有較大影響。（《文史哲》，1999，第一期，頁 77。）

原本屬江西的黃、陳與簡齋、呂居仁、曾幾之外，加進梅聖俞與張宛邱，大大擴增了典範的範圍，使得江西一脈有新變的契機，呂居仁倡活法時已向這方面靠攏，方回更是大方的將此一系列詩人加進派裡，構成宋詩中最堅強的一群，往下尚有乾淳詩人之變，他們皆是出於江西，參酌中晚唐而變之者，然從《律髓》的選詩量來看，陸游更是占宋人第一，全書第二，〔註34〕這數字解釋了方回不僅僅繼承江西，更重視新變以救時弊。

（四）梅聖俞與張宛邱

前面在論述「淡」時便已提到梅聖俞是方回「平淡觀」的主要典範，在此要接著探討的是，梅聖俞在方回「老杜派」中所扮演的角色。在方回眼中，梅聖俞之詩不但「淡而有味」，更可堪稱宋詩第一。他說：「梅聖俞爲第一，平淡而豐腴。」（《律髓刊誤》卷一登覽類評陳簡齋〈與大光同登……〉，頁 21）在此，必須先分析的是所謂「第一」內容爲何？觀他評梅聖俞〈送徐君……〉說：「宋人詩善學盛唐而或過之，當以梅聖俞爲第一。善學老杜而才格特高，則當屬之山谷、後山、簡齋。」（《律髓刊誤》卷二四送別類，頁 261）蓋梅聖俞詩之第一，指的是宋人善學盛唐者之第一。在前文中已說明在方之派別論中，「盛唐」指的是與杜甫同時之人，成員龐大，並常包含杜甫在內，構成一組詩之盛況，足爲後人法式。〔註35〕再者，從這一段話似乎又透露出，梅聖俞屬於另一支派系，一支另有來源的派系。就方回其他評論梅氏之言，也透露出這種傾向。如〈學詩吟十首之七〉曰：「宋詩誰第一？吾賞梅聖俞。綽有盛唐風，晚唐其劣諸？……眞言寫眞事，組刻全摒除。黃陳吟格高，此事分兩途。」（《桐江續集》卷二八，頁589）又說：「若論宋人詩，除黃陳絕高、以格律獨鳴外，須還梅老五言律第一可也。雖唐人亦只如此，而唐人工者太工，聖俞平淡有味。」（《律髓刊誤》卷二三評梅聖俞〈閒居〉，頁239）方回將梅聖俞與黃、陳二人分開討論，前者是平淡有味，傳承自盛唐；後者是專以格高，學自杜甫。方回又說：「聖俞詩不爭格高而在乎語熟意到。（《律髓刊誤》卷十六節序類評梅聖俞〈依韻和李舍人……〉，頁 153），則梅氏確不屬於格高一脈矣。然之前劃梅聖俞於老杜一派又因如何作解？若眞非杜甫支派，則方回之言豈不前後矛盾？欲解此，必須先考察梅聖俞學自盛唐的源流。方回評〈送任適辱烏程〉云：「聖俞詩一掃崑體，與盛唐杜審言、王維、岑參諸人合。」（《律髓刊誤》卷四風土類，頁 47）蓋梅詩學自「杜審

〔註34〕《律髓》共選陸游詩五言五十六首，七言一百三十二首，共一百八十八首。這數量是宋人之冠，全書之亞（僅次於杜甫）。本數據依《律髓刊誤》並參考《律髓彙評》計算得之，詳見附錄一所列。

〔註35〕可參閱本節「典範體系論」之第二小節「盛唐諸家」中所論。

言、王維、岑參」等人也，此三人本也屬老杜派，尤其杜審言更是杜甫的家學淵源，是以所謂稱「老杜派」指的是以老杜爲代表的一群足爲後人學詩的模範典型，並不能說人人皆源自老杜也。故方回並無前後矛盾，梅聖俞也不失爲一典範。甚至方回再以律詩爲前提之下，說：「大概律詩當專老杜、黃、陳、簡齋，稍寬則梅聖俞，又寬則張文潛，此皆詩之正派也。」（〈送俞唯道序〉，收於《桐江集》卷三，頁 312）足見梅聖俞、張文潛一支在方回詩人體系論中甚爲重要，其作用誠如查洪德所言：「他把詩界起衰救弊的希望寄托于江西詩派。其理想是以黃、陳之勁骨与梅、張之圓熟互救，各揚其長，各避其短，實現詩壇的振興。」〔註36〕梅、張之圓熟不也正是開啓呂居仁活法說的契機與本源嗎？而呂氏承此二家之合流，展開江西詩派的新變契機，並下開乾淳四大家，讓江西詩隨著批評與時代因革，去蕪存菁，爲當時的宋詩發展尋得新出路，此正符方氏之用心也。

（五）呂居仁、曾幾

在方回眼中，呂居仁與曾幾除了提倡活法說之外，在其詩人體系論中，更僅次於一祖三宗之後爲第四、第五，扮演著關鍵的角色。他們是三宗的接班人，主導南渡之後的文壇發展。其重要性除前文所述，亦可參方評陳簡齋〈送熊博士……〉所言：「老杜之後有黃陳，又有簡齋，其次則呂居仁之活動，曾吉甫之清峭，凡五人焉。」（《律髓刊誤》卷二四送別類，頁 268）。合二人之傳承與詩風格論之。曾幾雖請教詩法於呂居仁，然作詩上仍各有不同風格。一者「活動」，一者「清峭」。先就呂居仁而言，《律髓》中曾引之與簡齋並列，藉以描述那南渡之際的詩學發展概況，評陳簡齋《山中》云：「自黃、陳紹老杜之後，惟去非與呂居仁亦登老杜之壇。居仁主活法，而去非格調高勝。」（《律髓刊誤》卷二三閒適類，頁 246）將活法與高格分列並舉，正顯示宋詩發展至此兩角崢嶸，又如同卷評呂居仁《孟明田舍》云：「簡齋詩高峭，呂紫微詩圓活。」（頁 247）亦是一例。對於呂居仁，方回多稱賞其活法者也。

至於曾幾方面，《律髓》除了注意到他詩有「清峭」的風格之外，更著眼於自呂居仁得活法，又將之傳予陸游的關鍵地位。如評呂居仁《江梅》云：「居仁詩專主乎活。……茶山倡和求印可，而居仁教以詩法，故茶山以傳陸放翁。」（《律髓刊誤》卷二十梅花類，頁 187）又如評曾茶山〈長至日……〉亦說：「詩茶山詩，如冠冕佩玉，有司馬立朝之意；用江西格，參考杜法，而未嘗粗做大賣。陸放翁出其門。而其詩字在中唐晚唐之間，不主江西，間或用一二格，富也、豪也、哀感也，皆茶山之所無，而茶山要爲獨高，未可及也。」（《律髓刊誤》卷十六節序類，頁 147）在

〔註36〕　查洪德：〈關於方回詩論的「一祖三宗」說〉，《文史哲》，1999 年第一期，頁 73。

此一方面論述陸游（1125～1210）學自曾幾，帶有江西色彩，然又強調其不專主江西，兼有中晚唐，其兼容並蓄的特色，實有青出於藍，更勝於藍之勢，而在往後詩壇上的發展，陸游也比曾幾受到更高的評價，這是方回編纂《律髓》時的時代背景，再者，陸游等乾淳四大家對於宋詩發展有相當大的影響力，尤其他們匯合江西與中晚唐的創作特色，更是在《律髓》中屢屢被強調，正顯示方回欲從他們身上尋求新變之鑰。

（六）江西之變──從乾淳諸家到趙章泉

前面已經論述不少關於乾淳諸家之新變處，此節再做歸納整理與統整闡釋。乾淳者，指的是南宋孝宗乾道（1165～1173）與淳熙（1174～1189）的年號，此時南宋偏安，亦詩之中興。其中大家，按方回評范石湖〈鄂州南〉所言：「乾淳間詩巨擘，稱尤楊范陸，謂遂初、誠齋、放翁及公也。」（《律髓刊誤》卷一登覽類，頁22）有尤楊范陸四大家，另據〈恢大山西山小稿序〉所言「乾淳諸人，朱文公詩第一，尤、蕭、陸、范亦老杜之派也。」（《桐江續集》卷三三，頁683～684）則這尚可加入朱熹與蕭德藻二人。然朱熹詩風屬理學家一脈，風格較諸人不類，方回論其為第一當是對考亭之學的推崇，正謂「有德者必有言」也，是以留於第四章第二節「據道學家詩觀選詩」專述，此暫不論。其餘五人如方回〈曉山烏衣圻南集序〉所言：「自乾淳以來，誠齋、放翁、石湖、遂初、千巖五君子，足以躡江西，追盛唐。」（《桐江集》卷三，頁284）此五者，能追之盛唐，是以得列於老杜派中無疑。然其中「千岩蚤世不顯，詩刻流湘中，傳者少。」而「尤楊范陸，特擅名天下」（〈跋遂初先生尚書詩〉，《桐江集》卷三，頁193）是以蕭德藻在詩之數量與名聲上概不如其他四人。考之《律髓》蕭詩僅收一首〈次韻傅惟肖〉，評曰：「誠齋盛稱其詩為尤蕭范陸。……使不早死，雖誠齋詩格猶出其下。其詩苦硬頓挫而極其工。」（《律髓刊誤》卷六宦情類，頁71）給予極高評價，而「苦硬頓挫」風格也與後山相近，上追杜甫。

至於尤楊范陸四家都是從江西出而能融合中晚唐者，亦即早年效法江西，後來俱有不滿，遂參酌中晚唐，創造出屬於自己的風格。中尤以楊、陸二人最為明顯，也是方回最注目的詩家。考《律髓》選尤、楊二家各得五律六首、七律二十五首，數量並列全書詩人之第二十位；范詩五律二首、七律二十六首，居第二十三位；陸詩則為宋人之冠、全書之亞，共選有五律五十六首、七律一百三十一首。從這些數字可見方回對其之重視。尤其陸放翁，雖然他也是一個極多產的詩人，然方回錄其詩之數僅次杜甫，蓋非因數量而按比例分配，實自有用意也。先觀方回論四者風格。他說：「誠齋時出奇峭，放翁善為悲壯，然無一語不天成。公與石湖，冠冕佩玉，度騷雅，蓋胸中貯萬卷書，今古流動；是惟無出，出則自然。」（〈跋遂初先生尚書詩〉，

《桐江集》卷三，頁 194）誠齋（1127～1206）風格奇峭這能與黃陳相近，放翁悲壯則是有杜甫簡齋之味，而尤范二人則偏屬活法自然一脈，是有讀書有作爲之放淡。此爲合四者並論。以下按尤楊范陸順序分別探討他們在方回眼中的形象。

大抵觀方回論尤遂初詩者，多集中於其風格的討論。以下略舉數例：

> 尤遂初詩初看似弱，久看卻自圓熟，無一斧一斤痕跡也。（《律髓刊誤》卷二十梅花類評尤延之〈梅花〉，頁 205）

> 遂初詩不見其有著力處，而平淡中自有拗幹。（《律髓刊誤》卷二十梅花類評尤延之〈德翁有詩〉，頁 206）

> 尤延之詩，語不驚人，細咀有味。（《律髓刊誤》卷二八陵廟類評尤遂初〈劉屯田墓壯節亭〉，頁 305）

從這些方面可以看出尤詩之風格，屬於平淡圓活之風格，想來是受到呂居仁倡活法，改變江西之弊所影響。再觀關於誠齋之論。對於楊詩方回重視其多變的特性。常將此標舉予讀者知悉。如評〈過揚子江〉說：「楊誠齋詩一官一集，每一集必一變……詩不變不進。」（《律髓刊誤》卷一登覽類，頁 22）誠齋一官一集在當時已讓人津津樂道。這每一變其實都是更加遠離江西詩法，如其〈江湖集序〉自述：「余少作有詩千餘篇，至紹興壬午七月皆焚之，大概江西體也。」（《宋詩話全編》第六冊，頁 5974）此是擺脫江西藩籬之始，又〈荊溪集序〉說：「予之詩始學江西諸君子，既又學後山五字律，既又學半山七字絕句，晚乃學絕句於唐人。……戊戌三朝時節，賜告，是日即作詩，忽有所悟，於是辭謝唐人及王、陳、江西諸君子，皆不敢學，而後欣如也。」（《宋詩話全編》第六冊，頁 5974）這不僅是遠離江西，更棄其所學，進入一種諸法皆空，無施不可的自由創作境界。然方回對此二書猶評曰：「誠齋詩晚乃一變，江湖、荊溪二集，猶步步繩墨。」（《律髓刊誤》卷二十梅花類評楊誠齋〈梅花下小飲〉，頁 198）這些詩到底比不上其晚年之作的透脫，甚至還被視爲步步繩墨！方回在此儼然要比誠齋更思新變，一如他對其晚年作品的評論：「此退休集詩，最爲老筆，千變萬化，橫說直說，學者未到乎此，不可便以爲率。」（同上卷，評〈至日後十日雪中觀梅〉，頁 199）方回要的是千變萬化的境界，然一般讀者因詩法不熟，不應隨意仿效。

對於范石湖，方回大都是著眼於雖平生暢達，卻無富貴氣且有高致。〔註37〕要見范石湖之變，則可參考〈四庫總目石湖詩集提要〉記載：

〔註37〕如方回評其〈親戚小集〉曰：「石湖風流醞藉，每賦詩必有高致，而無寒相。」（《律髓刊誤》卷二三閒適類，頁 247）。

初年吟詠，實沿溯中唐以下，觀三卷〈夜宴曲〉下註：「以下二首效李賀」……其他如〈西將有單鵠行〉、〈河豚嘆〉，則雜長慶之體：〈嘲里人新婚詩〉、〈春晚四首〉、〈隆詩四圖〉諸作，則全爲晚唐、五代之音。其門徑皆可覆案。自官新安擇以後，骨力乃以漸而遒；蓋追溯蘇、黃遺法，而約以婉峭，自成一家。伯仲於楊、陸之間，固亦宜也。

由此可見范成大初由晚唐出，中年效法蘇黃，乃步入江西領域耳，老來才轉出而變平淡。早先其詩在中晚唐之間遊走者，實爲四大家的共通經歷。再看陸游，方回十分重視陸放翁的師承與詩風的變化。他曾說：「放翁詩出於曾茶山，而不專用江西格，間出一二耳；有晚唐，有中唐，亦有盛唐。」（《律髓刊誤》卷四風土類評陸游〈頃歲從戎……〉，頁50）又說：「放翁詩萬首，佳句無數，少師曾茶山；或謂青出於藍。然茶山格高，放翁律熟；茶山專主山谷，放翁兼入盛唐。」（《律髓刊誤》卷二三 閑適類評陸放翁〈登東山〉，頁247）方回不止一次的把放翁與其師曾幾放在一起比較，而陸放翁似猶勝一籌，其勝處正在於能兼學盛唐、中唐與晚唐，百川匯流，脫出藩籬而無入不自得。事實上，方回對陸游亦是欽慕不已，如其〈學詩詩〉之八：「未能朱晦翁，鄉邦續道脈；猶當陸放翁，桐江刻詩集。」又〈學詩詩〉之九：「我如陸放翁，平生詩萬首。」（《桐江續集》卷二八，頁590）陸游詩之多產是方回十分嚮往之處，而其長壽則是另一種欣羨！〔註38〕

以上這些例子間接強調了方回想要出江西求變通的心態。而字裡行間透露出的對乾淳詩人的企慕，與四大家在江西晚唐間遊走，能各取其妙，並轉出自我風格的情形相對照，正可作爲方回欲撮合晚唐江西的證詞。

而在乾淳之後，作爲老杜派最後的典範的便是二澗「韓南澗與韓澗泉父子」與趙章泉了。方回學詩吟十首之六曾云：「尤蕭楊陸范，乾淳鶴在陰，二澗可繼之，章泉亦駸駸。」自注曰：「南渡後詩人，尤延之、蕭千巖、楊誠齋、陸放翁、范石湖其最也。韓南澗、澗泉父子可繼之。嘉定以來，止有一趙章泉耳！」（《續桐江集》卷二十八，頁589）《律髓》中韓南澗詩僅被選錄五首，難以構成典範性。而趙章泉與韓澗泉是師生，故方回稱其爲上饒二泉。此二者正是老杜派最後的餘暉，然此二者中，方回又認爲趙詩的成就最大，故以下茲引二例觀之：「江西苦於龕而冗，章泉得其法，而能瘦、能淡、能不拘對，又能變化而活動，此詩是也。」（《律髓刊誤》卷十春日類評趙章泉〈出郭〉，頁97）又虛谷跋其詩云：「平生恬淡，而詩尚瘦勁，不爲晚唐，亦不爲江西，隱然以後山爲宗，奉岳祠卅三年，劉後村所謂『一生官職監

〔註38〕可參本文第四章《瀛奎律髓》選詩分析第一節第三小節「依詩家特性大量集中選詩」中所論，方回針對陸游長壽，而於第九卷老壽類中多選之。

南岳,四海詩名仰玉山(案:趙蕃曾祖南渡居玉山)。』非虛名也!」(《桐江集》卷二,頁 214)這裡特別把江西指出對比,說明趙詩能不爲江西,亦非晚唐,盡變其弊,直效後山,此正是要人跳過江西派餘,直追三宗,更進一祖,方回用心甚明,後人何可謂之江西?而趙章泉本身論詩,也能直指三宗,並上效杜甫。如〈挽宋柳州綏〉:「少陵在大歷,涪翁在元祐。相去幾百載,合若出一手。流傳到徐洪,繼起鳴江右。」又〈讀東湖集二首〉之一:「世競江西派,人吟老杜詩。五言眞有律,徐稺是吾師。」此皆將江西、黃庭堅與杜甫做出繫連。至於其在〈石屏詩序〉所言:「學詩者莫不以杜爲詩,然能知其師者鮮矣。句或有似之,而篇之全似者絕難。陳後山〈寄外舅郭大夫〉詩(詩略),此陳之全篇似杜者也。戴式之亦有〈思家〉用陳韻」云(詩略),此式之全篇似陳者也。」(《宋詩話全編》第七冊,頁 7352~7354)。則凸顯了一全面似杜的現象,不僅把陳後山與杜甫繫連,甚至連江湖派的戴復古也有似陳之詩,彷彿當時盡在江西引領之下,捲入學黃陳乃至學杜的風潮中。而從這也可以看出,方回揭櫫「一祖三宗」之前宗杜風氣,得知方蓋非忽起樓台,是已有前聲也。

(七)反典範──唐宋之晚唐詩

在探討方回對晚唐詩人的看法之前,必須要釐清其「晚唐」之概念。方氏在評晁君成〈甘露寺〉說:「宋詩有數體,有九僧體,即晚唐體也;有香山體者,學白樂天;有西崑體者,祖李義山。」(《律髓刊誤》卷一登覽類,頁 17)此之宋詩,指的是北宋初期,而這裡所描述的三體,正是宋初最流行者。一般學者均將之視爲是晚唐詩風的延續,可合稱爲晚唐體,然方回卻將之辨析開來,僅稱九僧體爲晚唐體。其〈送羅壽可序〉亦有類似言:

> 宋劃五代舊習,詩有白體、崑體、晚唐體。……崑體則有楊劉《西崑集》傳世,二宋、張乖崖、錢僖公、丁崖州皆是;晚唐體則九僧最逼眞,……歐陽公出馬,一變爲李太白、韓昌黎之詩,蘇子美二難相爲頡頏,梅聖俞則唐體之出類者也。……獨黃雙井專尚少陵,……張文潛自然有唐風,別成一宗。惟呂居仁克肖陳後山棄所學,學雙井,黃致廣大,陳極精微,天下詩人北面矣。嘉定而降,稍厭江西。永嘉四靈,復爲九僧舊。晚唐體非始於此四人也。後生晚進,不知顛末,靡然宗之,涉其波而不究其源,日淺日下。」(《桐江續集》卷二二,頁 662)

從這我們可以對宋詩之興替有大致了解。其所讚譽者如梅詩對盛唐詩的繼承,黃庭堅專學杜甫,呂居仁克紹之,又張文潛自然詩風等,前已論及,在此專就「晚唐詩」耙梳。宋初延續前期詩風,白體、西崑至歐陽脩一起而革之,後不再復;惟「晚唐

體——九僧體」在歐蘇梅等出而偃息後，竟於晚宋又還魂爲四靈、江湖，摧廓江西！是以關於方回之晚唐體，乃是宋初之九僧體與宋朝末年相呼應之四靈，四靈之後又有江湖詩派，也被劃歸爲晚唐體，如此晚唐之義甚明，而方回撻伐不已的晚唐體正宜此。

又就其所舉宋初三體而言，白體詩方回不貶，《律髓》選入白詩亦多〔註39〕；而西崑體於本章前頭已論，亦非方回大著力處。至於「九僧」，最早標出此是歐陽修《六一詩話》，記宋朝有名僧者九，有《九僧詩》已亡，僅記惠崇一人，其餘忘之。〔註40〕後司馬光《溫公續詩話》，續補其言「九僧」曰：

> 歐陽公云：「《九僧詩集》已亡。」元豐元年秋，余遊萬安山玉泉寺，於進士閔交如舍得之。所謂九詩僧者：劍南希晝、金華保暹、南越文兆、天臺行肇、沃州簡長、貴城惟鳳、淮南惠崇、江南宇昭、峨眉懷古也。直昭文館陳充集而序之，其美者亦止於世人所稱數聯耳。(《宋詩話全編》第一冊，頁372)。

方回於第四十七卷釋梵類中特別將之一一標出，而九僧消逝已久，四靈江湖則乘反江西之機，一時蔚爲風潮，故方回眞正要爭鬥的是晚唐體中的四靈與江湖，其中又因江湖人格低落，故方回亦反之最力。此乃宋之晚唐體〔註41〕。

然而宋之晚唐風行亦不能無宗可學，如方回〈恢大山西山小稿序〉所言：「炎祚將迄，天喪斯文，嘉定中，忽有祖許渾、姚合而爲派者，五七言不能爲，不讀書亦作詩，曰學四靈，江湖晚生皆是也。嗚呼痛哉！」其所學者正是晚唐之姚合與許渾，故方回在批判四靈、江湖的同時也會批判其宗主。而這種批判或僅以「晚唐」二字概括，或標出姚、許，然實皆針對姚詩、許詩而論，總和來說方回評他們的詩缺點有三：(一)淺而俗；(二)專求工，作小結裹〔註42〕；(三)氣格小巧纖弱細碎〔註43〕等。而優點

〔註39〕《律髓》選白居易詩計有五律六十首、七律六十七首，共計一百二十七首。可參文後附錄一。

〔註40〕歐陽修《六一詩話》：「國朝浮圖以詩名世者九人，故時有集號《九僧詩》。今不復傳矣。余少時，聞人多稱之。其一曰惠崇。餘八人者，忘其名字也。……其集已亡，今人多不知所謂九僧者矣，是可嘆也！(《宋詩話全編》第一冊，頁213。)

〔註41〕有時不言晚唐體，而是針對詩人而括言之。如評呂居仁《寄壁公道友》云：「江西詩，晚唐家甚惡之。然粗則有之，無一點俗也。晚唐家吟不著，卑而又俗，淺而又陋，無江西之骨之律。」(《律髓刊誤》卷四七釋梵類，頁432)此晚唐家乃指宋末晚唐派詩人，而其不讀書正是造成「俗」之因素。

〔註42〕如方回曾說：「盛唐律，詩體渾大，格高語壯；晚唐下細工夫，作小結裹，所以異也，學者詳之。」(《律髓刊誤》卷十五暮夜類評陳子昂〈晚次樂鄉縣〉，頁131)又「詩家有大判斷、有小結裹，姚之詩專在小結裹，故四靈學之、五言八句皆得其趣；七言律及古體則衰落不振。」(《律髓刊誤》卷十春日類評姚合〈游春〉，頁87)按郭

則是能有「清新」。如方回評姚合〈山中寄友生〉:「五六好比賈島,斤兩輕一不逮,對偶切二不逮,意思淺三不逮,卻有一可取曰清新。」又評張司業〈過賈島野居〉曰:「賈浪仙詩幽奧而清新,姚少監詩淺近而清新,張文昌詩平易而清新。」(分見《律髓刊誤》卷二三閒適類,頁 235、237)觀賈島(779～843)者,於《律髓》中常扮演一特殊角色——即與姚合相比之角色。賈島雖也是四靈所宗之一,但方回對其評價顯然較高,也藉此凸顯姚合之弱。其評姚合〈送喻鳧校書歸毘陵〉曰:「送人詩三十餘首,以余再選僅得三首,……其餘有左無右、有右無左;前聯佳矣、後或不稱;起句是矣,繳句或非。有小結裹,無大涵容其才與學殊不及賈浪仙也。」(《律髓刊誤》卷二四送別類,頁 259)姚合之劣正在於不能完成一佳篇,原因在其才與學不足,涵容不足,僅能爭字句之工作小結裹,寫出佳聯或佳句,這也正是不如賈島能大涵容之處。此外,晚唐詩家另一優點是「五律亦可學之」。如曰:「老杜七言律,晚唐人無之;凡學詩五言律詩可晚唐,只如七言律不可不老杜也。」(《律髓刊誤》卷四七釋梵類評杜工部〈涪城香積寺官閣〉,頁 427)又如評趙師秀〈桃花寺〉:「四靈學姚合、賈島而不工,七言律大率皆弱格,不高致也。」(同上卷,頁 422)是以晚唐詩亦有可供學者,然懼學詩者如四靈、江湖者僅效此體,取法乎下,不肯往上追溯杜甫這最佳典範,則詩又落於下下矣。但在此必須分辨的是,方回對於姚、許之外的「晚唐時期」詩人,實褒多於貶,如杜牧、張文昌等,甚或劃作老杜派之一。又他在評晚唐詩人張祜詩時也說:「元和以後,漸向細潤,愈出愈新,而至晚唐。以老杜為祖,而又參此細潤者,時而用之,則詩之法盡矣。」(《律髓刊誤》卷一登覽類,頁 17)可見晚唐亦有詩法是學者必參之處,在方回之典範體系中尚是不可缺者,不可盡廢。大體而言,方回反之晚唐詩人,以姚合、許渾為顯,其格弱小巧乃小結裹,又為四靈江湖所宗,

---

紹虞於《滄浪詩話校釋》中言:「案《傳燈錄》卷三十〈鉢歌〉:『丈夫話語須豁豁,莫學痴人受摩垿,趁時結裹學擺撥,也學柔和也饜糯。』又沈作喆《寓簡》云:『今之學者謂得科名為了當,仕宦者謂至從官為結裹。』結裹似是鍛鍊有成就之意。胡才甫箋注引方回《瀛奎律髓》『詩家有大判斷,有小結裹;姚(合)詩專在小結裹,故四靈學之,五言八句,皆得基礎』之語,亦近此意。」見嚴羽著、郭紹虞校釋:《滄浪詩話校釋》(北京:人民文學出版社,2000),頁 124。筆者謂其引三例似各有其意,「鍛鍊有成就」以解〈鉢歌〉詩較當。「仕宦者謂至從官為結裹」則當有大小比較之義,結裹者是從官之位,非正品。如此視方回之「小結裹」較當。方回之謂小結裹常相對於大判斷、大涵容而言,亦即缺乏才識,僅專注於細小處工夫,如專練字句之工者。

〔註43〕　「然姚之詩小巧而近乎弱,不能如賈島之瘦勁高古也」(《律髓刊誤》卷十一夏日類評姚合〈閒居晚夏〉,頁100)又評姚合〈送李侍御過夏州〉:「大抵姚少監詩不及浪仙,有氣格悲弱者,……皆晚筆之所不當學。」(《律髓刊誤》卷二十四送別類,頁259)

是以被攻之最烈。

至於方回眼中的四靈與江湖，因同出於晚唐，〔註 44〕故也同樣具有晚唐詩的毛病。尤其江湖又次於四靈。方回說：「後村詩比四靈斤兩輕，得之易而磨之猶未瑩也。四靈非極瑩不出，所以難。後村晚節詩，飽滿四靈，用事冗塞，小巧多，風味少，亦減於四靈也。」（《律髓刊誤》卷四十二寄贈類評劉後村〈贈翁卷〉，頁 370）蓋江湖作詩比四靈更輕率，更冗塞。所以不如。然學者多於此之外，認為人品才是最重要的決定因素。尤其劉後村阿諛賈似道，更是不容於方回。遂頻頻攻擊江湖詩人「訴窮乞憐」〔註 45〕，與《律髓》中所選諸家形成一強烈的對比。一如許清雲所說：「《律髓》選許渾五律九首、七律八首；合計之，於入選唐人中居十四位，是所選亦不少，唯虛谷之意，不在高舉許詩，乃因『俗所甚喜，予輒抑之以救俗。』（《瀛奎律髓》卷三評〈凌敲臺〉）是以吹索譏彈，亦不遺餘力。」（《方虛谷之詩及其詩學》頁 191）是以姚合、許渾等晚唐詩人，於當時大行，故方回特矯之。此猶在詩格上不合方意。至於江湖者，就方常攻訐者而論，劉後村達四十首最多，戴石屏三首、劉改之二首、宋謙父一首，高九萬與孫季蕃無選。然亦於評論他人時提及。〔註 46〕對於此派詩人之失除於詩格俗卑外，更常著眼於其干謁

〔註44〕四靈專學晚唐姚、許。江湖則因人數眾多，體派流雜，有學四靈亦有學江西者，故學者多不以簡單「晚唐」二字概括之。如後村初學晚唐，晚節欲學放翁；石屏詩先受四靈影響，後又加入江西風格。此皆方回所不講。故於此明辨。

〔註45〕方回曾說：「後村詩初學晚唐，即知名，丞相鄭清之奏賜進士出身，賈似道當國，仕至尚書端明，詩文諛鄭及賈已甚。」至於戴石屏（1167～？），方回曾說：「石屏此詩，前六句儘佳。尾句不稱，乃止於訴窮乞憐而已。求尺書，干錢物，調客聲氣。「江湖」間人，皆學此等衰意思，所以令人厭之。」（原《刊誤》缺，依《律髓彙評》補上，卷十三冬日類評戴石屏〈歲暮呈真翰林〉，頁 486）又說：「（石屏）早年不甚讀書，中年以詩遊諸公間，頗有聲，壽至八十餘，以詩為生涯而成家。蓋江湖遊士，多以星命相卜挾中朝尺書奔走閩臺郡縣餬口耳。」（《律髓刊誤》卷二十梅花類評戴石屏〈寄尋梅〉，頁 207）

〔註46〕對於劉改之，方回評曰：「以詩遊謁江湖，大欠針線。……惟此二詩可觀。」（《律髓刊誤》卷二四評劉改之〈送王簡卿歸天臺二首〉，頁 269）又：「亦足以見改之乃一俠士。然外俠內餒，作詩多干謁乞索態云。」（《律髓刊誤》卷二四送別類評王簡卿〈送劉改之〉，頁 271）而於高九萬與孫季蕃二人，亦曰：「高九萬詩甚俗，為〈老妓〉詩二首尤俗於後村。孫季蕃老於花酒，以詩禁僅為詞，皆太平時節閒人也。」（《律髓刊誤》卷四二寄贈類評劉後村〈贈高九萬幷寄孫季蕃二首〉，頁 370）另宋謙父者，方評曰：「父子兄弟皆能詩，而謙父名頗著。賈似道賄以二十萬楮，結屋南昌。詩篇篇一體，無變態……他如『酒熟渾家醉，詩成逐字評』亦佳，但近俗耳。（《律髓刊誤》卷十三冬日類評宋謙父〈一室〉，頁 120）可見對此般江湖詩人，方雖品詩，猶不忍再三提及其乞憐干謁之事，而如此事跡於前文所引評戴復古〈寄尋梅〉（《律髓刊誤》卷二十梅花類，頁 207。）時，亦有提及，是方回選其詩雖少，然每一觸

乞憐上，於《律髓》中正是因爲要在其中起著反典範的作用，而這反典範除了詩格之外，更包含了品格。此亦見方回論詩甚重人品，其道學家的詩觀常於選詩、評詩上起著作用。

五、小 結

本章共分爲四個部分，第一是關於「從句法到活法」，主要討論的是方回在技巧論上的要求，方回《律髓》的評點大致是從最小的單位「字眼」出發，到一句、一聯等，皆曾做出細膩的評點。這是方回選詩論詩的最基礎部分，也是較消極的條件要求。

第二部分承繼前一部份而進入探討方回論詩之風格論，主要分析了方回偏嗜的風格如「平淡」、「瘦勁」、「清新」與「新熟」等，並從中取得與某些詩家的聯繫，發現方回的風格論也常會對應著某些詩人評論，例如梅聖俞的平淡與張宛邱的自然等。又方回所主「清新」一詞，除了表現純粹無滯的境界之外，更還包含了「以故爲新」的意涵，而「熟」者與之相濟，表現的是對詩法左右逢源，無施不可的熟，而非熟爛，此皆欲瞭解方回風格論特別之點。

第三部分，承續第一、二節之論，提出「格」作爲總結其詩法與風格之論。方回論詩雖講求一聯、一句乃至句眼之形式美，然對於好詩的終極要求還要格高意至，「詩以格高爲第一」是方回對作一首詩的最高指導原則，其次則是求意，再次才講求句法等形式化的準則。尤其「格」的部分實蘊含了「體格」、「風格」與「人格」等三位一體的評論焦點，有著從技巧論推演開來，跨至風格論與知人論世的批評觀是其特色。也是本處最需要注意的部分。

最後論方回的唐宋詩人典範體系論，這裡的情形是宋人如何在「好詩已被古人作盡」的窘境下披荊斬棘出一條神似唐人又獨具宋貌的「詩路」。面對於此，方回一方面以復古心態，往一祖三宗探源尋求建立更強的典範，另一方面也希望扭轉四靈、江湖正盛的情勢，重新建立可長可久的族系。欲成族譜則必有祖有嫡系，杜甫是正是此最終極的典範。自他以下，正脈三宗，別支梅、張，代表了北宋詩壇的兩種典型，後來兩脈又匯流到呂居仁、曾幾身上，將活法一創一傳，開創乾淳詩人新變的局面直至趙章泉，形成一股強大的唐宋詩人集團名曰：老杜派。更特別的是，唐宋之間的關係完全建立在「繼承」之上，然到了乾淳詩人之後直到趙章泉爲止，出入江西又兼融中晚唐的創作特色，更是方回最鮮明的典範。建立

及便再論，足見其恨！

這一連串的典範消極方面可以打破四靈江湖造成宋詩淺俗的局面，積極方面則是含新變於復古之中，開創宋詩之後的新道路。吾人除了能見其取江西詩法授人之外，更要深究方回在《律髓》中建立的詩人體系，隱約有求新求變的意味，而方回舉出的是老杜派以振宋詩，以復古成就創新。而後人能認識此，也就能跳脫江西詩派的迷思。

第四章 《瀛奎律髓》選詩分析

　　本章擬從《律髓》的選詩著手，進行初步分析。首先是分析方回選詩的決定因素，大略可分三節，分別是一、選詩基礎條例；二、據道學家詩觀選詩；三、其他特殊條例；各節底下再分若干點，分別從各方面闡述方回編選《律髓》時採用的選詩條例。第一節，屬於方回選詩的基本條例，分析方回選詩除了有一至高的典範——「杜甫」之外，尚有因一佳聯或一佳句而選的情形，並會參照詩人的人品或特性去選，其中詩人特性方面，具有多樣的參照標準，包括如生平、創作擅場等皆是。第二點則是之前的研究者較少論及之處，筆者在分析《律髓》與方之生平後，發現「道學」影響方回治學甚多，使其在選評詩方面也透露出道學觀，而這是歷來評點《律髓》者甚少關注之處，然此點卻不應被忽略，否則概難完整理解方回的詩觀。第三節諸點則是探討方回藉著詩來表達一些特殊目的，可以視為「詩」的多功能性展現，也是評點詩的附加價值，然因為不是著眼於詩本身形式或內容的評點，所以難免遭人非議。本節並論及方回選詩的參考依據。最後一點則顯示方回成書採因類選詩，故難免有為求備類或割取上的爭議，使其詩選在素質上受人質疑，降低《律髓》的水準，而這也同時顯示欲成就一本詩選，為了達到部類上的齊全，不得已會有良莠不齊的現象與無奈。以上便將方回選詩的分析分此三節加以論述，並於第四節作一「小結」。

一、選詩基礎條例

　　方回編《律髓》其選詩主要從兩個方面，一是選詩之內容各歸入所編之四十九類中，是為以「類選」，此選法在假設選者具有客觀眼光的條件成立下，是得見唐宋兩代詩主要之命題取向，此於第一章緒論中對《律髓》體例之溯源與分析已論；二者選詩的方向在於詩人的典範性，是為「人選」。方回編《律髓》不只是消極體現唐

宋詩之大觀，更要積極的藉此闡述出其詩學，扭正當時風氣與教育讀者，方回在這方面的企圖主要表現在評語與選詩結合時，其言總「刻意」的表述詩論，如其自言所評「詩話」也，也就是說將其評語獨立亦能成就一部詩話。若比較方回在「類選」與「人選」上的選詩表現時，可以發現「類選」容易多所遷就，招致批評。從其評語反觀所選，也發現「人選」將比「類選」更能彰顯其詩觀，也更值得吾人分析闡述。是以本章所論選詩分析多從「以人選詩」之角度，而相關「以類選詩」之論，則別爲一小節「以類選詩之失」於第三節末。

　　吾人從「人選」角度觀察《律髓》可得兩個方向。一者，以詩體配以人選。方曰：

> 老杜詩爲唐詩之冠。黃、陳詩爲宋詩之冠。黃、陳學老杜者也。嗣黃、陳而恢張悲壯者，陳簡齋也。流動圓活者，呂居仁也。清勁潔雅者，曾茶山也。七言律，他人皆不敢望此六公矣。若五言律詩，則唐人之工者無數。宋人當以梅聖俞爲第一，平淡而豐腴。捨是，則又有陳後山耳。此余選詩之條例，所謂正法眼藏也。（《律髓刊誤》卷一登覽類評陳簡齋〈與大光同登封州小閣〉，頁 21）

其言指出《律髓》中七律以杜、黃、陳、簡齋、居仁與茶山爲主，是眾人所不能及。方氏指出這些詩家與前所論之典範體系完全符合，其代表性是節已述；然尤可注意者是對於七律之最善者中，僅杜甫爲唐人，餘皆宋人，這實迥異於一般論者視其宗唐而貶宋的認知。在七律上更可見純粹之杜詩派衍。至於五律，則乃唐人擅場，符合其包含甚廣的「老杜派」典範。本言之特殊處在三宗之一的陳後山竟落於呂居仁之後，是見論者每以「一祖三宗」概括方回之崇，實易失之簡陋，蓋此說專用於「七律」爾！

　　再者，若以朝代配以人選，則可見方回評許渾〈春日題韋曲野老邨舍〉時，其自述選詩的標準曰：

> 予選詩以老杜爲主。老杜同時人皆盛唐之作，亦皆取之。中唐則大曆以後，元和以前，亦多取之。晚唐諸人，賈島開一別派，姚合繼之。沿而下，亦非無作者亦不容不取之。（《律髓刊誤》卷十春日類，頁 87）

我們觀察這段話可以發現方回開宗明義便舉出其選詩的最大決定因素——杜甫詩。並順此而下，逐一點出選詩的要件，從此來看，方回選詩可說是甚具自覺意識，選入《瀛奎律髓》者有其相當目的與意義，非漫然胡選。再者，這段話尚可注意的有兩方面：一是選取的詩人，一是時代的劃分。而欲知其時代劃分的範圍，則又必須從詩人群體著手。這段話裡，首句即標明選詩以其「一祖三宗」之一祖——杜甫爲

主，同時名家皆劃入盛唐，并爲可取之對象。而這個群體所包含者在前章第四節「典範體系論」已探討，並在前一章討論盛唐諸家在方回詩人體系中扮演的角色時，已連帶提到方回對「盛唐」的定義。而在此論及方回的選詩條例，則又必須再次提出並予以更深入的討論。首先，我們可以從前章「盛唐諸家」一小節中得出方回界定「盛唐」詩人的觀念。其「盛唐」指的是「唐詩之盛時」，亦即名家輩出的時代，這些名家除了包含以杜甫爲中心的「王摩詰、孟浩然、李太白、杜子美、岑參、高適、韋應物、劉長卿、嚴維與秦系」等同時詩人之外，連唐明皇也可列入其中。〔註1〕而這些詩人在律詩創作上的素質與功力亦能與杜甫分庭抗禮。再者，「盛唐」概念甚至往前延伸到初唐大家，其中以杜審言尤其突出，如方回評梅聖俞〈送任適衛烏程〉（《律髓刊誤》卷四風土類，頁 170）說道：「一掃崑體，與盛唐杜審言、王維、岑參諸人合。」顯然把杜甫初祖的杜審言也列入盛唐範圍，那同時代者亦若是也。方回以「詩之盛者」爲界定範圍的依據。打破了初盛唐的觀念，其唐詩分代顯然與我們一般的四唐分法不盡相同。

　　再者，方回說：「選詩以老杜爲主」誠然也。書中共選杜詩二百二十一首，乃所有詩人之冠。不僅於此，杜甫也是方回詩學概念之樞紐，前承杜審言之家學，後開百代之流變，構成方回詩學體系的縱鍊之關鍵環節，其重要性已在前一章分析「一祖三宗」論及，在此不再贅述。再細觀方評選杜甫詩又有優劣比較，其夔州後詩是方回引以爲典型中之極致者。他說：

　　　　前輩論詩文，謂子美夔州後詩，東坡嶺外文，老筆愈勝少作，而中年亦未若晚年也。（《律髓刊誤》卷十六節序類評蘇東坡〈庚辰歲人日作〉，頁150）

在評杜甫〈春遠〉說：

　　　　大抵老杜集，成都時詩勝似關輔時，夔州時詩勝似成都時，而湖南時詩又勝似夔州時，一節高一節，愈老愈剝落也。（《律髓刊誤》卷十春日類，頁84）

評杜工部〈晚出左掖〉也說：

　　　　……山谷評公詩，猶必以夔州後詩爲準。然則不變不進，愈變愈進。

〔註1〕 可參前一章第四節第二小節「盛唐諸家」。方回曰：「開元天寶盛時，當陳宋杜沈律詩、王楊盧駱諸文人之後，有王摩詰、孟浩然、李太白、杜子美及岑參、高適之徒，並鳴於時。韋應物、劉長卿、嚴維、秦系亦並世，而不見與李、杜相倡和。詩人至此，可謂盛矣！爲之君如明皇者，高才能詩，亦不下其臣，豈非盛之又盛哉？」（《律髓刊誤》卷十四晨朝類評唐明皇〈早渡蒲關〉，頁124）

老杜且然，況他人乎。(《律髓刊誤》卷二朝省類，頁24)

方回愛賞杜甫夔州後詩，大抵繼承自黃山谷的見解。山谷曾說：「觀杜子美到夔州後詩，韓退之自潮州還朝後文章，皆不煩繩削而自合矣。」又說：「但觀熟杜子美到夔州後古律詩，便得句法：簡易而大巧出焉，平淡而山高水深，似欲不可企及。」(〈與王觀復書〉，《宋詩話全編》第二冊，頁 943)但是對杜甫夔州詩如此偏愛，便引來紀昀的批評。他在評上選兩詩時便說：「此宗山谷之論，其實英雄欺人。杜詩佳處卷卷有之，若綜其大凡，則晚歲語多頹唐，精華字在中年耳。」(評杜甫〈春遠〉)又說「『愈變愈進』自是一定道理，然老手亦有變而頹唐者，必以夔州以後為準，非通方之論也。」(評杜工部〈晚出左掖〉)顯然，紀昀並不認同方回的見解，方回認為最佳處，紀昀卻當它是頹唐，顯見兩者對於風格鑑賞上有所差異。而在杜甫這極關鍵點上，兩人已有相當出入，那由這般杜詩為中心，延伸發展出的方回詩觀也就很難獲得紀昀的認同了，這或許可以解釋紀批在律髓中大唱反調的部分原因。所謂「剝落」，依張夢機的看法，指的是「詩能剝去彩豔，專存真氣。」〔註2〕總體來看三宗之詩，山谷勁峭，後山瘦勁，簡齋雄渾，從風格來看，確實都有向這理想邁進之態。在內容方面，杜甫夔州後詩與前不同者，在於以抒情代替記事，將民情與時事通過回憶與內心感受曲折表達出來，並更關注自身生活周遭，此與江西諸人避黨禍，遊山林，潔身自愛的生活情狀相似。形式方面則「晚節漸於詩律細」(杜甫〈遣悶戲呈路十九曹長〉)的杜詩，讓山谷以下江西詩人趨向追求形式藝術美，直至方回一脈相承發展開來。也使得《律髓》呈現出偏向形式主義的基調，以下一節將著重這方面的探討。

至於盛唐諸公而下的中唐範圍，方回曰：「中唐則大曆以後，元和以前，亦多取之。」亦有所取，這段時間（大曆元年至元和十五年 766～820）代表詩人有延續杜甫社會詩人一脈的有元結（719～772）、顧況（727～815？）；五言長城之劉長卿（725～790？）；田園詩風的韋應物和相互酬唱的台閣詩人「大曆十才子」〔註3〕。然考方回選詩，僅劉長卿與韋應物較多，其評語亦多簡省，並無與前後詩人繫連，在選詩數目與評點上皆難以構成典範性，蓋為成就一代詩況而不得不選。〔註4〕以下至元和則

〔註2〕張夢機《讀杜新箋——律髓批杜詮評》臺北：漢光文化事業股份有限公司。1986年，頁25。

〔註3〕大曆十才子成員說法分歧，本文採最近於當時之姚合說法，其《極玄集》卷上〈李端小傳〉所言：「(端)與盧綸、吉中孚、韓翃、錢起、司空曙、苗發、崔峒、耿湋、夏侯審唱和，號十才子。」收錄於傅璇琮：《唐人選唐詩新編》(臺北：文史哲出版社，1999)，頁539。

〔註4〕《律髓》無選元結詩，選顧況詩二首；劉長卿廿一首，重出一首；韋應物十四首；

有元白等「元和體」產生，《律髓》選元稹詩僅八首，但選白居易詩則有一百二十七首，僅次於杜甫二百二十一首，選量居唐人之二，居全本詩人之三，足見頗受重視。蓋其所謂多選者、具典範性者，當白居易爾。

至於晚唐，在方回眼中乃是屬於賈島、姚合與許渾以下一派。就生卒年代而言，此三人應是中唐人，然晚唐詩推敲字句、講究工對的作詩風格，卻是從此濫觴。尤其到了宋末又出現四靈、江湖諸家以此爲模範，摧廓江西詩風，一時風起雲湧，群起效尤。此現象正是方回論詩之大患，《律髓》中有不少條例指出晚唐詩法之謬，並舉盛唐與杜甫應之，蓋反對宋末的復歸晚唐行動，亦是方氏著《律髓》緣故之一。然晚唐猶是典範之一，間有可取者，方回仍加以選錄，如賈島計收有六十七首，居所選唐詩家之三；至於姚合收有四十二首，居唐人第五；許渾收十五首。如此數據顯示賈姚系統在方回的唐詩體系論中佔有不可或缺的地位，但自姚合、許渾以下已經是屬於反典範一類了。以許渾爲例，他在《律髓》中有相當成分是要作爲反面教材的。如評其〈姑蘇懷古〉一首說：

> 學者若止如此賦詩，甚易而不難。得一句則撰一句對，而無活法，不可爲訓。(《律髓刊誤》卷三懷古類，頁 35)

但在紀昀眼中既然選入應是佳篇，是故加以評說：「是非自有確評，別自當存定見，明知其不可訓，乃以《百家詩選》取之，遂壓於盛名而牽就其說，是何言歟？」認爲他失了評點家應有的原則，予以抨擊。到底這又是兩人選詩觀的差異，所造成的誤會，若以方回選詩亦有「反典範」來解讀，則兩人之矛盾冰釋矣。

大抵在此可以明瞭方回選唐詩之意，而在宋末江西與四靈、江湖的攻防下，盛唐與晚唐將是代表兩種影響宋詩深鉅的典範，造成盛唐詩與晚唐詩之爭在宋人身上還魂，方回生於江西氣息奄奄之際，尤其不滿江湖格卑，便戛戛而起，編纂詩學教材時一併把唐宋兩代的盛唐晚唐之爭寫了進去，造成《律髓》裡的宋詩人處處活在唐詩人陰影之下，時時讓方回拿來與唐詩人比較，以判優劣。

以上從以人選詩角度表述方回選詩之基礎，續就其選詩之體例闡論之。約有「因一聯一句而選」、「依人品決定」、「依詩家特性大量集中選詩」及「具有特殊教學意義」等四端，以下先就其最基本之選詩條件：「因一聯一句而選」。

大曆十才子詩有李端三首、盧綸六首、韓翃八首、錢起三首、司空曙七首、崔峒一首、耿湋七首，無苗發與夏侯審。僅劉長卿與韋應物二人選詩達十首以上，然評語絕省。可觀者如評劉長卿〈碧澗別墅喜皇甫侍郎相訪〉曰：「劉隨州號『五言長城』。答皇甫詩如此句句明潤，有韋蘇州風。」(《律髓刊誤》卷十三冬日類，頁 117) 又如評韋應物〈月夜會徐十一草堂〉曰：「蘇州詩淡而自然」(《律髓刊誤》卷八宴集類，頁 78) 大體於詩格稍論，生平略述爾。

（一）因一聯一句而選

　　重視詩之一句或一聯，並進而摘取或選入，這在文學選集發展上有其一定背景，如唐之《河嶽英靈集》與《中興間氣集》，便有對詩摘句而評的現象，因此以佳句或佳聯選詩實與中國傳統摘句批評有相當聯繫。方回選詩重視佳句、佳聯，「佳句」可視爲其選詩的最低門檻。這也顯示其與前人選集與詩話的歷史聯繫。甚至他在評點方面也著重摘句批評，這在下一章分析方回評點體例時還會說明，在此先著眼於他選詩條例部分。方回常因某詩有佳句或佳聯而選，例如他評李郢〈夏日登信州北樓〉說：

> 中四句尤佳；卻是第七句一斡有力，爲高樓之望，正足銷憂而蟬已迫
> 人入城矣，始見無窮之味。（《律髓刊誤》卷十一夏日類，頁 99）

第七句有力而勝，承上啓下，得足爲有味之詩。在方回看來，一佳句便有畫龍點睛之效，可以入選參之。又如評范石湖詩說道：

> 「人向梅梢大欠詩」，佳句也。予選詩，不甚喜富貴功名人詩，亦不
> 甚喜詩之富豔華腴者。其人富貴而其詩高古雅淡，如選此篇，以有此聯佳
> 句耳。（《律髓刊誤》缺，《律髓彙評》卷十三冬日類評范石湖〈海雲回接
> 騎城北時吐蕃出沒大渡河水上〉，頁 494）

范石湖功名得意，人品亦高尚。方回不喜富貴人之詩，蓋與宋人偏愛平淡詩風有關，此詩好在一句，而詩意不帶富貴氣，能高古淡雅，故入選。此類例子甚多，不妨再舉一例。如他評皇甫冉〈館陶李丞舊居〉：

> 此詩好處原只在「平子賦」「鄭公鄉」一聯。誰謂爲詩不當用事乎？
> 用事而不爲事所用可也。若但有後四句，則墮套括。（《律髓刊誤》卷三懷
> 古類，頁 33）

此詩原無甚佳，乃因一句一聯而選，並兼述「用事」之法，在於不拘於典故本意，求其創新。然此等選詩體例是與「人選」相繫連的，故時有因某句、聯「似杜」而選，前章論「典範體系論」時多可見方回評中指出詩似老杜之語，然儘非典範者亦猶因似杜而入選，如其評唐子西〈除夕〉曰：「此詩三、四似老杜，故取之。」（《律髓刊誤》卷十六節序類，頁 140）可見一斑。以一句、一聯佳而選，這是方回選詩評點的基本模式，從一句或一聯中肯定這篇詩的價值，或可作教學之用，以句或聯爲基礎點，發論詩的風格、章法、典故或一己之思等。此部分屬於評點切入範疇，留待往後敘述。總之，因一句或一聯而選錄，這是方回選詩基本而重要的模式。

（二）依人品決定

　　詩家的人品也是方回選詩極爲重要的判斷依據。例如下面這段評點所說：

　　　　東坡作詩，初學劉夢得，頗涉譏刺。第以荊公新法，天下不便，故勇
　　　於排之，而又不能忘情於詩。間有所斥，非敢怨君。元豐中李定、何正臣、
　　　舒亶彈劾之，下獄，欲置之死。置於今，此三人姓名，士君子望而惡之。
　　　亶有〈和石尉早梅二首〉曰……此兩詩亦頗可觀，……亶眼不識東坡，而
　　　謂其能識梅花耶？然亦格卑句巧，似乎湊合而成。惟東坡詩語意天然自
　　　出，高妙懸絕不同。其人品不堪與東坡作奴，故附其詩於坡詩之下，不以
　　　入正選云。（《律髓刊誤》卷二十梅花類評蘇東坡〈岐亭道上見梅花戲贈及
　　　季常〉，頁 196）

構陷東坡的三人在前一條的標準下亦有詩可取，然人品低劣，故只能將佳句附於評
點帶到而已，不配與諸公並列。尤其這段話 之「格」字，兼有人品上與藝術上的意
義，這也是方回論詩值得特別注意之處，其常將人品格高低接軌詩作優劣，進而成
為一種可以忽略詩作本身好壞，而憑人品選詩的特殊現象。例如評余襄公〈落花〉：

　　　　三四不減二宋，亦似「崑體」。余襄公靖蓋直臣名士，詩當加敬。（《律
　　　髓刊誤》卷二七著題類，頁 290）

「崑體」本非方回所好，然作者乃是忠臣，故獲青睞而入選。又如評徐崇文〈毅齋
即事〉時說：

　　　　毅齋徐公，……朱文公門人也。端平侍從，近世君子之無瑕者。此詩
　　　中四句絕妙，味其學力，非小小詩家可及，有德者必有言也。（《律髓刊誤》
　　　卷十二秋日類，頁 116）

評俞退翁〈題三角亭〉也說：

　　　　此仄聲律詩。題既奇，語亦妙。退翁名在《隱逸傳》。其人尤高，不
　　　可不取。（《律髓刊誤》卷三五庭宇類，頁 345）

藉著舉出本詩中佳句符合前述第一點條件，並進而將「人品等同詩品」合理化，所
謂「有德者必有言」，甚至提升到「不可不取」的積極條件，形成方回選詩的一大特
色。

（三）依詩家特性大量集中選詩

　　　　除了以上兩條基本條例之外，方回選詩時而脫離文本的藝術性，而轉向其他因
素。以「詩人特性」來大量選取便是一例。這種詩人特性常是前批評家的共識結晶，
或是方回獨具慧眼，加以概括出來。例如他便因陸放翁高壽而多選入老壽類。他在
老壽類序中說：

　　　　香山九老之會，洛陽耆英繼之，此盛事也。予嘗慕近世詩人曾茶山、
　　　陸放翁、趙昌父、滕元秀、劉潛夫，皆年八十以上，而放翁之壽為最高，

故多取放翁詩云。(《律髓刊誤》卷九老壽類序,頁 81)

老壽類一卷,方回羨慕前人耆老之聚,樂取美談以饗讀者。這是本卷的選詩大旨。評點時也常僅點出詩中人物之歲壽,為盛事加註。尤其陸游高壽,其詩想來也較能貼切的表現此種心態。故方回多選亦無可厚非。然後來之評點者則可能不以為然,如紀昀對「評詩自當言詩」的堅持,要求評點者焦點應當集中在文本的藝術性,而非如此迂闊漫談。例如他在評白樂天〈胡吉鄭劉盧張六賢皆多年壽……〉便指出:「此以盛事見傳,其詩殊不足取,不宜選以為式。」(《律髓刊誤》卷九老壽類,頁 81)由此可知在賦予詩的功能的見解上,兩者的差異甚大,這也是《律髓刊誤》中方紀二人意見處處扞格的原因之一。又如卷四十三遷謫類,方回多記仁人義士之生平,使人得見其遺風餘思,然紀昀依舊著重文本之形式美,兩人之評點也就隔如胡越,難有交集。這種選詩與評點的著眼處不同,衍生意見極大差異的例子甚多,散見各卷不一而足。

方回選詩考慮詩家特性,亦能顧及詩人擅場。如梅聖俞擅長寫風土民情,方回亦能慧眼賞之。如他評梅聖俞〈送任適尉烏程〉:

聖俞詩一掃崑體,與盛唐杜審言、王維、岑參諸人合。今學者學「四靈」詩,曷不學聖俞乎?能言風土者,聖俞所尤長也。(《律髓刊誤》卷四風土類,頁 47)

又言:

聖俞因送行言風土,佳句甚多,姑選此數篇,學者當舉一隅也。(《律髓刊誤》卷四風土類,評梅聖俞〈送李閣使知冀州〉,頁 48)

其共選梅風土詩十一首,讓人細賞效法。此般眼光,亦與後代對梅之評價相符。又如杜甫月類詩頗受其愛賞,故多選於月類是卷也。他於序中表示道:

然則月詩五言律無出於杜少陵,故所取杜詩為多。(《律髓刊誤》卷二二月類序,頁 224)

又在評杜工部〈初月〉中提到:

老杜月詩選十五首,今無能及之者矣。(《律髓刊誤》卷二二月類,頁 224)

雖然杜詩確實具有相當的典範性與詩史上的地位,然動輒便說他是古今第一,到底有時失之武斷,難怪乎紀昀要貶他論詩有「黨援」〔註5〕之弊了。

〔註 5〕 紀昀〈瀛奎律髓刊誤序〉認為其論詩之弊有三,一曰黨援:「堅持『一祖三宗』之說,莫敢異議。雖茶山之粗野,居仁之淺滑,誠齋之類唐,宗派苟同,無不袒庇。而晚唐、「崑體」、「江湖」、「四靈」之屬,則吹索不遺餘力。是門戶之見,非是非之公也」。收於《律髓刊誤》,頁 7。

（四）具有特殊教學意義

　　方回編選《律髓》，其序便曰：「文之精者為詩，詩之精者為律，所選詩格也，所註詩話也，學者求之髓由是可得也。」（《律髓刊誤》頁 5）其所選詩者，作用如詩格，詩格從唐而來，便是因應詩賦取仕而生，其作用宛如教學範本，從這段序言可明方回此書用於教學後者之用心，又與前代詩格型態獲得清楚的連結。再者，方回自言所註為「詩話」，這與宋代盛行的批評文體又有融合，這也能說明方回評點時所註所論何以如此類似詩話，而非如劉辰翁放手大膽評點，此與評點體例有關，置下章〈瀛奎律髓〉評點分析」再論。三者，就「評點」來說，其中發展因素有相當部分便是為了教學與科舉，如前已述之呂祖謙的《古文關鍵》與真德秀《文章正宗》等著作，皆是針對科考而評點，這也可輔助說明方回運用評點來教學，可能受到時代風氣影響所致。

　　再考方回生平，其編選《律髓》並加以評點的最初用途，便是做為私塾（虛谷書院）的教材，所謂「學者求之髓由是可得也」，以及書中其他時有所見，宛如教育者口吻之言，甚有可能是針對私塾學子而發。凡此，皆能凸顯《律髓》用於教學的特殊意義。

　　正因《律髓》具有教學使命，故方回除了臧否詩人與詩之外，還常揭示其中值得後人學習或應當注意之處，讓學詩的方向與途徑更為明確。而這樣的教學意義，他在選詩編類時便注意到這方面。其曰：

　　　　著題詩中，梅、雪、月最難賦，故特以為類。（《律髓刊誤》卷二二月
　　類序，頁 224）

又在卷二七〈著題類序〉說：

　　　　著題詩，及六義之所謂賦而有比焉，極天下之至難。……今除梅花、
　　雪、月、晴、雨為專類外，凡體物肖形，語意精到者，選諸此。（《律髓刊
　　誤》卷二七著題類序，頁 283）

必須先指出的是在此可能有因流傳版本之誤，造成現今看到的分卷不合方回所言。按吳瑞章重刻記言八則之六的說法，「梅花」、「雪」、「月」、「晴」、「雨」五類，宜次於「著題」之後。〔註 6〕今之版本，不僅卷次不合，晴雨亦合二為一。知此則得方回編卷之意。按其所言，「梅」、「雪」、「月」三類是「著題詩」中之最難者，亦即難中之尤難者，故特別成一類。此有提示教學之意。另外，就今人來看，方回別列「拗體類」與「變體類」更具進步的意義。如李慶甲在《律髓彙評》前言中指出，「拗字

〔註 6〕可參吳瑞章〈重刻記言八則之六〉，收錄於《律髓刊誤》，頁 11。

類」強調改變詩句某處平仄，使得作品骨格峻峭，氣勢頓挫而語句渾成；「變體類」著重情景句、實虛字以及色彩濃淡，辭意輕重等安排，在創作上比江西原本強調的「奪胎換骨」、「點鐵成金」更具藝術價值。〔註 7〕此二類相較於其他類受到後來者更多矚目，方回的強調應非漫無目的，極有可能與南宋中葉興起對江西詩派攻擊有關，尤其易生模擬剽竊更是爲人詬病之處，是以方回教學轉而強調使作品骨氣峭拔、格力突現。他在雪類中對杜甫的評語便是結合二者而論。他說：

> 老杜七言律無全篇雪篇，此首起句言「高樓對雪峰」，三、四「返照」、「浮煙」乃雪後景也。選置於此，以表詩體。前四句專言雪後晚景，後四句專言彼此情味，自然雅潔。（《律髓刊誤》卷二一雪類評杜工部〈暮登四安寺鐘樓寄裴十迪〉，頁 217）

雪類爲著題之難賦者。而著題詩之精妙處在於情景聯相對營造，此又爲「變體類」論旨之大者。能結合諸多條件，構成教學典範者，當是那「一祖」之杜甫也。

另外，方回也常指出各種作詩時易遇之難處。例如：

> 昌父當行本色詩人，押此詩亦且如此，殆不當和而和也。存此以見「花」、「叉」、「鹽」、「尖」之難和。荊公、淡庵、章泉俱難之，況他人乎？（《律髓刊誤》卷二一雪類評趙昌父〈頃與公擇讀東坡雪後北台二詩……〉，頁 223）

提示學者某韻難和。宋人好倡和酬贈，尤喜和韻次韻，然其中則可能牽涉天資才賦與學力可致的問題。蘇軾詩便是一例。他在評蘇東坡〈首夏官舍即事〉說：

> 此詩變體，他人殆難繼也。……變體如此難學，姑書之以見蘇公大手筆之異。如〈初夏賀新郎〉詞後一段全說榴花，亦他人所不能也。如老杜「即看燕子入山扉」以下四句說景，卻將四句說情，則甚易爾。善變者將四句說景括成一句，又將四句說情括成一句，以成一聯，斯謂之難。（《律髓刊誤》卷二六變體類，頁 280）

變體已難學，加上蘇軾天縱英才，詩文如行雲流水，發止之間令人不測。以才氣括

〔註 7〕 可參李慶甲《律髓彙評》前言。他說：「方回雖不否定『奪胎換骨』、『點鐵成金』之說，有時在評點時還加以運用，但突出『拗字』、『變體』之法，將之作爲『江西派』詩法的重點進行深入的研究與總結，改變了該派原先以『奪胎換骨』、『點鐵成金』的主張爲核心的作法，這對於『江西派』詩律學體系是一個改造與提高。」（頁 4）此論甚有見地，尤其李氏看出方回將「奪胎換骨」、「點鐵成金」轉化至一般的評點中，又將「拗字」、「變體」標類，無形中弱化前者，使人將注意力轉至後者，巧妙避開了當時對江西派的訾議，而這也是筆者即將在本點中加以凸顯的論點，尤其是對「奪胎換骨」、「點鐵成金」法的例證部分。另亦可參看本文第五章第三節「互參法」。

成之大手筆，學者尤不可效。又如他也曾對蘇軾、蘇轍兩兄弟的特色作過精妙的評判。他說：

> 周益公嘗問陸放翁以作詩之法，放翁對以宜讀蘇子由詩。蓋詩家之病忌乎對偶太過，如此則有形而無味。三洪工於四六而短於詩，殆胸中有先入者，故難化也。放翁其以此箴益公歟？或問蘇子瞻勝子由否？以予觀之，子瞻浩博無涯，所謂「詩濤洶退之」也。不若所謂「詩骨聳東野」，則易學矣。子由詩淡靜有味，不拘字面事料之儷，而鍛意深，下句熟。老坡自謂不如子由，識者宜細咀之可也。（《律髓刊誤》卷二四送別類評蘇子由〈送龔鼎臣諫議移守青州〉，頁266）

論者向來視蘇轍不擅詩，更遑論與其兄分庭抗禮。方回此話別具手眼，曲盡二人之妙。然東坡「浩博無涯」，不易學也。就作為教材而言，是一個供大家欣賞讚嘆的典範，而不是臨摹的範本。而這也可能是蘇軾雖受方氏激賞，甚至列入老杜派之一，但在從事實際評點時，實在難以與杜甫繫連，是以蘇詩適合玩味品賞，卻不宜作這一脈體系之教材示範。甚至方回還強調說道：

> 坡詩不可以律縛，善用事無不妙，他語意天然者，如此盡十分好。（《律髓刊誤》卷十春日類評蘇東坡〈正月二十日往岐亭潘古郭三人送余於女王城東禪莊院〉，頁94）

東坡詩既然不能盡合「律」，又怎能比之杜甫嚴謹於詩律，適於作教材呢？他又說：

> 坡，天人也，作詩不拘法度，而自有生意。（《律髓刊誤》卷二十梅花類評蘇東坡〈岐亭道上見梅花戲贈及季常〉，頁196）

以天人讚之，「不拘法度」是對他詩法的總論。《律髓》是一本詩學教材，強調詩法可尋可摹，但蘇軾之成就來自天資氣力，非僅詩法亦步亦趨能得。故方回雖選，卻也只能批道「不易學也」。

方回除了會從詩文本上求其形式造句之法以授人，有時還會從詩句內容擷取作詩與做人之理。例如評陸放翁〈寄姜梅山雷字詩〉說：

> 三四乃教人作詩之法。不可強握，必有本者如是。（《律髓刊誤》卷四二寄贈類，頁375）

三、四句即「只怪好詩無與敵，誰知古學有從來。」強調的是「學」的重要性。此亦本黃山谷「無一字無來處」的說法並同時崇奉杜甫「讀書破萬卷，下筆如有神。」（〈奉贈韋左丞丈〉）的精神。又如評曾茶山〈壬戌歲除作明朝六十歲矣〉說：

> 茶山清名滿世，年且六十，猶曰「學問只如船逆風」，後生可不勉諸！（《律髓刊誤》卷十六節序類，頁148）

又評朱文公〈擇之誦所賦擬進呂子晉元宵詩因用元韻二首〉：

> 元宵之樂，太平之世、富貴之人自不可無。學道君子尚不肯輕費時光，
> 從事於不切之務，況區區此等痴迷狂之所爲乎？僅取文公此二詩於元宵之
> 後。山谷詩曰：「讀《易》一篇如酒醒。」亦此意也。（《律髓刊誤》卷十
> 六節序類，頁 143）

此般例子不少，蓋皆勉人及時努力，日日精進不止。另外，也由於方回治學不僅止
於詩學，兼通義理，尤其推崇朱熹，造成理學、文學互有影響，雜呈於論詩之中，
因此有如上之言論也就不足爲奇。有關這一方面，留待下一節「據道學家詩觀選詩」
再敘。大抵而言，方回編選《律髓》，其基礎目的在於教學，在選詩與詩評中特別點
出可教授學子之處，亦是常例。

二、據道學家詩觀選詩

方回曾選進閩洛一派之詩，在評點中大談理學。例如評陸子靜〈和鵝湖教授
韻〉：

> 按陸氏兄弟之學，在求其本心而已。人之心本善，無不善。其所以不
> 善者，非本心也。孟子之說亦如此。故子壽詩起句云：「孩提知愛長知欽，
> 古聖相傳只此心。」子靜亦云：「墟墓興哀宗廟欽，斯人千古不磨心。」
> 此皆指其心知本然者以示人也。然聖賢所言正心、養心、存心、操心於以
> 維持防閑，夫此心者，非一端也。是故《大學》以致知格物在誠意之先，
> 而誠意又在乎正心之先。心之所以必得其正者，其道由此。而陸氏兄弟徑
> 去此一段，不復於此教人用力，特以爲一悟本心而可以爲聖賢。今日愚夫
> 也，而一超直入悟此心之本善，則堯、舜在是矣。故吾朱公非之，不以二
> 陸爲然。（《律髓刊誤》卷四二寄贈類，頁 377）

以及在評朱文公〈次韻前詩〉直接點出：

> 而二陸根本禪佛之學，不能從也。（《律髓刊誤》卷四二寄贈類，頁 377）

方回如此作法飽受後來評家抨擊。如前第一則馮班批評曰：「道學頁子，非詩也。」
紀昀則評曰：「此種議論自不錯。然此論詩之書，非講學之書也。」第二則也遭到馮
舒批道：「何與於詩？」方回如此評詩選詩在一般的詩文評家眼中，確實論點不夠集
中，以詩論學、論道，甚是雜蔓。然就當時宋末而言，理學家之詩亦是不可忽略之
一派。在方回之前，有南宋金履祥（1232～1303）編選《濂洛風雅》一書六卷，收
錄自北宋周敦頤至南宋王鍷四十八位道學家之詩，並仿呂本中〈江西詩派圖〉作〈濂
洛詩派圖〉以詩友淵源爲體系，附上入選詩人之生平宦歷。《四庫全書總目提要》指

出履祥視書中諸人皆風雅之遺，詩銘箴戒贊詠四言爲風雅之正，楚辭歌騷樂府韻語爲其變，五七言古風則是再變，絕句律詩是爲三變。又指出自此書出，另立道學家詩，則「道學之詩與詩人之詩千秋楚越」。道學家之詩儼然爲宋詩之一派也。從以上的敘述可以提出兩點現象值得注意，一是儘管有道學家（如程頤）厭詩至極，但「詩」這「道之末」已涉入道學家的生活甚深；二是好事者竟仿江西詩派作起道學家的宗派圖。這兩種現象在在顯示詩學與道學、詩派與道學流變互相指涉影響甚深。再者，宋人詩中喜雜說理，進而以議論爲詩，這在今日已能說是大家公認的宋詩特色之一。凡此種種，皆是證明在宋朝理學與文學有著密不可分的關係，互相影響激盪下產生出富有哲理性的宋詩，而宋詩人更常兼具理學家的身份。如蘇軾除了擅長詩詞文等文藝創作，更是蜀學的代表人物。而朱熹集有宋一代理學之大成，現今卻也留存了一千八百餘篇詩。有鑑於此，道學家之詩應是宋詩重要流派之一，雖後人常譏其淡乎詩偈。然以方回編《律髓》之時，選入朱熹、二陸、程明道與魏鶴山等理學大家的詩也就不足爲奇。然這僅就當時的學術背景說明，若考方氏之論學，則更能發現他詩學理學相雜的現象其來有自，〈贈劭山甫學說〉裡有詳細的論述。他說：

> 學所以盡夫固有之性也，盡性在窮理，窮理在致知，致知之要莫切於讀書。……其有疑者，幸而復得周、張、二程、邵康節、謝上蔡、楊龜山、胡文定父子、朱文公、呂東萊以發明於其後，學者壹是以此爲主而用以是非取捨乎子史集之所云，則胸中先有一定之權衡而謏聞淺見、邪說異端不足爲吾惑矣。是故經約也，注疏博也。……學之入門則《近思錄》與《眞西山讀書甲記》，約之又約者也。約而博、博而約，日進不已，著見精華，發露光怪，則文與詩皆是也，……古之經者皆文、皆詩也，後世下筆未易，及經則分爲兩途，文自先秦西漢而後始有韓昌黎，……詩自《離騷》降爲蘇、李……至唐參以律體，其極致莫如杜少陵，若陳子昂、李太白、韋、柳皆其尤，宋則歐、梅、黃、陳，過江則呂居仁、陳去非，至乾淳猶有數人；今之學者必也所得既飽而後於此用力，取其文若詩傚之，初如書字摹臨古帖，至其熟則不必摹臨而似之矣。若如近日江湖言古文止於水心，言律詩止於四靈、許渾，又其實姑以藉口藉手，未嘗深造其域，識者所甚不取也。……然則其惟朱文公所學爲不可及乎？孟子而後惟茲一人，而其餘事文與詩凡翰墨一句一字無不造深詣極，今之學者捨是不以爲準而馳卑騖近，不亦徒勞矣乎？……（《桐江續集》卷三十，頁 633～634）

從這段話裡，我們可做出三點分析。第一，無論是詩學或道學，一切學問當從古籍而來，勤學是治學唯一的方法。然治學所參必須循著正確的典範，理學是從周敦頤

到朱熹、呂東萊等濂洛關閩學者，陸氏心性之學則不宜；近體詩學則是從唐陳子昂、杜甫直到韋、柳，晚唐者並無取焉，尤其特點出許渾應當避之；宋詩則大概等同《律髓》所選，蘇軾並未列入典範，想其原因亦與難學有關。如此全面性的治學體系介紹，是方回一生爲學之圭臬也。第二，在方回眼中，治學無分文學道學。其精進之方法皆同，因此合而論之，應以爲戒者也一併提出。第三，文中雖然提到「後世下筆未易，及經則分爲兩途」，雖說詩文分途，且在舉一連串可師法的典範體系時，也是道、文、詩分舉，但治學之方則一，最後的典範——朱文公更是合三者之精於一身，復歸於「古之經皆文、皆詩」的傳承。這顯示方回治學的復古心態，追求道學與文學合濟一身的境界，而考之方回生平著述，詩學方面有《律髓》、《文選顏鮑謝詩評》等，經學有《讀易釋疑》、《尚書考》（皆已佚）等，乃至史學與典章制度亦有《宋季雜傳》（已佚）、《續古今考》等，凡諸類學問皆有涉獵，亦與其論學之旨同，因此論詩又旁及道學，非一時興起之唐突，而是來自本身復古心態，亦即萬殊歸一源流的治學觀。

　　這樣的現象不止出現在他論詩之中，即使自己作詩，也是如此。其有〈學詩吟〉十首，序曰：「小子何莫學乎詩？伯魚承過庭之問，退而學詩，……後世之詩字楚騷起，漢晉唐宋至於今日，得洙泗之意否乎？雖然天理人心一也。……」（《桐江續集》卷二八，頁 588）。顯見其詩學觀與儒家相連。內容概論《詩經》、《離騷》、陶淵明、梅聖俞等皆與詩有關，惟第四、第五首跳出論及理學。今舉其四論之。詩曰：

> 我愛眞西山，讀書有甲記；首論天命性，豈可不論氣？我愛魏鶴山，
> 周亦輯集義；濂洛十七家，一貫六十四；有寂即有感，槁死笑釋氏；無氣
> 欲爲人，瓦礫棄骸骴；復見天地心，有處起生意；王弼獨云無，此語絕非
> 是！（《桐江續集》卷二八，頁 589）。

在多首論學詩之中，忽出兩首道學詩，且說理味甚濃，純是道學家氣息。既是談學詩，又牽涉道學，足見方回的詩學觀與道學觀是融合並蓄而互相影響。由此而知，方回論詩、作詩確實帶有道學眼光。

　　另外，朱熹在方回眼中的典範作用，則又是一大重點，應特加以說明。就律詩學而言，杜甫是無可替代的學習範本。但就整個治學體系來說，朱熹則又能凌跨文學與道學的藩籬，可同時與其中的劣窳相較，形成另一個超級典範。如〈送柯德陽如新城序〉說：

> ……八聖四賢暨濂洛關西，學之祖也；張宣公、呂成公早世而書傳，
> 朱文公獨後死而書大備，學之宗也；……陸子靜直截之見雖捷，而未盡道；
> 葉正則則偏駁之文雖巧，而不知道；至於嘉定以來四靈、劉潛夫之詩，僅

> 如姚合、許渾，則尤非道之所尚，世雖無之可也。……（《桐江續集》卷
> 三十一，頁 650）

陸九淵之學不能盡道，浙東學派的葉適講求經濟、事功之學更不可取，發而為文徒
有形式之美，難以符合道之真本，由他獎掖出來的四靈，和後來的劉後村，即使規
摹姚合、許渾，但由於已偏離道，作出之詩也就不可取。以上皆是方回極力反對者。
方回多次取朱熹與陸九淵、葉適、四靈、劉後村等相較，形成一組特殊的對比群像，
顯示在《律髓》之外，他們背後的差異矛盾有著更深的意義，尤其若獨取朱熹與四
靈、劉後村代表的江湖詩派來比較，則更能凸顯出方回對四靈、江湖的不滿之因，
可能不僅止於學詩路線之爭，背後還藏有「道」不同，不相為謀之故。而《律髓》
中選朱詩，也多有教化意味。如前述評其〈擇之誦所賦擬進呂子晉元宵詩因用元韻
二首〉曰：「元宵之樂，太平之世，富貴之人，自不可無。學道君子，尚不肯輕費時
光，從事於不切之務，況區區此等癡獃迷狂之所為乎？僅取文公二詩於元宵之後，
山谷詩曰：『讀《易》一篇如酒醒。』亦此意也。」（《律髓刊誤》卷十六節序類，頁
143）選詩竟然是為了教化學者，不逸樂，不費光陰，專為教化也。總之，朱子在方
回眼中地位特殊，一如他在〈楊初庵詩卷序〉說的：

> 吾州朱文公集關洛大成，學也；排江浙異趣，識也；其著書、為文、
> 為史、為詩，無一不可，才也。（《桐江集》卷三，頁 282）

不但是集各種學術大成之典範，且兼有「學」、「識」與「才」，無一不可。就這一方
面，吳之振的《律髓》序較能全面概括方回學術互有指涉的現象，他說：

> ……若其學術之正，則不惑於金溪，而崇信考亭；……其論世則考其
> 時地，逆其志意，使作者之心，千載猶見；其評詩則標點眼目，辨別體製，
> 使風雅之軌，後學可尋，斯固詩林之指南，而藝圃之侯鯖也。然自元以來，
> 學士家言及者，輒用相訾謷。自是後人吹索之過，而其書固不可廢也。（《律
> 髓刊誤》頁 6）

吳氏整合方回學術，併而提出，可說是對方回論詩有較常人更深入的認識。至於他
認為後人的批評，常是吹索過度，流於嚴苛，則又需個別加以辨析，不應一與概論。
總而言之，這段話雖不免有些過讚，然對於認識方回詩觀則具有相當的參考價值。
對此一則，紀昀卻批評道：

> 三代以下，文與道二。吟詠一途又文之歧出者也。故理學自理學，詩
> 法自詩法，朱陸之辨，無與此書，無庸論及至此。（《律髓刊誤》頁 6）

紀昀到底無法明瞭方回論詩「詩法雜道學」之特殊處，純就一己之見加以撻伐。在
此突顯出紀昀與方回的論詩觀，有著莫大的差異，若欲單就《律髓》中某篇或某詩

去挑明實非易事，惟透過較全面的對照，《律髓刊誤》中兩人處處扞挌的現象才不致被解釋成是方回的漫無章法，或是紀昀的吹毛求疵。實在是因時代不同，批評家的「期待視野」也會有相當的差異。

三、其他特殊選詩條例

本節歸納方回編《律髓》選詩時，其他較為特殊的現象。事實上方回選詩的參照標準極為龐雜，除了上述諸節各點之外，值得提出加以探究的還有其選詩的參考本為何，選此詩來存見某事某物，另外也有為求備類而選等缺點。以下將就這三點分論之。

（一）參考前人選本而選

方回選詩除了參考當時已編的別集類之外，亦非毫無參考本。其自言：「予遍讀唐人詩」（《律髓刊誤》卷十四晨朝類評許渾〈早發天臺中巖寺度關嶺次天姥岑〉，頁128）頗有豪氣然可信哉，檢視其評語所注，除了別集，還有總集類。並能對「前輩選本」考註，甚或糾謬。如其評張子壽〈和王司馬折梅寄京邑兄弟〉曰：

> 明皇宰相張九齡《曲江集》二十卷，賦一卷，詩五卷。此詩在第二卷。
> 蜀本「芳榮」作「方榮」，「惜」字不可認，以近本所刊芮挺章《國秀集》
> 正之。……芮挺章選天寶三年以前諸公，凡九十人，詩二百三十首，以李
> 嶠為第一，次宋之問、杜審言、沈佺期，又次張說、徐安貞、……劉希夷，
> 而九齡為第十五人。時猶未數少陵同時諸公也。（《律髓刊誤》卷二十梅花
> 類，頁184）

方回在此不僅取《國秀集》與作者別集兩相考證，展示其選詩的嚴謹性。又論及《國秀集》詩人排列之意，其認為乃照詩之好壞論序，且不論對錯，亦提供今人研究契機。再者，這些唐人選唐詩集不只做為註本，亦是選詩參考依據。如評劉復〈春雨〉云：「令狐楚為翰林學士時，選進《唐御覽詩》凡三十家。劉復四首，所選大抵工麗。一名《選進集》，一名《元和御覽》。」（《律髓刊誤》卷十七晴雨類，頁 159）足見《唐御覽詩》是其編選《律髓》時的參考本之一。而方回對於唐人選唐詩者，除了參考校正外，亦多在評語中介紹是書景況，正可見其重視，並教授學者。

此外，方回不僅會取作者別集與選集相較，尚能取選集彼此校正，如其評王灣〈次北固山下〉，則並取《國秀集》與《英靈》而曰：

> 唐人芮挺章天寶三載編次《國秀集》，《唐書藝文志》、宋《崇文總目》
> 中無之。元祐三年戊辰劉景文得之鬻古書者，以傳曾彥和，曾以傳之賀方
> 回，題云〈次北固山下作〉，於王灣下注曰：洛陽尉。而天寶十一載殷璠

編次《河嶽英靈集》取灣詩八首，此爲第六，題曰江南意，詩亦不同，前
四句曰：「南國多新意，東行伺早天。潮平兩岸失，風正一帆懸。」世之
所稱「海日」、「江春」一聯同外，尾句不同，曰：「從來觀氣象，惟向此
中偏。」似不若《國秀》之渾全，兼殷璠語亦不成文理，可笑云。（《律髓
刊誤》卷十春日類，頁83）

方氏不知《國秀集》樓穎序言：「自開元以來，維天寶三載」，實天寶十三載之訛。
故列《國秀集》於前。然此不妨觀其選詩之依據在此所言，讓《律髓》彷彿如一讀
書目錄，考較版本異同，並將經過、差異列之甚詳，然其無能辨別孰是，故回歸批
評家之身份，評比二集所錄之良窳，並以《國秀集》爲是。又兼評殷璠之評王灣語
「不成文理」，此眞構成批評之批評，是見評點家前後影響之大，多互相指涉。

以上是就唐人選唐詩集做爲方回選詩依據與校正之闡述。然縱觀《律髓》方回
評點的字裡行間，可以發現王安石編選的《唐百家詩選》被稱引最多，最受重視，
是其最主要的參考依據。如其評雍陶〈和劉補闕秋園行寓興六首〉說：

六詩皆工而可觀，荊公所取者。（《律髓刊誤》卷十二秋日類，頁107）

又如評章孝標〈長安秋夜〉點出：

章孝標詩集一卷，荊公僅取五首。……今不敢輕改古題，附「秋」詩
中。亦只起十字新異。（《律髓刊誤》卷十二秋日類，頁108）

評韓致堯〈安貧〉詩者，亦是。他說：

韓偓，字致堯。當崔胤、朱全忠表裡亂國，獨守臣節不變，寧不爲相，
而在翰苑無奉，竟忤全忠貶濮州司馬。事見〈本傳〉。……王荊公選唐詩
多取之，詩律精確。（《律髓刊誤》卷三二忠憤類，頁331）

凡此例子不少，顯見對王之《唐百家詩選》參考甚多，尤其有時甚至作爲其選入與
否的依據，如評許渾〈春日題韋曲野老邨舍〉說：「以荊公嘗選此詩，予亦不棄。」
（《律髓刊誤》卷十春日類，頁87）方回本不甚喜許渾，在此舉出王荊公的意見相
佐，是爲這首詩背書，顯示雖許渾亦有不可不取者？抑或人云亦云，顧頇選擇？事
實上，方回《律髓》共選許渾五言律詩九首、七言律詩八首，與《唐百家詩選》同
十而異七，〔註8〕可見對王本有一定參考性質，而許渾在《律髓》的定位常是較偏
向負面，抑或勉強選之，如評許渾〈下第寓居崇聖寺感事〉與〈洛東蘭若夜歸〉兩
詩則說：「丁卯詩格頗卑，句太偶。此二詩各有一聯佳，亦不可廢。」（《律髓刊誤》

〔註8〕 同者五言律計有〈王居士〉、〈春日題韋曲野老邨舍〉、〈歲莫自廣江至新興往復中題
峽山寺〉四首；七言律有〈金陵懷古〉、〈凌歊臺〉、〈登尉佗樓〉與〈經故丁補闕郊
居〉。

卷四七釋梵類，頁 409）除了前節說到的道學家因素之外，「詩格卑」與「句太工」正是許渾最受方回詬病之處，在此入選僅是因為最基本的選詩條例，即一聯可取也。而許渾也正是能有佳聯卻難有佳篇的詩人。因此，方回依王選本而取詩，應是在於取得「英雄所見略同」的交集。

但有時方回意見亦與王氏相左，他也會在評點中一併說明。如評耿湋〈春日即事〉：

> 荊公選唐詩不取此首，豈謂三四（「家貧童僕慢，官罷友朋疏。」）淺近？然實近人情。孟浩然「多病故人疏」，尤有氣耳。（《律髓刊誤》卷十春日類，頁 85）

又如評朱慶餘〈和劉補闕秋園〉五首說：

> 朱慶餘詩，荊公少選。然如此五詩，多工語。（《律髓刊誤》卷十二秋日類，頁 107）

此皆足為荊公之諍友。抑或荊公選本有誤，方回亦會加以訂正。如評僧無可〈冬夕寄清龍寺源公〉：「三四極天下之清苦。荊公選誤作郎士元，非也。（《律髓刊誤》卷十三冬日類，頁 118）或取王選本來校對考據當時流傳的詩集。如評岑參〈宿關西客舍寄山東嚴許二山人十天寶高道舉徵〉說：

> 本集題字頗繁，以半山《唐選》正之。（《律髓刊誤》卷二九旅況類，頁 307）

此為一例。從以上所見，方回編《律髓》除了多所參考王荊公《唐百家詩選》之外，也不時透露出與之競爭的味道，再加上方回對王詩研究甚深，《半山集》曾是方之啟蒙讀物，但方在《律髓》也提出過王詩缺點在於缺乏悲壯，是以方王二人在詩學上的關係顯得亦師亦敵，而《唐百家詩選》與《瀛奎律髓》兩書的關係也就耐人尋味了。

對於宋詩選集，方回尚有其他參考選本，如曾慥《唐百家選》即是，惟較少提及，而今又亡佚，難以對照，姑舉一例以見之。他說：

> 三衢盧襄，字贊元。詩見曾慥《百家選》，句律盡健。（《律髓刊誤》卷二十梅花類評盧贊元〈窗外梅花〉，頁 201）

從上述得知，王荊公的《唐百家詩選》應是方回編選《律髓》時，最重要的參考底本之一。

（二）選之以見某事物

方回選詩背負了許多功能與教育責任，使其評選有時看來頗為龐雜，而這也常是讓人詬病其選詩為例不純，論詩著眼不確之處。例如，有時方回會為了標明特殊

體例而選詩。如他在評劉夢得〈送陸侍御歸淮南使府五韻〉時特別點出：

> 爲一特殊詩體。選此詩知唐人五言律有五韻者。（《律髓刊誤》卷二四送別類，頁257）

這類特殊目的，頗似詩格，也是方回選詩取捨條件之一。又或爲了存見某事蹟而選。如評夏子喬〈奉和御制上元觀燈〉：

> 此夏英公竦詩。形整而味淺，存之以見承平之盛。（《律髓刊誤》卷十六節序類，頁150）

此絕非好詩，然存之以見承平之盛。再者如評陳止齋〈用韻詠雪簡湘中諸友〉：

> 陳止齋博良，字君舉。漕南湖時作詠雪詩，今選二首入「冬日」，亦足以見乾淳以來一時文獻之盛，止齋雖專以文名，而詩亦健浪如此。（《律髓刊誤》卷十三冬日類，頁494）

此詩較佳。存此表現乾淳時期詩風之盛，而這也正是方回心目中南渡後最後一個文盛時期，故常寄予懷念，並樂於介紹學子知悉。

此外，尚有一些選詩的原因頗爲浮濫。如評秦少游〈中秋口號〉：

> 生日詩，致語詩，皆不可易爲，以其徇情應俗而多諛也。所以予生日詩皆不選。少游作此詩，是夜無月，遂改尾句云：「自是我翁多盛德，卻回秋色作春陰。」或嘲謂「晴雨翻覆手」，姑存此以備話柄。（《律髓刊誤》卷十二秋日類，頁114）

方回本不喜此詩，尤其生日詩多爲應酬，方回亦知殊無可取。然選此竟只爲了存見一則軼事。這種作法，又頗具詩話味道。尤有甚者，尚有選來記時、記地與事者。分別如以下三首：

> 淳熙十五年戊申元日立春，選亦所以記時也。（《律髓刊誤》卷十六節序類評范石湖〈元日立春〉，頁142）

> 存此詩以見嚴陵郡之千峰榭，其來舊矣。（《律髓刊誤》卷三五庭宇類評方玄英〈題睦州郡中千峰榭〉，頁346）

> 景文年四十四，初得郡壽陽，惠崇舊居院在境內。選此一詩以見惠崇之死，宋公年二十也。（《律髓刊誤》卷三懷古類評宋景文〈過惠崇舊居〉，頁32）

第一首紀批曰：「選詩豈爲記時，殊無意味，次句尤湊泊不成語。」第二首紀昀則評曰：「此是詩選，非嚴陵地志，何得不論工拙因古蹟而存詩？」無怪乎紀昀作如此評，方回當詩是記時工具或負有地志史書之責，與紀昀堅持純粹論詩已相差太遠矣。而有此病蓋皆因從詩話衍生而來。詩在方回眼中除了可以是記錄工具之外，還能藉以

發慨！他在評王右丞〈奉和聖俞制重陽節上壽應制〉便說道：

> 唐宋詩人經了幾番重九，好重九王右丞諸人占了，惡重九卻分付與老杜，可嘆也。應制詩本不甚選，取此以發一慨云。(《律髓刊誤》卷十六節序類，頁 146)

自己也註明本詩不應選，卻舉來爲杜甫抱不平。引來紀批：「選詩但當論詩，何得不問工拙，托以發慨！」雖如此，評點家卻時常隨著閱讀心情而漫書，亦非方回首創，有時在心情抒發底下，尚有較可取者，如評蘇東坡〈上元夜過赴儋守召獨坐有感〉：

> 學者睹此，則知身如浮雲外物，如雌風，如雄風，皆不足計較也。(《律髓刊誤》卷十六節序類，頁 151)

紀批曰：「借以抒慨，語殊枝蔓。」雖非論詩而有感慨，然如能引起讀者共鳴，也不失爲一種欣賞、交流。

如此看來，在方回觀念中，詩本身具有多重的功能性，除了存見某事物，甚至還延伸到評點家心情的抒發，這也使得《律髓》詩選除了作爲一教學工具之外，也愈來愈偏向「史」的作用，其發慨的部分，則頗似史家之贊。然綜觀《律髓》評點，確實在許多成分上，帶有架構一部詩史的味道，而評點家要達到這一目的，則非在評點上發揮不可。欲得一部史書著者的史觀，必從其論贊耙梳。同理，欲得一部詩史作者之文學觀，勢必要從論述之間歸納演繹，整理出來。而這也是《律髓》比一般不加評點的詩選集更值得探究之處。

（三）分類選詩之失

以類選詩，常有被迫湊詩，或因某類詩量特多，而需割捨好些佳詩，造成同一選本之詩卻良莠不齊的現象。誠如吳瑞章所言：「詩以類選，則有詩不甚佳，而強取以充類者；亦有詩甚佳，而類中已多，且有詩甚佳而無類可入，因之割愛者，是編所以有餘憾也。」〔註 9〕這話實道盡以類選詩之缺漏，亦是方回編《律髓》選詩之難處。縱觀本書，我們常可發現方回在以類選詩時，總不如以人選詩時的暢意，甚至常有捉襟現肘的窘境。如於選卷十二秋日類詩時，評杜甫〈吹笛〉曰：「〈吹笛〉本是著題，今以附之秋類。」無說原因，筆者臆蓋因首句「吹笛秋山風月清」，然本詩內容時著重於笛，秋季非主題。無怪乎紀評曰：「入秋類無理。」(《律髓刊誤》頁112) 此爲入類判斷上之失。而因「強取充類」、「爲求備類」而選詩也是本書最受批評之處，以下且舉出數例。如他評李遠〈聽人話叢臺〉曰：

〔註 9〕吳瑞章：〈重刻記言八則之三〉，紀昀亦批之曰：「此論最中分類之病。」收錄於《律髓刊誤》，頁 10。

平熟，但頗近套。不收，或謂遺材也。（《律髓刊誤》卷三懷古類，頁 36）

此詩無甚可取，但也無大失處，方回純就較廣泛的標準收之，避免稍遺。又如僧宇昭〈曉發山居〉，方回說明道：

三、四平平，以早行詩少，收之。（《律髓刊誤》卷十四晨朝類，頁 126）

紀昀批曰：「不收此亦不見少，選詩分類，弊必至此。」這裡雖是貶抑，卻也道出分類選詩，編集教材的無奈處，足爲方之諍友。此種例子尚有數處，以下再舉二例。他說：

歷選上巳五言詩無佳者，《唐百家選》荊公所取上巳、清明詩亦不甚妙，惟孟浩然一首尾句可喜。此放翁八十時詩，亦豐碩。（《律髓刊誤》卷十六節序類評陸放翁〈上巳〉，頁 145）

紀批道：「觀虛谷所評，亦不甚滿，姑以備類耳。」是爲確評，凡選詩分類，往往有此種遷就也。又如選杜工部〈端午日賜衣〉，方回也說：

端午五七言律詩，遍閱唐、宋集無佳者。（《律髓刊誤》卷十六節序類，頁 145）

紀批：「工部詩雄千古，而館閣體非其所長，尋聲讚嘆者，失之。」即使是杜甫這方回眼中律詩的最高典範，也難免有不甚佳處。又端午乃節序中之不可少者，既關爲節序一卷，當然須選之，然一如方回所言：「端午五七言律詩，遍閱唐、宋集無佳者。」既無好的範本，無可奈何的抉擇下，依照方回基本的選詩條例——「選詩以老杜爲主」來看，杜甫詩將是必然的選擇。紀昀責以盲目崇杜，未免過苛。

又有雖詩甚佳，然類中已多，故捨棄之情形。如評胡澹菴〈和和靖八梅〉曰：「和靖八梅，非一日而成，有思亦且有力。澹菴和之，則不容不竭思而加力。此中大有佳語。又和八篇，用東坡〈雪〉詩聲、色、氣、味、富、貴、勢、力賦之，以多不取。（《律髓刊誤》卷二十梅花類，頁 202）蓋梅花類本選詩最多，而可選者無數，是以多而不取，僅於評語中點出。同此卷內，亦可見詩甚佳但無類可入，故取最近之類而附之。如曾茶山之〈返魂梅〉一詩，方氏評曰：「此非梅花也。乃製香者，合諸香，令氣味如梅花，號之曰返魂梅。予選詩無『燒香類』。蓋香癖詩人有之，而律詩少也。茶山此詩可謂善游戲矣，不惟切於題，而亦句律森然聳峭。」（同前卷，頁 202）此詩佳，方回不忍棄，是以以假梅混入眞梅類中再說明其意。此等例子眞皆符吳氏之言，蓋以類選詩所病如此可見也。

此外，方回選詩亦如前數節所述，考慮原因甚多，未必以詩之好壞而取捨，尚有其他用意或心態來收錄。這也是常造成後評者攻擊之處，然此未必爲缺失，乃詩觀立場不同爾。

筆者為真實呈現方回選詩的全貌，故另闢本點論之。凸顯了「分類選詩」此種體例，難免有牽就無奈之處，方回自知，紀昀亦解，吾人也就無須過苛了。

四、小 結

本章針對方回選詩的條例與特色作出四大歸納要點。亦即是第一節「選詩基礎條例」，主要闡述方回選詩時，主要關注點在於是否至少有一句佳或一聯可取，屬於形式主義的選詩標準，然而又有一可超越它的標準，那就是對「詩人品格」的要求，方回十分重視創作者的德行，認為有德者斯有言，是以將使其超越了形式上的條件，因此又構成了一種高要求的「作者論」，「知人論世」依舊在方回心中有著強大的影響力。由是以能選進《律髓》的詩，除了至少有一句之形式美外，詩人本身不會有重大敗德之事，否則方回一定會在評論時加以提出，這在認定方回在人格上有嚴重瑕疵的紀昀等人眼中，不啻十分諷刺，譏其老是「攀附」元祐、乾淳文人。從這最基本的詩觀上，方紀二人已經出現相當歧異，是以往後選詩上，方紀二人會抵觸也不令人意外了。然紀昀終不解方回如此選詩，全在於其治學過程受道學影響甚深。至於方回依詩人的創作特性或生平際遇去選詩，則展現了他作為一個詩評家的眼光，而這種表現也可能來自那個時代某個群體的共識，透過《律髓》呈現在我們眼前，例如江西詩派推崇杜甫夔州後詩，方回承續其見等諸如此類，頗能提供研究宋代群體詩觀時的參考。

再者據道學家詩觀選詩則是方回獨見之處，也增加《律髓》研究的價值。背後影響的因素多而複雜，其中有著時代因素與方回本身的求學過程與治學要求等，交互影響滲透，構成這種特殊的選詩觀念，而這也可以回頭去解釋對詩人品格持高道德標準之因。此外，這觀念又造成方回談詩也雜談性理的現象，選入道學家之詩並大論其道學主張，並極為推崇朱熹，然《律髓》中選朱熹之詩有二十二首，評語總失之片段，難窺其大體，而這也正是評點的缺點之一，若僅從這要去闡釋出朱熹典範之崇高，實是不易，惟配合分析方回一生治學理路才能突顯出來。此外，朱熹到底不以詩名，且不重律詩之精美，雖方回亦推重其詩，然到底不能說服讀者，因此《律髓》中同樣兼備高尚的操守與律詩之精的杜甫，便被提升至最高位置。事實上，杜甫與朱熹在《律髓》中皆是具有極高參照價值的典範，他們被賦予對比葉適、四靈與江湖等方回不喜一派的任務，扮演廓清當時扭曲的詩風的角色，是方回詩學體系論中之主樑。

除此之外，在分析方回「其他特殊選詩條例」時，我們得知王荊公《唐百家詩選》是方回編纂《律髓》很重要的參考本。也同時發現方回賦予詩諸多附加功

能,如從存見事跡、記錄地志到發慨議論等不一,其中不少特點具有一定紀錄性質,又相似史家贊論,彷彿頗有偏向建立一部唐宋詩史的意味。其實除此之外,方回在第一次評論某詩家時,總會略述生平,告訴讀者一些特殊事蹟,並對詩人多所繫年記錄,最後再敘述其創作特色,文學風格與當時評價或地位,從這有如紀傳一般的體例來看,確有以詩人為主的紀傳體詩史的特色;但《律髓》又分類選詩,此又是另一種體例。而緊接著本節第三小節之「分類選詩之失」,討論方回在「以類選詩」之下的窘境,其分類衍生之弊最受人攻擊,然若透過本小節所論對此有認識,則對於其他再批評家與方回之間的立場點差異,當能有所理解,是冰碳之情可稍解矣。

第五章　《瀛奎律髓》評點分析

　　在《律髓》中，凡詩句加上圈點塗抹者，皆是方回欣賞之處，也是要後學者注目參透的重點。其中或是標明句眼，或是點出佳句、佳聯，甚至於大段篇章，強調章法結構之妙亦多所在。然若僅作圈底標示，後人實難明評點家之意矣。故方回在大部分詩選之後皆附上評論。

　　蓋有點有評，無論是教學或是申論己見，後人皆能解其旨意。如此形式，除了表現出中國文學理論落實於實際運用之外，更搭起一座無形的橋樑在評點家與讀者之間，被評點的文本的歧義性正式被具體化突顯出來，而今日能見之讀者閱讀過的痕跡，則皆是具有相當文學基礎與對當時具有一定影響力的文學家、批評家，是以看來古代的讀者幾乎都是高級讀者，不只閱讀，在閱讀之餘，也會留下評點，這樣的評點可能是對詩文本的另一種理解與評價，更多的是回應上一個評點，形成一種「後設評點」，各家評點之間的差異，是濃縮各評點者背後包括時代影響、自身理論、宗派嫡系等複雜因素，交互作用後的結晶，具有互文性（intertextuality）〔註1〕，宛如各家齊聚論戰的「文學羅曼史」〔註2〕，其豐富的內涵並不亞於詩文本那永遠填

〔註1〕　在此對「互文性」的解釋主要著重於一批評家（評點家）面對文本所做的評論，裡頭蘊含了當代所有的觀念與自身的種種因素，而這些因素又承受了歷史遺傳，這些共時與歷時的因素將交互影響在批評家身上，使其一字一句皆又有其他文本的影子，造成一種「互文性」。

〔註2〕　「文學羅曼史」的概念來自布魯姆（Harold Bloom）在《影響的焦慮》（徐文博譯，臺北：久大，1990）一書中，轉用佛洛依德「家庭羅曼史」，來建構比喻他心目中的詩人與前驅詩人（包括批評家與前驅批評家）的關係，他曾說：「雖然我採用這些家庭羅曼史的近似體，但是我的目的卻是有意識地去修正佛洛依德的某些側重點。」（頁7）又說：「本書所論述的只是勢均力敵的強者之間的鬥爭，是父親和兒子作為強大的對手展開的鬥爭……只有這樣的鬥爭才是我的主題，……雖然某些父親本身也是複合體。」（頁10）就本論文而言，詩人與他的前驅典範有如父子，但為確保、爭取自己的文學地位與創作權，勢必展開一場如家庭羅曼史般鬥爭，以此來探討杜

補不完的「空白」，甚至各家的評點也形成更多的空白，等待後來的批評家加以填補，這將形成一部隨著時代不斷推演並加深加廣的評點史，《律髓》中各家對方之評點或選詩便是一例，而一旦研究「評點史」，文本將變成一種載具，甚至被邊緣化、支離化，而原本作爲閱讀輔助工具的「評點」，進入中心，變成另一個「文本」。但這研究者的意見也將變成另一「評點」，在受到後來者的「評點」下又變成另一個「文本」，因此這種研究將變成一種「評點──文本」不斷互換角色的循環。本章便是在這樣的認識下，建立對方回或是紀昀的評點研究與觀點比較。

之前一章對方回所選的「詩文本」投注論述，而在本章第六節「以選代評法」，可以與之呼應，筆者以爲編選詩選集的同時，即使無評點，依然也會滲入編者複雜的文學背景與理念，可視爲一種「沈默的評點」，或是一種「隱形的評點」。有鑑於此，則選詩與評點有種特殊關係有待闡述。

以下便要更進一步表現一位評點家的手眼，期望透過對「評點」部分的分析，更細膩的表現《律髓》從詩選價值轉換到評點價值的過程，並拓展更多可研究處，豐富《律髓》評點研究的內涵。以下分「夾註夾評法」、「摘句評點」、「互參法」、「舉他家評論共賞」、「重選異評法」等五點加以論述。

一、夾註夾評法

宋人習稱評點爲「標注」，並喜以註釋的方法來當作評點。方回在評點《律髓》一書，遇到較難解的字詞或是典故時，也常會加以註釋，呈現一種評點混雜註釋的現象。形成一方面幫助讀者閱讀，一方面也是引導讀者閱讀的批評法。常見的例子是引用原詩集的註解。如評宋元憲〈寄子京〉說：

> 是時士大夫風俗純厚，如元憲名德，後豈易及？……元注：「爲郡八年，榮顯已息，朝恩念舊，復假相印筦內樞，然思歸之心已切怛矣。」（《律髓刊誤》卷六宦情類，頁 69）

字裡行間不乏發慨，藉原注以說明，並加強說服力。然並非所有難解字句皆有原注可參，此時便需要評點家闡釋，讓讀者不致因不解詩意而迷失於文本的空白之中，甚至與評點家也有了隔閡。而在古典詩裡，這種現象最常出現在「典故用事」方面。對此方回甚是注意，如評沈佺期〈酬蘇味道夏晚寓直省中〉：

甫與江西詩人的關係，也是本文重點之一。另一方面，批評家之間也存在著一種競爭與學習的情結，如方回與紀昀便是一例，雖然在紀昀眼中，方回應不是一個強大的前驅評點家，但紀昀在《律髓刊誤》中也與之努力奮戰，其中頗有可探究之處，此亦是本論文重點之一。

此詩三聯緊峭精神，此句亦善用郎署事，即風季宗「堂堂乎張，京兆
田郎。」者也，出《三輔錄》。(《律髓刊誤》卷二朝省類，頁 23)

宋人愛用典故，尤其江西詩派在山谷強調「無一字無來處」〔註3〕的影響之下，風
靡所及造成宋人常用僻典的現象，使得詩集一出便需有人加註，幫助讀者理解。另
一方面，由於江西詩人重視典故的運用，討論其用法便是詩話裡常見的主題之一，
在實際評詩也著眼於典故，方回顯然受到影響，如上述之例便是其中之一，標舉典
故用事乃一常見的評點重點，而要把典故解得精妙明白，非加註說明不可。因此，
方回夾註夾評式的評點，很多方面是用在闡述詩中優秀的用事。

事實上，對於典故的闡釋同時也考驗評點者的學問，評點者必須隨著詩人蘊藏
文本中的學問而引經據典，闡明清楚。這彷彿是一種學問的競賽，詩人用事需妙合
妥貼，或轉化得宜，令人拍案叫絕；評點家解釋亦需貼切，以能盡作者原意爲佳。
詩人用事不善會遭到評點家點出而譏，評點家解釋不當或過於比附，則又會遭到其
他評點者糾謬，影響其評詩的公信力。方回在學問上造詣深廣，對於許多詩中用典
處，皆能徵引出處，善盡一個解說者之責。如評宋景文〈寄題相台太尉韓公畫錦堂〉
之「嘉樹甘棠次第春」句，引《左傳》曰：

《左》昭二年云：「敢不封殖此樹，以無忘〈角弓〉，遂賦〈甘棠〉。」
富貴將相，惟韓魏公無愧此堂，此詩非誇非諛。(《律髓刊誤》卷五升平類，
頁 57)

又評陳後山〈晚泊〉亦然。其曰：

「使之年」，出《左傳》，謂問絳人年幾歲，使之自言也。(《律髓刊誤》
卷十五暮夜類，頁 135)

此可謂善解，亦見方之學問。甚至亦有旁及道家典故，如評王半山〈酴醾金沙二花
合殿〉而引道教經典〈眞誥〉曰：

〈眞誥〉第三卷：「丹白存於胸中，則眞感不應。」謂情欲之感，男
女之想也。〈樛木〉詩言木枝下垂，故葛藟得而附之，以譬后妃不忌眾妾。
(《律髓刊誤》卷二七著題類，頁 290)

此處一方面顯現評點家涉獵之廣；另一方面，詩中典故不限儒家經典，《詩經》之事

〔註3〕黃庭堅〈答洪駒父書〉說：「自作語最難。老杜作詩，退之作文，無一字無來處。蓋
後人讀書少，故謂韓杜自作此語耳。古之能爲文章者，眞能陶冶萬物，雖取古人之
陳言，入於翰墨，如靈丹一粒，點鐵成金也。」(收錄於《宋詩話全編》第二冊，頁
944)「無一字無來處」是開啓後來江西詩派好用典與嗜尋前人好詩出處的關鍵，也
是要求詩人多讀書方能作好詩的最正當又鼓舞的槍響。而「點鐵成金」則是在「自
作語」與「無一字無來處」兩相矛盾夾擊下的折衷出路。

與道教之典並用，這正也顯示，雖王安石與方回皆以儒者自居，然對於道教與道家的學術亦沾染甚深，宋朝儒學的釋道化亦可見一斑。

方回夾註於評的徵引範圍，隨著宋詩人無可不入詩亦不受經典的侷限，尤其江西中人以俗爲雅，「俗諺」成爲可入詩以求新意的寵兒，方回註釋也多加注意。如評劉賓客〈罷郡姑蘇北歸渡揚子津〉，便從俗諺著手。他說：

> 俗諺云：「於仕宦謂賀下不賀上。」凡初至官者乃任事之始，未知其終也，故不賀。解官而去，則所謂善終者也，故賀。（《律髓刊誤》卷六官情類，頁 63）

此詩若不經方回引俗諺解釋，後人蓋難理解有何可賀之處。除了典故需要詳解之外，典章制度也是方回解詩表現學術涵養之處。如他評魏知古〈春夜寓直鳳閣懷群公〉時，爲解釋「中書省」之官制演變，不惜長篇介紹演進之始末。節錄如下：

> 西漢中書有令、僕射、丞、郎。魏置中書通事郎，晉改爲中書侍郎，……開元改爲紫薇。世稱鳳閣鸞臺者，即古中書門下省。知古爲鳳閣侍郎，故引潘賦、卞詩。卞伯玉赴中書郎詩有云：「……」雞棲樹事出郭頒《魏晉世語》。（《律髓刊誤》卷二朝省類，頁 23）

如此補注不僅將典故出處引出，對官職名稱演變的介紹也可以算是善於考古了，又如評王右丞〈同崔員外秋宵寓直〉時，爲一「珂」字，旁徵博引，以下節錄一段以見其鉅細靡遺之說：

> 珂石，次玉、瑪瑙，色白如雪；或云螺屬，生海中。《通典》：「老鷗入海爲玳，可作馬勒，謂之珂。」唐《儀衛志》：「一品至五品官有象輅、革輅……三品以上珂九子，四品七子，……餘皆以車代騎。」……又五品以上有珂傘。（《律髓刊誤》卷二朝省類，頁 23）

此註所引之《通典》與《儀衛志》早已不屬文學範疇，完全是史部典章制度的記載了。而一「珂」字，除了介紹其物樣與性質之外，更將其代表官品的意義完全寫出。其詳細的程度尤超過上一例。然而，就紀昀主張純粹評詩的角度來看，這樣就不免瑣碎而失焦了。在此可引他批上一例之言來凸顯看法的差異。紀昀針對這種把評詩當作註釋之現象說道：「此二首忽不論詩，但作箋釋，所謂爲例不純。」（評魏知古〈春夜寓直鳳閣懷群公〉）正是「爲例不純」一語，將方紀二人的評詩觀之別道個明白，前面已經闡述過方回對詩所負載的功能寄予厚望，「詩」幾乎是方回表達所有學術涵養的載具，在不同的狀況下，對詩有不同的詮解角度，如上引二例，同屬第二卷「朝省類」，此類所選多是詩人在朝爲官的光景與所留下的心路歷程，又或是彼此酬倡，官場文化下的產物。諸如此類常帶有許多常人不易見到的文物或制度，而方

回編《律髓》是用作私塾教材，教授的對象正是平民百姓卻又將要邁進官場文化的知識份子，對相關官場方面之事務投注更多關心亦不爲過。從這點來說，方回的評點除了維持基本的對藝術價值的注重之外，實有因類特性而另有著重的特色。紀昀不解，亦未考察《律髓》之初衷，單就一己之堅持去評，而又對方回成見在先，不喜江西之俚淺在後，對方回之評自然貶多於褒了。

二、摘句評點

前章第一節已經討論過方回選詩的基本條例便是以一句或一聯佳而選，可以想見方回評點也將朝「句」或「聯」來評點，驗之《律髓》果皆然也。對句子或聯對的評點，是方回評點形式美學方面之大宗。這既是方回評點法則的體例之一，也是其發揮詩觀主要的切入點之一。這種摘句評點的體例，使方回評點《律髓》與前人和當時有了歷史發展的聯繫，對此我們除了加以體認之外，同時也應詳細剖析以選評句子爲發軔的評點手法，以及從其擴展到聯，再到整體所呈現的意義。方回詩觀在第三章已述。在此主論評點手法，以求對方回評點體例之完整探討，也可印證其詩觀。

「摘句評點」有其歷史，最早可追溯到先秦。如《孟子‧告子》記載有此一段：

「《詩》曰：『天生蒸民，有物有則，民之秉彝，好是懿德。』孔子曰：『爲此詩者，其知道乎！』故有物必有則，民之秉彝，故好是懿德。」（趙岐注，孫奭疏，《孟子正義》，阮元重刻本十三經注疏，臺北：藝文印書館，1982，頁 195）。

在先秦之例大多是記於孔子與弟子論《詩》的片言，如此記片言隻句的形式大致維持不變，形成中國傳統評點的一重要體例。到了唐之《河嶽英靈集》與《中興間氣集》，摘句評點用於詩評獲得確立，與先秦之摘句法差異在於後者理論與批評較爲成熟，文學性與藝術性更強。而宋朝在這部分的發展則集中體現於「詩話」裡。至方回時，摘句評點已相當成熟。方回用摘句評點詩，也體現了其與「詩話」的關係。若從摘句現象來看，依照周慶華《詩話摘句批評研究》歸納出「摘句批評」的現象共有四點，分別是第一、「以特殊的詩句爲對象」，這是從形式上去歸納；第二是「以價值的評估爲依歸」，這專從批評的目的而論；第三是「以批評的語言爲媒介」，這是將「摘句批評」正式劃歸於文學批評的有力論點；最後一點是「以單一的判斷爲手段」。〔註4〕這四種現象大致也與《律髓》中的摘句評點相符，這是《律髓》作爲

〔註4〕 以上四種現象，可參考周慶華《詩話摘句批評研究》第四章〈詩話摘句批評的現象〉（臺北：文史哲出版社，1993），頁 67～113。這四種現象筆者蓋皆贊同，惟第四點

一部評點著作，繼承「詩話」而擴大演變的例證之一。其擴變者，蓋在於比「詩話」更能結合文本，讓理論落實於實際批評之中。

再具體言之，《律髓》中的「摘句評點」是對圈點塗抹處的再說明，亦即將「點」具體化為「評」的一種作法。在這方面「評」與「點」取得一致性。然必須注意的是，未必有點就有評，是以「摘句評點」是對「點」的加深表述，未必能盡「點」所含括的意義範圍。尤其傳統評點之書上，僅知塗抹圈點是佳處，讀者卻難以盡知其佳處為何，一旦詮釋，則又發現評點家留下的「空白」或「縫隙」是日益擴大。「摘句式」的評點則有縮小「縫隙」，拉近與讀者距離之功，在作評點研究上實有重要的意義。以下例舉方回之「摘句評點」說明之。如他在評李咸用〈春日〉時說：

> 「古木一邊春」，絕好。「危城三面水」，不知指何郡，蓋多有之。「衰世難行道」，太淺露。以一句好，不容棄也。(《律髓刊誤》卷十春日類，頁85)

在此又是方回因一句之佳而選詩的例證。在這裡摘三句而論，使評點顯得集中而清晰。

又如評陸放翁〈舍北搖落景物殊佳偶作五首〉：

> 「屋角成金字」本出《北史·斛律金傳》，以對「溪流作穀紋」，亦奇。
> (《律髓刊誤》卷十三冬日類，頁119)

此例作為「摘句評點」的運用範例，「摘句評點」與「夾注夾評法」有了緊密的結合運作。可見在「摘句評點」的基礎上，可以與其他評點法並用，構成方回評詩條例的基調。另外，方回為評點之便，原本應整句寫出的「摘句評點」，常有其他簡略的指稱，如以「句數」、「上下句」、「首尾句」等皆是。如評白樂天〈履道春居〉即是一例。其曰：

> 中四句皆下句好，「春添水色深」尤好。尾句翻新，尤佳。(《律髓刊誤》卷十春日類，頁86)

在此例中，「摘句評點」除了如「『春添水色深』尤好」整句引述之外，方回使用簡

「以單一的判斷為手段」中所做結論：「摘句批評在評價以外，雖然還有說明和解釋，但是這些說明和解釋，只是評價的『註腳』，不是評價的『前提』……有沒有他們，都不會影響評價的進行。換句話說，說明和解釋，跟評價並沒有邏輯上的關連，去掉說明和解釋，評價依然成立。因此，我們不難看出摘句批評實際的運作方式，就是單一的判斷。」(頁97) 針對這樣的結論，筆者以為說明和解釋的部分應被視為是評價部分的補充，有支持論點的作用，就讀者角度來看，有了解釋和說明的部分，除了更容易說服讀者之外，還有讓讀者審視批評家的論點正確與否的作用在。即使不會影響下評語者的評價結論，但卻左右著這個評價的效果，實不宜忽視之。

略的表示，如「中四句」是以數字代替原來四句之繁複；「下句」乃藉一聯之上下指稱；「尾句」等則常見於代稱一詩之首尾二句。這樣的表述讓評點更簡潔，也讓評點的「隨性」味道更濃，而所做的評點則必須并文本而觀，獨立來看則讀者難窺其中奧秘。這般略稱式摘句的體例，正是方回評點之最常見者。又如評徐道暉〈和翁靈舒多日書事三首〉

> 結句和意完密，此古人法則，後來不講。（《律髓刊誤》卷十三冬日類，頁120）

此四靈詩。惟有「結句」可取，且能表現方回欲傳授之詩學觀念，故亦無貶斥。「尾句」、「結句」同是一種略稱式的評點法。另外再舉一例結合了各樣的「摘句評點」。如評崔涂〈過昭君故宅〉一詩，實爲極致表現之一。其曰：

> 只第一句已感慨。「清塚」之句，本非奇異，第六句一喚醒，并第五句亦精神。「魂應怨畫人」，妙甚！妙甚！（《律髓刊誤》卷三懷古類，頁30）

此評不但以數字代替引句，還以一詞「清塚」略稱「整句」，使得讀者必對照詩而讀，姑且不論方評是否能盡本詩之妙，然評點與文本的緊密結合，連帶將讀者在透過閱讀時，不經意的與「文本」和「批評家」建立一定的關係。尤其此則讀來雖有跳脫卻顯得節奏緊湊，最後再引出整句之評論與讚嘆，實意完氣足。若讀者與方回有相同感受時，必會與其產生共鳴，對這評語可能有一唱三歎之感！

三、互參法

　　所謂「互參法」即是引其他詩或詩句與所選的詩文本作一比較。大體說來，這仍屬「摘句評點」之一環，然在此爲凸顯其中意涵，補強前一節論述摘句評點，偏重此般體例與讀者交流的關係，故又別爲一節，名爲「互參法」。這種評點法在方回評點《律髓》時也頗爲常見。依所引的對象不同，大概可分成兩大類。一是「引詩人自己詩句」來參考；二是「引他人詩句」參考。第一類，可說是讓學習者增加認識所選詩人，對其詩法有更多領悟的機會，尤其同一詩人通常有一定的創作特色，而這也常是他人稱譽仿效的對象，因此羅列此一詩人其他佳作實是方便學習者增強學習，除了讓人對某一詩法有更深的感受之外，並強化典範詩人的風格。第二類「引他人詩句」來互相參閱，增強的是詩文本自身的特色，也可說是爲特別強調某一種詩法而所做的類比。反觀詩人其他創作特質的部分，也就不如文本受重視。此外，也就因爲在羅列他人詩句比較的同時，其主旨大部分是求同，如此很容易就看出在某一詩法底下，將呈現一個群體的特色，或是師法傳承關係。例如江西詩派標榜的「奪胎換骨」法或是「點石成金」法，傳至方回身上，很容易就進入他的評點觀念

之中，這在本節討論「引他人詩句」互參時，將被突顯出來。我們也可以從中考察唐宋詩人間群體或個別的影響關係。以下將就這兩點前後分析。

（一）「引詩人自己詩句」之「互參法」

杜甫是方回選詩最高的準則與典範，他「選詩以老杜為主」的特徵，在強調引詩人自我之詩互參的情形下，十分明顯。甚至可說杜甫在方之心目中是無施不可，如評杜工部〈陪鄭廣文游何將軍山林〉羅列詩句甚多，一起參照論之，方回曰：

> 本十首，選其一。第二首云：「百頃風潭上，千章夏木清。」此十首皆夏日詩也。第六首云：「風磴吹陰雪，雲門吼瀑泉。……只疑純樸處，自有一山川。」尤佳。今以切於夏日，特取第五首。又〈重游〉五首有云：「春風啜茗時」當作「薰風」，蓋皆夏日所作詩，安得忽云「春風」乎？……老杜又有「仲夏流多水，清晨向小園。碧溪搖艇闊，朱果爛枝繁之句」，亦夏日所當取。（《律髓刊誤》卷十一夏日類，頁 98）

評中所舉之例皆可劃入夏日類，蓋於選詩時猶覺不足，乃至到評點裡再補上數首，足見其對杜甫之引重，凡所可錄者皆不忍棄之，大量體現這最佳熟參之典範的各種面貌。然而所引之最後一首既為當取，又為何不正式引入詩選，卻羅列評點之中，此又令人不解也。蓋方回評點確有許多值得商榷的部分，其受到紀昀嚴厲批評亦非全無道理。

「引自己詩句」來互參的對象並不止於杜甫，他人亦多有之。如評羅正之〈送致政太師文潞公〉曰：

> 羅適，天臺人。五首取一。尚有「貝州陰德即仙資」一句佳。（《律髓刊誤》卷五升平類，頁 57）

此是一例。又如評唐子西〈雜詩〉論道：

> 子西〈惠州雜詩〉凡二十首，佳句甚多。此二首尤切於秋，而「山轉秋光曲」一聯尤古今絕唱。他如「身謀嗟翠羽，人事嘆榕根」、「茶隨東客到，藥附廣船歸」……「國計中宵切，家書隔歲通」（案：引十聯），皆雋永有味。（《律髓刊誤》卷十二秋日類，頁 111）

唐子西〈惠州雜詩〉共二十首，佳句頗多，方回在評點中連引十聯，在此則焦點已經不在「秋日」，而是著重介紹唐子西之詩，蓋其佳句多，符合方回選詩條例故盡錄於評點。而讀者從此也可以一窺唐子西詩之端倪，增加對其創作風格的認識。由此可知，不惟詩是一種載句，分卷分類有時也是方回得魚之後那被忘的「筌」，亦即皆是他要表現詩觀或某一要求時的載具。再如評呂東萊〈恭和御制秋月幸秘書省近體詩〉曰：

東萊時爲著佐兼權禮郎國史編修，……五言詩亦佳，有云「棋聲傳下
界，雁影沒長空」、「島嶼秋江里、樓台海氣中」，蓋少作也。（《律髓刊誤》
卷五升平類，頁 60）

此評除了羅列東萊之佳作，亦對其生平作一簡單介紹。東萊是方回敬重師範的對象
之一，在此所列之佳句，對仗工整而氣勢雄渾，標爲少作，除了指出與今風格不同，
也是要讀者更全面的認識東萊。

從以上之例，我們可以發現方回在引詩人自身其他詩句來互參時，作用可以歸
納爲三點：一者，蒐羅同一系列之佳句，是不忍棄也；二者，強化典範作用。讓學
習者更深入瞭解詩家典範某一詩法或創作特徵；最後，即是藉分類取詩之便，在評
點中更全面介紹某一詩人或詩選之典範，此其三也。

（二）「引他人詩句」之「互參法」

在本節一開始時便已論及引其他詩人之詩句來與詩選作類比的意義。在此先闡
述增強詩文本類比性質的例子。如評王右丞〈送梓州李使君〉：

風土詩多因送人之官及遠行，指言其方所習俗之異，清新雋永，唐人
如此者極多，如許棠云：「王租只貢金」如周堯云：「官俸丹青砂」皆是。
（《律髓刊誤》卷四風土類，頁 44）

在此又是方回標舉以習俗之異入詩，造成詩句「化俗爲雅，以故爲新」等例子。並
係聯唐人，使得此一詩法，不但上追杜甫，於後來之唐人亦連帶加入行列。此蓋方
回之用心也。又如評梅聖俞〈金陵〉曰：

龍盤虎踞本是熟事，以「宮地牧牛羊」爲對，不覺杜撰之妙，猶老杜
「賞因歌《林杜》，歸及薦櫻桃」也。（《律髓刊誤》卷三懷古類，頁 32）

用事之法本方回極爲注重之處，此處更是良對，即使紀昀也批：「此評深得用事之
法」。此外，方回又引杜甫爲例，除了增強這「生熟對」的詩法之外，似乎也有引聖
俞追步少陵之意。

「引他人詩句互參」之例除了有上述特色之外，最顯著的意義便是揭示「奪胎
換骨」的手法了。所謂「奪胎換骨」乃是來自惠洪（1071～1128）《冷齋夜話》引述
黃庭堅的說法而來，記載如下：

山谷云：詩意無窮，而人之才有限；以有限之才，追無窮之意，雖淵
明、少陵，不得工也。然不易其意而造其語，謂之換骨法；窺入其意而形
容之，謂之奪胎法。如鄭谷〈十日菊〉曰：「自緣今日人心別，未必秋香
一夜衰」，此意甚佳，而病在氣不長。……所以荊公〈菊詩〉曰「千花萬
卉彫零後，始見閒人把一枝」，東坡則曰：「萬事到頭終是夢，休、休、休，

明日黃花蝶也愁」。……凡此之類,皆換骨法也。顧況詩曰「一別二十年,人堪幾回別?」其詩簡拔而立意精確,舒王作〈與故人詩〉云:「一日君家把酒盃,六年波浪與塵埃。不知烏石江邊路,到老相逢得幾回?」樂天詩曰:「臨風杪秋樹,對酒長年身。醉貌如霜葉,雖紅不是春。」東坡〈南中作〉詩云:「兒童誤喜朱顏在,一笑那知是醉紅?」凡此之類,皆奪胎法也。學者不可不知。(《冷齋夜話》卷一,《宋詩話全編》第三冊,頁 2429)

這是學界目前最常引來說明「奪胎換骨」的例子。在此雖把「奪胎」與「換骨」分成二法,然大抵皆是將前人之意再用新的句式手法表現出來,算是表現技巧的翻新。而楊萬里有另外一種說法。他說:

庾信《日》詩云:「渡河光不濕。」杜云:「入河蟾不沒。」……退之云:「如何連曉語,祇是說家鄉。」呂居仁云:「如何今夜雨,祇是滴芭蕉。」此皆用古人句律,而不用其句意,以故爲新,奪胎換骨。(《誠齋詩話》,《宋詩話全編》第六冊,頁 5943)

此說代表著「奪胎換骨」的意涵從北宋黃庭堅到南渡後的楊萬里,已經有了改變,從原本是偷意,轉變成偷句,而僅更換一兩字,便曰好句,從反面看是讓詩人取巧更易,變成一種創作上的沈淪。此外,誠齋也說:

詩家用古人語,而不用其意,最爲妙法,如山谷〈猩猩毛筆〉是也。……老杜有詩云:「忽憶往時秋井塌,古人白骨生青苔,如何不飲令心哀?」東坡詩云:「何須更待秋井塌,見人白骨方銜盃。」此皆翻案法也。(《誠齋詩話》,《宋詩話全編》第六冊,頁 5936~5937)

所謂「翻案法」,其實與「奪胎換骨」法相差無大,往壞處而言,這祇是在此一反前人之意,仿句倒說,取巧矣。然就其積極面來看,這也是宋人與唐人常互較勝負的戰場,是宋人在好詩被唐人作盡之後,向唐人爭取創作空間的戰略。姑且不論這般作詩好壞,但論「奪胎換骨」之法已經有了相當程度的轉變,等到了方回編《律髓》時,取得類似這般的詩句也就不足爲奇。一來我們從中可見江西之變,並知江西末流受人攻訐實其來有自;二者,這正可提供給我們考察江西詩人在才力不如前人時的變通之道,「點鐵成金」容易恰得其反,流於模擬取巧。

到了方回手上,他承繼江西詩觀,也明瞭江西之失,因此在詩法與師法上作了修正。方回特別編選的廿五、廿六卷之「拗字、變體」二類,轉強調拗律與變體(情景聯對法)等使詩句峭拔之技巧,來替代飽受譏評的「奪胎換骨」與「點鐵成金」等頗似剽竊之法。然從以下所舉之例來看,方回依然不廢「奪胎換骨」,只是較爲含蓄,僅於評中帶到而不明言。此般例子尚可舉以證之。如評陳後山〈後湖晚出〉之

「青林無盡意，白鳥有餘閑」，他說：

> 「滄江萬古流不盡，白鳥雙飛意自閑。」東坡賞歐公詩，謂敵老杜。
>
> 後山三、四一聯，尤簡而有味。(《律髓刊誤》卷十五暮夜類，頁135)

在方回眼中，後山之詩後出轉精，較歐陽脩之有味。然亦不脫與杜甫相比。又評陸放翁〈春行〉「猩紅帶露海棠濕，鴨綠平堤湖水明。」一聯說道：

> 引少陵、太白「曉看紅濕處」與「蜀江綠且明」，「濕」字、「明」字謂奪造化之工，卻是世未有拈出者，前輩用功如此。(《律髓刊誤》卷十春日類，頁96)

此例較符合山谷「奪胎換骨」之意，頗見妙處。此外，與陸游同時並稱乾淳四大家之尤袤，也有類似之例。方回評尤遂初〈己亥元日〉「蕭條門巷經過少，老病腰支拜起難。」一聯曰：

> 「幽棲地僻經過少，老病人扶再拜難。」少陵詩也，尤延之小改用作元日詩，卻似稍切。(《律髓刊誤》卷十六節序類，頁149)

乾淳四大家亦稱中興四大家，是宋室南渡後，文盛之表也。而四大家尤其是陸游、楊萬里對方回建立體系的意義，已於前文論方回之「典範體系論」時闡述〔註5〕。簡言之，筆者以為，四大家代表的是方回詩學修正江西的典範，他們的詩具有合盛中晚唐與江西的特質，尤其是晚唐詩，在四靈、江湖盛行的時代，晚唐風格似與江西勢如冰碳，其實不然，矛盾者，四靈、江湖與江西也，晚唐詩也是一種典範，只是他們也是與江西同出一源──杜詩也。方回在評姚合〈縣中秋宿〉「露垂庭際草」句，說道：

> 老杜「月明垂葉露」，此句古今無敵。今此句（案：評「露垂庭際草」句）非有意竊取之，亦佳句也。(《律髓刊誤》卷六官情類，頁66)

這是晚唐詩也是仿杜詩的例子。方回竟說：「今此句非有意竊取之」且不論姚合是否真學杜詩或是「暗合」，至少在方回眼中，少陵後者皆早已浸漬杜詩甚深，才會在無意之間做出如此相似的句子來。事實上，晚唐、江西學杜各有所偏，取法乎上才是方回最大的訴求。合晚唐江西則是方回化解矛盾，在復歸傳統中求新變的出路。〔註

〔註5〕可參本文第三章第四節之六、「江西之變──從乾淳大家到趙章泉」中所論。

〔註6〕錢鍾書《談藝錄》第三十四則曾說道：「方回《瀛奎律髓》中批語，尤耐玩味。如卷十杜工部〈立春〉批語：『晚唐之弊，既不敢望此；江西之弊，又或有太粗疏而師邯鄲之步。』……皆針對南宋詩派而發。紀昀似未會方回陳古刺今之微旨，故卷二十三姚合《題李頻新居》、方批欲『學者自姚合進而至賈島，自賈島進而至老杜』，紀批斥為『欺人之語，由北行而適越』。不知方回欲融合二派，統定一尊，曰『老杜』而意在江西，曰『姚賈』而意在永嘉派；老杜乃江西三宗之『一祖』，姚賈實永嘉四

6〕其中四大家正是代表這新變的典型。雖是如此，方回依然汲汲於追效杜甫，使得這新變仍是萬變不離其宗，仿效杜詩成否依然是方回乃至有宋詩人難以擺脫的焦慮。宋人標榜杜詩，四靈、江湖稍有離焉，然宋末元初又跳出一個方回來將一切導回杜詩餘蔭，活在杜詩陰影底下，一方面求與杜甫同，另一方面卻努力爭取生存空間。就在這同與不同之間，佳者則是善學唐人精神者，劣者則邯鄲學步，被視作剽竊。方回在書中舉的例子大抵皆佳，是以譏者少，且又不亂比附，故可披評點解釋之外衣，傳授學生「換骨金丹」於字裡行間。又或積習已深，手眼自然帶到而不自知也說不定。

　　必須加以補充說明的是，並非所有方回引他人詩句互參之例皆指向杜甫。上述只爲強調某種現象而集中排列論之。在此亦舉其他非襲杜甫之例如下：

　　　　昌黎詩「老翁眞個似童兒，汲水埋盆作小池」，亦此謂也。(《律髓刊誤》卷九老壽類評陸放翁〈戲遣老懷〉，頁 82)

　　　　(案：評「花前騎竹強名馬，階下埋盆便作池。」)

　　　　五、六得賈浪仙「過橋分野色，移石動雲根」之意。周賀者，清塞上人也，後還俗。(《律髓刊誤》卷十春日類評周賀〈晚春從人歸覲〉，頁 85)

　　　　(案：評「折花林影動，移石澗聲回。」)

　　　　子西詩有云：「非賢幸脫龍蛇歲，上聖猶憐蚍蝨臣。」放翁亦暗合。(《律髓刊誤》卷十六節序類評陸放翁〈人日雪〉，頁 150)

　　　　(案：評「非賢那畏蛇年至，多難卻愁人日陰。」)

顯見風氣之盛。在上列三個例子中，要特別說明的是第三例中「暗合」一詞，這是宋人詩話中常見的詞彙。關於這一點，我們可以參考楊師玉成在〈文本、誤讀、影響的焦慮：論江西詩派的閱讀與書寫策略〉一文中對「暗合」此一現象的解釋。他在舉證考察胡仔《苕溪漁隱叢話》、葛立方《韻語陽秋》、葉夢得（1077～1148）《石林詩話》等一連串的例子後，認爲「暗合」與黃庭堅「無一字無來處」的說法有相當聯繫。兩者均來自一種「本源文字」（道、自然、理、人情），「以一種普遍性的立場解釋這種同一」（案：指的是詩人與前驅詩人在詩之句法或意上相似的現象）。並提出結論：「暗合也導致某種閱讀習慣的顛倒，既然出處可能來自無意識，那麼讀者

────────────────

靈之『二妙』。使二妙通於一祖，則二派化寇仇而爲眷屬矣。」（頁 124～125）錢氏這番話實爲今人看出端倪的第一聲，而此則之標題爲「放翁與中晚唐人」，又似乎已見著陸放翁對方回詩論譜系的重要意義，惟不見明說。筆者認爲南宋四大家，尤其是陸放翁與楊誠齋兩者，是方回合盛唐與晚唐，尋求宋詩出路的明燈典範。可參看本文第三章第四節「典範體系論」。

就可能超出作者自己的理解。……出處只是讀者（註釋者）揣度的產物。」作者在無心暗合與凡字都有來處兩種狀況交相影響下，形成一種滿足讀者處類旁通、參考引伸的獨特閱讀類型。〔註7〕此論頗有創見，解釋了「暗合」這種現象在心理層面的因素。事實上，無論是「暗合」還是「奪胎換骨」，都有剽竊之嫌。如金代王若虛（1174～1243）《滹南詩話》所說：

> 魯直論詩有奪胎換骨、點鐵成金之喻，世以為名言。以予觀之，特剽竊之點耳。魯直好勝而恥其出于前人，故為此強辭，而私立名字。夫既已出于前人，縱復加工，要不足貴。雖然，物有同然之理，人有同然之見，語意之間豈容全不見犯哉？蓋昔之作者初不校此，同者不以為嫌，異者不以為夸，隨其所自得而盡其所當然而已。至于妙處，不專在于是也，故皆不害為名家，而各傳後世，何必如魯直之措意邪？〔註8〕

這種作法不足誇耀，「隨其所自得而盡其所當然而已」，偶然為之合意則止。山谷專以此為是則太過矣。大抵古來批評江西之害多會從剽竊立論抨擊。但亦有例外，用「暗合」予以合理化的解讀也可能出現在反江西詩派的批評家身上，紀昀即是一例。他在評黃山谷〈次韻無斁偶作〉竟說道：

> 結得和平，詩人之筆。偶用杜句，蓋一時口熟不覺。（《律髓刊誤》卷四十三遷謫類，頁382）

紀昀偏好和平中正之聲，在黃詩符合此一條件下，竟然也能將他的「襲用」化解為「一時口熟不覺」。顯見「暗合」實是中國古典文批中一股不可忽視的暗流！值得研究者作一系列之考察。

　　筆者以為可再加以說明的是「暗合」與「無一字無來處」兩者之間的差異，首先就「暗合」來看，檢視楊師玉成所舉的例子，可以發現說出某詩暗合某詩者，大部分是批評家所言，亦即是超級讀者為作者做出詮詮，到底是抄襲或是偶合，都是批評者沒有證據的自由心證。顯然「暗合」是存在於讀者心中的一種「接受」過程，而「無一字無來處」則是來自黃庭堅針對創作的一項要求。他在〈答洪駒父書〉說：

> 自作語最難。老杜作詩，退之作文，無一字無來處。蓋後人讀書少，故謂韓杜自作此語耳。古之能為文章者，真能陶冶萬物，雖取古人之陳言，

〔註7〕可參楊師玉成：〈文本、誤讀、影響的焦慮：論江西詩派的閱讀與書寫策略〉，臺北輔仁大學「第十七屆中國古典文學學術研討會」（2002年3月），頁8～12。
〔註8〕王若虛：《滹南詩話》，收入何文煥：《歷代詩話續編》卷三（北京：中華書局，1981），頁523。

入於翰墨，如靈丹一粒，點鐵成金也。(《宋詩話全編》第二冊，頁 944)
從這裡又引伸出「點鐵點金」一法，亦即在古人的陳言中尋找創新的創作途徑；前者是閱讀的產物，後者是創作論的要求，這是兩種現象不同之處。

另外，又如評唐子西〈春日郊外〉：

此詩句句工致。「水聲看欲到垂柳」，絕奇。尾句即簡齋所謂「忽有好詩生眼底，安排句法已難尋。」(《律髓刊誤》卷十春日類，頁 95)

再觀紀批則道：「東坡『春江有佳句，我罪墜渺茫』，亦此意。」此不啻附和方回說法，也相對的贊同了「奪胎換骨」的偷意法了。由此觀之，可以推測這種評詩、作詩風氣一路蔓延至清代，或者紀昀在不覺中受到方回評論的牽引、影響。若此，則評點家互相影響有之，評點家在後設評點的過程中不自覺地傾空自己，被前驅影響、佔據，再等而繼之將是一種焦慮的狀態。

四、舉他家評論共賞

方回評點不止引經據典或盡抒己意，有時還會引用其他評論家的說法，來代替自己的評論，或者作一種佐證性的說明。而能夠被他選進來的評論者言，也是較受他肯定的評論家。如朱熹之言便曾是方回論詩的輔助參考。方回評韋蘇州〈寄李儋元錫〉說道：

朱文公盛稱此詩五、六好，以唐人仕宦多夸美州宅風土，此獨謂「身多疾病」、「邑有流亡」，賢矣。(《律髓刊誤》卷六宦情類，頁 67)

前面已經論述朱熹不只是方回理學與人品上的典範，也是詩學上的典範之一。朱熹論詩的言論不少，在方回眼中應是一個強大的前驅批評家。方回取用朱熹的評論，除了一方面加強自己的論調，為自己的說法背書；另一方面也算是與朱熹的一種對話，這樣的對話雖以書面記載為形式，但如沒有讀者的內在運作，它依舊祇是一堆書面上的符號而已。此外，方回編選《律髓》，乃是做為一種教材，勢必早已設定了一群「隱含的讀者」(亦即是他的學生)，因此《律髓》本身即具備召喚讀者的動能，因此我們在審視他引他家評論來說明的時候，也應該把讀者的狀況一同考慮進去，這樣一來「文本」雖一，在讀者內在的交流狀況則有如「對影成三人」，至少是三方面的交流對話，形成一種「眾聲喧嘩」的場面。關於此，我們可以參考巴赫汀（M. M. Bakhtin）的說法。他說：

「不同的」「話語」一旦被延用（不管以任何方式）到小說中，便是「別人的話語在別人的語言中」(another's speech in another's language)，以折射的方式表達作者的意圖。這種語言成了「雙聲帶的言述」

（double-voiced discourse），它替兩個說話人服務，同時表達兩種意圖：

> 說話者的直接意圖和被折射出來的作者的意圖。這種語言中有兩種聲音，
> 兩種意義和感情；而兩種聲音也同時有對話關係，它們彷彿彼此認
> 識……。〔註9〕

這段話雖然本來是用於「小說」上的，但筆者以為用於描述《律髓》評點引用他人語的現象也十分貼切。被方回摘取的前驅評論家之言，實際上是一塊塊的片段被引進對整首詩的概括描述中，它們脫離原論處就可能失真，在新的「安頓處」可被視為是替引言者的發聲，但另一方面，它們也同時為原來的評論家在發聲。「折射」出的正是引言評論家與前驅評論家的兩種意圖（觀點）。儘管就方回本身而言，這樣的引述可能是一種「於我心有戚戚焉」的表示，然在讀者眼中則可能懷疑兩者的一致性。一如方回評王半山〈歲晚〉說：

> 《漫叟詩話》謂荊公定林後詩律精深華妙。此作自以比靈運，予以為
> 一唱三嘆之音也。（《律髓刊誤》卷十三冬日類，頁118）

這段話至少有四人以上對話，亦即《漫叟詩話》的作者〔註10〕、王荊公、方回與讀者。若將其視為眾聲喧嘩，則意義複雜矣。對於方回這樣的論述，其後可見至少有三種評論。一是馮班認為：「極思盡力，正未及唐人之下者。自比謝客，可謂刻畫無鹽，唐突西子。」馮班排斥江西的色彩鮮明，然不專從江西人下手，直尋王荊公之自誇，可說其正是從立論根本拆起，一旦解構了荊公自論，則其他的「意見」也就難以成立；再者是查慎行說：「『笑語』與『含』字欠融。」「『歲晚』安得有新？第二句亦非『歲晚』景。」他從詩的本身下手，評析作品優劣，雖與馮班同樣著眼於文本，但前者以意味與風格論之，後者從用字形式上評論，關注點大不同。第三種是紀昀的說法，他認為：「此『晚歲』是秋非冬，昌黎〈雨中〉詩用「歲晚」可證。」

〔註9〕 這段話來自 M. M. Bakhtin, "Discourse in the Novel", *The Dialogic Imagination*. University of Texas Press,1981,P. 324. 譯文參照馬耀民：〈「眾聲喧嘩」與正文的口述性〉，《中外文學》，第十九卷第二期（1990.7），頁179。筆者以為巴赫丁這段描述小說的現象，對詩類、評述類也適用。對此，孟樊也曾運用於現代詩的評論上，參孟樊：《當代臺灣新詩理論》（臺北：揚智出版社，1998二版），頁258～260。所不同者，在於孟樊氏強調的是後現代詩集中，詩人大量運用各種不同理論或時代背景的語言（如雜用寫實主義、現代主義、童話或是古人言等）匯集於創作之中的現象。而在此，筆者強調的是評點家引他人評點言論來進行對話時，來自不同背景的批評言論將與讀者構成多向交流，彼此喧嘩之際，讀者領略到的是經過評點家折射的片段，眾聲喧嘩之後，每個讀者的結論也不盡相同。

〔註10〕 《漫叟詩話》的作者不詳，依郭紹虞考據可能是李公彥，而《漫叟詩話》可能就是《潛堂詩話》之殘本。詳情可參郭紹虞著：《宋詩話考》（臺北：學海出版社，1980），頁147～150。而李公彥平日多與謝逸、曾季貍相倡和，蓋詩觀應近於江西詩派也。

「前六句實皆秋景」如此觀點則是從方回選詩列卷上糾謬，解構的是方回與其專業素養，與文本無涉。這般情形凸顯了三種話語匯集經過折射後，讀者理解則又多方發展，著眼不盡相同，因此不僅不同話語在進入文本後會有眾聲喧嘩的情形，若考其評論史則又是另一場喧嘩的盛宴。

此外，評論家再引進他家評論時，自己也會受到程度不一的影響，造成自己的批評準則也因折射而有偏差現象。例如方回評夏子喬〈奉和御制上元觀燈〉說：

> 形整而味淺，存之以見承平之盛。……《韻語陽秋》以爲「典、麗、富、豔」，則可矣。（《律髓刊誤》卷十六節序類，頁 150）

「詩味」是方回極爲重視的一點，味淺者乃其所病。選進此詩的目的除了「存之以見承平之盛」外，舉出葛立方《韻語陽秋》的評語來說明此詩的特色「典、麗、富、豔」，做爲註解。然「麗」與「豔」者是方回排斥的風格，[註11] 但在受到葛立方的影響下，竟也放寬標準，選進《律髓》並標出。如此現象，尤讓人不能忽視前驅評論者的影響——《韻語陽秋》在某一程度上影響了方回取捨詩的標準

有鑑於上述，我們可以探討的一點是評點家透過文字，能對文本與讀者之間的關係起微妙的變化，這變化作用在讀者心理，使得讀者心理除了欲填補的文本空白與心領神會之外，還在無形中負擔了前一個讀者所留下的影響，這影響可能是一種焦慮或是一種喜悅，亦或是其他的情緒感受，然總是一種閱讀上的「干擾」，這種「干擾」會使得讀者面對文本時，發生「折射後的偏差」，未必能以本來面目正視文本。上述之現象將會是有評點之詩文與原來純粹之本文，予人不同感受之因。

五、重選異評

《律髓》中有一特殊現象，那就是方回在選評詩時，有「重選異評」的情形。這極可能是因爲方回編選《律髓》並非一時一地而作，而是按照教學進度，在一定的綱目結構下，分卷分類編選下評，造成重複選詩的特例。然其重出之處，實有不同的評語，兩相對照可對詩文本有更深入、更全面的瞭解。如評梅聖俞〈送高判官和唐店夜飲〉，分別兩見於卷八「宴集類」與卷十九「酒類」，兩處評語不盡相同不妨並列比較。前者云：

[註11] 大致而言，葛立方的詩觀依舊可算是江西風潮影響下的餘嗣，從江西出而稍變，其《韻語陽秋》認爲平淡當從組麗來，概不排斥「麗」之風格，僅視爲平淡之敲門磚。有關這方面論點，可參龔顯榮：《詩話續注·推尊老杜的「韻語陽秋」》（高雄：復文圖書出版社，1989），頁 7～13。而方回雖贊同平淡，但是極爲排斥「組麗」，此與葛立方不同。關於方回排斥「組麗」之說可參許清雲：《方虛古之詩及其詩學》第二節第一點之「主平淡、排組麗」一條，頁 93～95。

　　　　第五遒勁，第六宏壯，亦如燈之爛花，斗之移柄。（《律髓刊誤》頁 79）
後者云：
　　　　五六流麗壯健。末句之意又高於淵明矣。（《律髓刊誤》頁 179）
兩評賞處皆是第五、六句，然風格鑑賞則不盡同。大抵「壯健」是同，而前言「遒
勁」，後評「流麗」，差異較大，蓋「遒勁」與「流麗」這兩種風格絕不相似，而方
回竟對於同樣的詩句做出不同的風格論，顯示其風格評點未必有一定客觀標準，在
掌握評論的字眼術語上，也有流動的現象，這對讀者而言形成一種判斷上的挑戰。
如紀昀便在後一處批曰：「淵明詩：『但恐多謬誤，君當恕人罪。』此翻其意，故云
『更高於淵明』，非爲詩高於淵明也。重出而評語不同，此處評語較確實。」做出優
劣選擇。
　　又如評杜工部〈閣夜〉也分見於兩卷之中，分別列出如下：
　　　　此老杜夔州詩。所謂閣夜，蓋西閣也。「悲壯」、「動搖」一聯詩勢如
　　　　之。「臥龍躍馬俱黃土」，謂諸葛、公孫，賢愚共盡，孔丘盜跖俱塵埃矣，
　　　　玉環、飛燕皆塵土一意。感慨豪蕩，他人所無。（《律髓刊誤》卷一登覽類，
　　　　頁 19）

　　　　三、四東坡所賞，世間此等詩惟老杜集有之。（《律髓刊誤》卷十五暮
　　　　夜類，頁 137）
方回對於這首詩的評論與圈點也是前後不同，評論方面如上所示，前則詳盡，不但
標明老杜「夔州詩」，還在句勢與詩意上作出賞析；後則一變，舉東坡爲詩和自己選
詩的眼光背書，簡單兩句便將此詩的地位提至極高。圈點方面差異更大，前次選錄
時僅首聯末點，表示餘皆所賞，要人細參；第二次則選擇僅點三四句，在「批點」
的評價上無形中降低不少，這樣的變化光從評語無法得知，須從圈點塗抹上探究評
點家之意。對於這個情形，紀昀批曰：「總是主持太過」「此首已見『登覽類』中，
而圈點、評語俱不同。可見虛谷亦隨手成書，非有不移之定準。」（頁 137）紀昀也
發現其中的問題。筆者以爲，除了前述因分時分地編選詩，使得標準轉變造成評點
差異的原因之外，紀昀所論「隨手成書」「非有不移之定準」也不能說絕無可能。然
從歷來學者對方回詩論的分析來看，總能歸結出大略一致的準則，因此若要以這個
重出的特例，去推倒方回論詩的規則性，則不免太過武斷。即使紀昀也曾在刊誤序
中指出方回選詩、評詩各有三弊，倘若方回眞隨手成書，則紀昀何以歸納出這六病？
此乃紀昀一時口快，犯了邏輯上的毛病。
　　事實上，選詩分類本就有許多難處與牽強，這在《律髓》中也能尋到「蛛絲馬
跡」，凸顯方回選詩抉擇上的難處，造成重出兩評的現象。觀方評皇甫曾〈過劉員外

別墅〉，分入卷十三冬日類（《律髓刊誤》頁 117）與卷四二寄贈類（《律髓刊誤》頁 367）。而在前一處評語中說：

> 本屬「郊野」，以其所賦皆冬景也，附諸此。詩律平穩。

方回在後一處無評。若照其第一處所言，則此詩可入郊野類，然現今之《律髓》並無此類。或許是流傳亡佚，或是版本有異，如今失落。也有可能是在初編之時有此類或預算此類，總之其因已不可考。若從題目觀之，則入「郊野」較合，但方回又從字句去安排，穿插於「冬日」類，選詩入卷時而從彼，時而就此，造成體例不一，難怪乎紀昀要在第一處批評：「分題已破碎可厭，復牽於詩之字句，而移彼易此，益糾紛而無定軌矣，此書所以猥雜也。」再者，今日又兩見於卷四二寄贈類，若從此去看，則又是從這首詩之用意區分入卷。除非傳抄有錯，否則此蓋方回不覺誤入也。

　　然而，方回在「重出異評」的問題上，也不是完全不自知，如他評王建〈原上新居〉也重選異評了。以下並列呈現：

> 老杜謂「清新」，此等語亦清新者。但前首起句十字差俗。（《律髓刊誤》卷十春日類，頁 87）

> 荊公選《唐詩》取此詩之二首，誤曰《原上新春》，予亦選入「春類」矣，今觀其集，乃是《原上新居》十三首，并選五首，不妨重出。（《律髓刊誤》缺，《律髓彙評》卷十二秋日類，頁 966）

這兩段評語證明了《律髓》確非一時一地而成。從第二段話來看方回在第一次選進這首詩時，隨王荊公《唐百家詩選》犯了題目上的錯，同時也入錯類，後於編第十二卷時發現錯誤，是以改題換類，署之如第二次選的評論。但是就如紀昀所批：「明知其重出而曰不妨，著書無如此體裁。」到底方回為何放任重出不作徹底改正，原因不可解，若非前卷已編成且交與學生，難以追回修正，則或許就是憚於改舊，散漫成書了。

　　對於方回重選異評的現象，紀昀倒也不全盤否定，如方評陳後山〈早起〉詩兩見如下：

> 「有家無食」、「百巧千窮」各自為對，乃變格。要見字字鍛煉，不遺餘力。（《律髓刊誤》卷十四晨朝類，頁 129）

> 「有家無食」、「百巧千窮」各自為對，變體也。如「寒氣夾霜侵敗絮，賓鴻將子度微明」，輕重互換，愈見其妙。一篇之中，四句皆用變體，如「熟路長驅聊緩步，百全一發不須弦。」即此所評之變體。如「喬木下泉

餘故國，黃鸝白鳥解人情」……不以顏色對顏色，猶不以數目對數目，而
各自爲對，皆變體也。(《律髓刊誤》卷二六變體類，頁 281)

對於此則紀批曰：「重出。評語不同，卻各明一義，不妨并存。」事實上，這兩段評論都是針對變體之法，強調以「各自爲對」作爲一種技巧的佳處。但紀昀忽然眼光一變，從「各明一義」的立場上，放方回一馬。紀昀此般見解正是站在讀者角度所給予的寬容，《律髓》由作爲一本詩評的典範，轉變成教學的典範，亦即在讓讀者對此詩能有更深廣的瞭解的前提下，方回的誤置變得可以容忍，「不妨并存」了。紀昀此時的立場，實與方回最爲接近，如果紀昀自始至終皆抱持這種角度來評《律髓》，也就不會有前述的那些批評了。

六、以選代評法──以卷三十六「論詩類」爲例

吾人以爲選詩可以說是一種無言的假評點或隱形的評點，是完成選集評點的前身。因爲選者並非空白如一張白紙，隨機選取諸詩；而是透過深沉的詩學內涵運作才選集而成，然編者若無一一細評，後人實難以盡解其中奧秘。唯有透過詳細分析所選詩作與詩人的內含或往外延伸的意義，才能爲其銓解。然此種作法是否盡合於選者本意亦不可知，所幸有羅蘭・巴特等人高喊「作者已死」〔註12〕，將文學批評中作者論的枷鎖解開，後人解讀空間也就柳暗花明，寬廣許多。拜此之賜，面對「論詩類」中方回寥寥數語的評點，吾人不僅不用「袖手旁觀」，甚至可解析其中文本，形成支持本節「選詩及評點」的基礎。

本卷選詩標準如〈原序〉所言：「文之精者爲詩，詩之精者爲律，所選詩格也，所注詩話也，學者求之髓由是可得也。」(《律髓刊誤》頁 5)所謂「詩格」，蓋所選皆可作爲範式或反範式，而方回詩學批評精神則彰顯於所註片言之中，故其云「詩話」也，或論詩人、或論詩法與詩歌原理等。由此，足見此書乃是傾畢生詩學所得欲成就後學之精華。而觀其四十九類中，多是歷代詩分類所常見，惟「論詩」標題實突兀於其中，獨此一類，乃因宋人好以議論爲詩而產，據郭紹虞先生承章學誠《文史通義》來推論，論詩詩一類早在詩經三百篇已有雛形，而杜甫《戲爲六絕句》更是開論詩絕句之先河，其後至宋，歐陽修《六一詩話》開詩話議論之風，梅聖俞《宛陵集》開啓論詩詩，〔註13〕承此淵源，論詩詩暢於宋代，是以方回輯《律髓》而有

〔註12〕可參看 R.　Barthes , *Image , Music , Text* ,Clasgow , Fontan , Collins,1977, P. 8.
〔註13〕以上說法可參郭紹虞著：《中國文學批評史》(臺北：文史哲出版社，1990)，第二章第一節第六目〈論詩詩〉。又杜甫《戲爲六絕句》之說則可參郭紹虞集解：《杜甫戲爲六絕句集解》(北京：人民文學出版社，1998。)

論詩一類。其小序曰：

> 詩人世豈少哉？而傳於世者常少，由立志不高也，用心不苦也，讀書
> 不多也，從師不眞也。喜爲詩而終不傳，其傳不傳蓋亦有幸不幸，而其必
> 傳者必出乎前所云之四事，今取唐宋詩人所論者列於此與學者共之。（《律
> 髓刊誤》頁 350）

小序之言，似欲大開論詩堂廡，尤其傳世必備四要，頗爲不替之言，然綜觀此論詩
類，選詩五七律各三首，僅〈苦吟〉一首爲唐人（杜荀鶴）詩，餘皆宋詩，選詩數
目爲四十九類中最少，評語尤少，幾乎無關詩論之言，怪哉！照理言，此類當是最
適合闡論自身詩學意旨之處，尤應大書特書，而方回僅於小序中標出「立志須高、
讀書須多、用力須勤、師傅須眞」，四者爲詩傳世所必備之後，觀此類六詩，則不再
有論，果六者已完足四要說？方回批語甚少，意旨難明，而這六詩也不是一看就明
白繫聯四說，又或有其他含意，有待詮解。或曰此類蓋不重要，故著墨絕少。竊以
爲不然，誠如〈吳寶芝重刻律髓記言八則之五〉言：

> 然觀其論詩小序云：「立志必高、讀書必多、用力必勤、師傅必眞。
> 四者不備，不可言詩，可知其於此事煞費工夫來，蓋從三折九變之餘，而
> 始奉此爲歸宿，其中甘苦得失之數，必有獨喻其微者，非漫然奉一先生之
> 號，傍人門戶以自標榜也。」（《律髓刊誤》頁 10）

方回苦心與工夫，吳氏明矣！論詩小序藏有詩學根本要義，其選詩焉有隨漫之理？
又紀批：「此卷無一可取，庸陋殆不足觀。」其批果然？此有待論證。而面對僅選詩
卻幾乎不置評語之情形，吾人論述極易陷入萬箭齊發卻無一中的的窘境，然本文寧
求多言以明前人之心，避免少失而有遺珠之憾。並提述一種解讀管見，即運用現代
觀念中的「博議」角度，來切入理解，尋求一新的批評視野。

（一）借「博議」（bricolage）的觀念一窺奧府

　　竊以爲輯詩選本身意義即可用後現代觀念中的「博議」來相對照闡發，在後現
代諸多風格中，「博議」觀念或手法常被運用於各種藝術作品或建築物上，將原本存
在的實物、藝術作品或觀念取來嵌合成一個新的作品，在這樣的過程中，原本的實
物、藝術作品或觀念在脫離母體進入新作之時，本身含有的意義會被選擇取捨，而
新作僅取其中某般意義，或賦予新的詮釋，以完成新作的自足。我們可以參考孟樊
在論述後現代詩的特徵時，曾對博議下了一個簡要的定義。他說：「博議（bricolage）
是旨在一件藝術的創作品當中，將從其他地方所引用進來的斷片似的東西予以組合
之意。」又說：「博議在後現代詩中係指異質材料的排列組合，其具體手法需經過引
用（citation）──從其他文字用語中摘取部分文字，然後再予以拼貼及湊合（recollage

and montage）等步驟。」〔註14〕這段話雖是用來說明後現代詩的現象，但前人選詩亦不少具有如此特點，如《詩經》，採各地詩輯爲一也，作者與輯者之旨不明，孔子刪《詩》以成興觀群怨之教，《詩大序》作者極闡溫柔敦厚之刺，古人輯詩用意明矣。但後現代觀念中的「博議」與中國的詩詞曲等選集的精神實際上仍有相當大的差異。如後現代欲與歷史斷裂，缺乏歷史感，而中國文學選集卻相當注重歷史的傳承與教化意義；後現代失去「個人」體認，企圖呈現個人作爲的失敗與機械複製對藝術的影響，而中國文學選集則從中的凸顯了選輯者的個人主張，有人文昂揚的一面。故本文所摘取的後現代觀念，將著力於選集將前人詩的歷史背景、作者內藏意義與文本解讀等整體予以「碎片化」的現象，進而或隱或顯的摘取意義片段進入選集，作爲選集者的喉舌，對詩而言，面目儘管相同，但代表的意義可能已經改變。尤其是對一部相當有企圖心的選集，如本文論述的《律髓》而言，這種改變可能更大。

方回作《瀛奎律髓》用意甚是明顯，原序云：

> 瀛者何？十八學士登瀛洲也；奎者何？五星聚奎也；律者何？五七言之近體也；髓者何？非得皮得骨之謂也。斯登也，而後八代五季之文弊革也。文之精者爲詩，詩之精者爲律，所選詩格也，所注詩話也，學者求之髓由是可得也。（《律髓刊誤》頁5）

儼然爲後世學律詩之教本。其他如承繼黃陳之江西詩法，創一祖三宗說，針貶四靈、江湖與提振乾淳中興詩人之地位等目的，前文已有辨明，此處不再贅述。方回選詩既有其目的性，則被選進做典範或反典範的詩，在含意上多少被取捨摘用，如此眾詩被拼貼到一冊中，在取捨含意之間，拼貼連貫出方回的主張，藉此彰顯其論詩主旨，以達教本功用。承此，論詩類既是一個可大書論點之處，然方回竟不似它卷直批快書，吾人論文只好藉著引錄的六詩，一窺方回詩論奧府，論述著重在其詩義透過拼貼，所成立的觀點，並與先前論述過的方回詩觀作比較、繫連，進而彰顯本類特出之論，不強調全詩詮解，遇一句可得則發，有他人已論之處則簡單帶過。

（二）論「立志不高」、「用心不苦」、「讀書不多」與「從師不真」

從前論已知，方回論詩兼有兩造，曰江西家法與道學家見識，尤其道學家方面，仰慕追隨朱熹與其傳者眞德秀、魏了翁，魏氏更是其師。而元洪焱祖《方總管傳》說他：「嗜學，至老不厭，經史百氏，靡不研究，而議論平實，一宗朱文公。」且著有《讀易釋疑》、《易中正考》、《皇極經世考》、《古今考》等，對此般學問用心不下

〔註14〕 參考孟樊：《當代臺灣新詩理論》第九章〈後現代主義詩學〉（臺北：揚智出版社，1998二版），頁267。

詩學。浸濡既深，道學家的文論觀自然會影響詩論，這在前文已有相當闡釋，此處立志說又爲一例。朱熹《答楊宋卿書》：「熹聞詩者志之所之，在心爲志，發言爲詩，然則詩者豈復有工拙哉，亦視其志之所向者高下何如耳。是以古之君子，德足以求其志，必出於高明純一之地，其於詩故不學而能之。」（《朱文公文集》卷三十九）方回主張立志須高，且爲第一義，蓋深受道學家影響之故。而用心苦、讀書多與從師眞的觀點，我們可從〈送俞唯道詩序〉中述其學詩歷程一窺一二，此前文已經闡明，足見其詩學過程轉益多師，且用功甚勤，用心良苦，在此不再贅述。〔註15〕需要補充說明的是，〈送俞唯道詩序〉曾云：「飽讀勤作，苦思屢改則日異而月不同矣。」把多用心思與勤讀書連結並用，列爲作詩精進的重要法門，杜甫「讀書破萬卷，下筆如有神。」（〈奉贈韋左丞丈〉）的法式是一脈經過老杜派，相傳到方回身上。再者，欲效江西詩法，奪胎換骨、點鐵成金，非不多讀書不多用心無以成。可見用心苦與多讀書其來有自。方回甚恨不讀書之詩人，如〈跋戴石屛詩〉曰：「戴復古，字式之，……然早年不讀書，故詩無史料。」（《桐江集》卷二，頁 217）方回不喜戴復古，學者皆知，除鄙其人格低下、詩輕俗之外，不讀書無以加深詩的內涵尤爲一也。又〈送胡植芸北行序〉：「近世詩學許渾、姚合，雖不讀書之人，皆能爲五七言。無風雲、月霞……舞榭則不能成詩。而務諛大官，互稱道號，以詩爲干謁乞覓之貨。」（《桐江集》卷三，頁389）甚恨不讀書而詩中無物，徒繪庭臺風花者。

對於師法門閥，紀昀於〈瀛奎律髓刊誤序〉曾曰：「致其論詩之弊，一曰黨援。堅持一祖三宗之說，一字一句，莫敢異議。……一曰攀附。元祐之正人，洛閩之道學，不論其詩之工拙，一概引之以自重。」（《律髓刊誤》頁 7）對於其黨援說，今人錢鍾書、許清雲等已有辨正，皆識其實際上正打算化解江西與晚唐之水火態勢，前已論過，此不再多述。而攀附說則可說是立場不同所致，方回選詩兼有道學家見識，除了詩之工拙好外之外，詩人人格典型更是重要，爲學詩者樹立人格典範而先於其詩工拙，這是有可能的，而紀昀不解此點。

方回要求作詩者要立志高、用心苦、讀書多與從師眞，實其來有自。紀批：「此是正論。然亦恐錯卻路頭，走入魔趣；立志愈高、用心愈苦、讀書愈多而其去詩也乃日遠，故四者之中尤以從師之眞爲第一義，此尙倒說。傳與不傳、有幸不幸一語最圓。」亦同意其四要說，然認爲應舉從師之眞爲最先，實與方回深受道學影響，強調「詩言志」傳統的立場扞挌，方回要求文道合一，而紀昀正是主張文道分論者，自是在次序上認知不同。但在傳詩於世的運氣說，則皆贊同了。

〔註15〕可參考本論文第二章第二節討論方回「學詩歷程」之處。

（三）〈論詩類〉六詩析論

　　以下分析本類所選之六詩，不求個別全詩的詮釋，意在索一字一句或帶詩論者，加以演繹，另外也視此六詩為拼貼組成一類之整體，詩選錄於此，未必與當時作者筆下之意全然相同，故闡釋之以明方回未言之義。以下依選錄順序敘述之。

　　第一首〈苦吟〉，作者是杜荀鶴，全詩如下：

　　　世間何事好，最好莫過詩。一句我自得，四方人已知。

　　　生應無輟日，死是不吟時。始擬歸山去，林泉道在茲。

　　　（《律髓刊誤》頁 350）

此詩與小序四要說有所關連。詩中強調的是一種對作詩的堅持。「一句我自得，四方人已知。生應無輟日，死是不吟時。」苦思與勤作相互倚重，而要對作詩產生如此愛好與堅持，則立志不低矣。杜詩立下此一志向堅持，是否完全符合傳統詩言志之「志」義，此處不甚明朗，尤其杜荀鶴乃晚唐詩人，詩亦曾被方回批說「低俗」〔註16〕，錄此詩來當僅要揭示立志作詩終身的堅持，與詩人不可退卸的創作責任。

　　第二首〈喜陸少監入京〉，作者是姜梅山，本類連續錄其詩二首，列於第二與第三。先觀第二首，全詩如下：

　　　昔人思老杜，長恨不相隨，還寄有劉白，同吟為陸皮；

　　　物睽終必合，句妙卻難追，試問長安陌，何如灞岸時？

　　　（《律髓刊誤》頁 350）

本詩揭櫫一個詩學師法的傳統。由杜甫到劉禹錫、白居易，再到陸龜蒙與皮日休，此一傳承關鍵明矣，方回宗老杜眾人皆知，而劉白之新樂府責承襲杜甫反應現實的理念，加以推展，尤重諷刺功能。陸皮亦是如此。陸龜蒙〈苔賦序〉云：「江文通嘗著〈青苔賦〉，置苔之狀則有之，勸之道則未聞也。如此則化下諷上之旨廢，因復為之以嗣其聲云。」皮日休〈正樂府序〉也有云：「詩之美也，聞之足以觀乎功；詩之刺也，聞之足以戒乎政。」〈正樂府序〉擴大樂府含意精神，認為應比之《詩經》輯詩大義，而〈正樂府〉正是仿詩經樂府與白氏諸人的新樂府的作品。除重視詩的美刺精神外，尤傾慕杜甫、白居易。陸詩〈酬謝襲美先輩〉：「李杜氣不易，孟陳節難移。」讚賞杜甫、子昂等人的氣節；皮詩〈和魯望以五百言見貽〉：「猗與子美思，不盡如轉輇，縱為三十車，一字不可捐。」褒揚杜甫無以復加，又〈白太傅〉：「吾愛白樂天，逸才生自然。誰謂辭翰器，乃是經綸賢。欹從浮豔詩，作得典誥篇，立身百行足，為文六藝全。」推崇愛戴白居易。由此顯見這四句講求的是一個美刺的詩傳統，與言志

〔註16〕方回批杜荀鶴〈山中寡婦〉：「荀鶴詩至此俗甚……似此者不一學晚唐者。」（《律髓刊誤》卷三十二閒適類，頁 330）

說不無關係，方回選此詩蘊含了對詩言志傳統的認同，摻有道學家文論色彩，與一般世人論其多重藝術技巧的表現說法相異，呈現了另一套論詩旨意來。

「物睽終必合，句妙卻難追。」此聯強調句法的重要，然方回對於句法、句眼等形式的要求，前文論述已詳。在此要注意的是尾聯二句「試問長安陌，何如灞岸時？」此聯蓋化王仲宣七哀詩句：「驅馬棄之去，不忍聽此言。南登霸陵岸，回首望長安。」而來，原詩乃是悲憐人民的出征詩，化用而被選於此，凸顯了對妙句難得的苦思，進而暗示詩法的探求。另外，若再加以演繹，此句使人不由得想起「建安風骨」，姜特立在某一程度上是很仰慕漢詩古風的，而這必須與下一首並解，此暫不多作說明。就這首詩整體而言，前半與後半剛好是內容與形式對舉並列，詩除言志表意之外也不廢形式主義。是則方回詩論可見也。

方回選入的第三首詩〈范大參入觀頗愛鄙作以詩謝之〉如下：

問句石湖老，如將日指標，枯中說滋味，高處戒虛驕；

頗許唐音近，寧論漢道遙，正聲今在耳，萬樂聽簫韶。

（《律髓刊誤》頁 350）

紀昀對這首詩批曰：「枯中二句語雖不佳，而論卻有理，下句尤中習氣。」可參。如題，這是一首標榜范成大的詩，與上首同為姜梅山作。竊以為可先注意枯中二句。紀批認為這兩句論卻有理，尤中習氣。首先釋「枯」字。范成大有〈懷歸寄題小艇〉詩曰：「若教閒裡工夫到，始覺淡中滋味長。」（《石湖詩集》卷二十一），所謂「枯中說滋味」應是從此化來。如此，則「枯」與「淡」幾同義，而方回甚愛范成大，有〈至節前一日〉詩云：「較似后山更平淡，一生愛誦石湖詩。」愛煞石湖的平淡。而在《律髓》裡，枯與淡時常並舉。如批陳后山〈寄外舅郭大夫〉：「枯淡勁瘦，情味深幽。」（《律髓刊誤》卷四十二寄贈類，頁 370）又批趙章泉〈雨後呈斯遠〉：「勁瘦枯淡」（《律髓刊誤》卷十七晴雨類，頁 173）可見詩中此「枯」蓋非枯槁，而是一種閒適寂漠不貪求的情調，與「平淡」相類。

對於范成大的喜愛與推崇，南宋四大家皆然。而從他們的詩學歷程去探求方回對他們的認同處，具有能解釋他在本類選詩的背後義涵。首先「頗許唐音近」，唐音究指為何？陸游詩〈追感往事〉云：「文章光焰伏不起，甚者自謂宗晚唐。」證明當時晚唐詩風確為盛行，而令陸游生厭，欲直尋盛唐。而錢鍾書《談藝錄》也舉陸游〈書房雜書〉的「世外乾坤大，林間日月遲。」與范成大的〈元日〉也有「酒缸幸有乾坤大，丹灶何憂日月遲。」頗似杜荀鶴的「日月浮生外，乾坤大醉間。」等中與四大家頗近晚唐詩風之例，推論出「竊以為南宋詩流之不墨守江西詩派者，莫不

濡染晚唐。」〔註17〕是論誠然。由此可見，此唐音很有可能指的是晚唐，或是已有晚唐習氣的中唐風格，這在四大家的詩裡是很可能出現的。然就姜氏而言，更重要的是追步漢唐（盛唐）古風，其〈和陸放翁見寄〉云：「若許詩篇數還往，直須共挽古風回。」（《律髓刊誤》卷四十二寄贈類，頁 375）而方回是否有此想法，則不得知也。此說聊備一格。

本類第四首詩杜衍的〈鄉有好事者出君謨行草八分書數幅中有梅聖俞詩一首因成拙句以識二美〉如下：

> 莆田筆健與文豪，尤愛南山縣詠高。欲使英辭長潤石，每逢佳句即揮毫；
> 清如韶濩諧音律，逸似鸞皇振羽毛。羲獻有靈應悵望，當時不見此風騷。

（《律髓刊誤》頁 350）

「欲使英辭長潤石，每逢佳句即揮毫」強調勤作詩的重要，間接強調了多用心的重要。下聯「清如韶濩諧音律，逸似鸞皇振羽毛。」為本文論述此詩的重點。先論「清」者，在本文第三章第二節討論方回的詩觀時，曾經說過「清」的境界，除了用形象來表示，也可用聲音來形容。〔註18〕在此，這詩句用的是聲音形容，要似舜湯聖樂般和諧才是清，要無雜單純才是清，這是一個要求純粹的境界，這裡可以指的是聲律，也可以指示作一種風格，且以「清」名之。下句「逸」者，用的是形象對比，與上句的清——聲音相對比，造成色聲相對舉的形式要求，對於作詩，前人常要求摹寫與聲律相稱意。而方回，對於如鸞皇振羽毛般的形象，強調的是形式美感的追求。方回有言：「才力之使然者為俊逸，意味之自然者為清新。」〔註19〕（同前詩集序）俊逸與清新相對，恰如此詩逸清相對。從這句話我們又得出從才力運作而呈現出的是俊逸一格，此乃操幹心思的結晶；清新則強調詩味自然，顯見的是作者自我陶冶後，應然顯現詩中，被人讀來感到自然的風格。一為才力進入而使詩顯得神采飛揚，一為不做作、順其自然而流瀉出來的舒暢感。又如張夢機先生對《律髓》卷四杜牧〈睦週四韻〉方回批「輕快俊逸」的闡述，張氏云：「通篇風致宜人，不用生疏字，不用冷僻典，而疏朗俊爽，一氣流轉，全無矯飾造作、梗塞不吐之病。方回讚美此詩所呈現風格，是『輕快俊逸』可為深中肯綮。」〔註20〕這段話披述極佳，尤其「一氣流轉，全無矯飾造作、梗塞不吐

〔註17〕錢鍾書：《談藝錄》（臺北：書林出版有限公司），1999 年，頁 124。
〔註18〕可參考本論文第三章第二節「風格論」中對於「清」的論述。
〔註19〕見《桐江集》卷一〈馮伯田詩集序〉，頁 46。
〔註20〕張夢機：〈方回批杜牧詩繹說〉，《國立中興大學文學院院刊》第四卷，1986 年，頁 81。

之病」之言更是道盡「俊逸」之美感具象。

　　第五首詩〈太師相公篇章眞草過人遠甚而特獎後進流於詠言輒依韻和〉出自梅聖俞之手，全詩如下：

　　　　杜詩嘗説少陵豪，祖德兼誇翰墨高，蘇李爲奴令侍席，鍾王北面使持毫。
　　　　郊麟作瑞唯逢趾，天馬能行不辨毛，一誦東山零雨句，無心更學楚離騷。
　　　　（《律髓刊誤》頁 350）

本詩方回批：「子美祖審言嘗自謂我詩可使蘇李爲奴，書可使鍾王北面。」而紀批：「……思簡嘗自稱吾文可使屈宋作衙官，吾書可使王羲之北面。此蘇李鍾王二語未知所出再考」現今可考之言與紀批同。〔註21〕對於本詩，筆者認爲關注的重點可以擺在杜甫與其祖杜審言的師法傳承上。方回重師法也重句法，尤其杜甫是《律髓》裡最終極的典範，其家法傳承不可不察，以利後學追蹤脈絡，便於效學。這關於方回對杜甫家法、師承的重視，可參考第三章方回的詩觀裡「杜甫詩法來處」部分，在此就不再重複敘述。從前面的論述可知，這般論點並非方回首創，而這種習氣，實與江西難脫干係。

　　最後一首是〈送《朝天集》歸楊誠齋〉，姜夔作，引全詩如下：

　　　　翰墨場中老斲輪，縱橫一筆掃千軍。年年花月無閒日，處處江山怕見君。
　　　　箭在的中非爾及（力），風行水面偶成文。先生只可三千首，回施江東日
　　　　暮雲。（《律髓刊誤》頁 350）

方回批此詩曰：「（姜夔）當時甚得詩名，幾於亞蕭尤楊陸范者。予嘗與南昌陳杰壽夫論詩，閱其餘藁則大不然。堯章自能按曲，爲詞甚佳，詩不逮詞遠甚。予選其詩一，此一首合予意，容更詳之。」歷來評論多針對在方回對姜夔詩的微詞與紀批指正之合理性，蓋姜夔在當時詩名幾乎與南宋四大家齊名，惟方回不能認同，視他詩不如詞。紀批之曰：「白石詩氣韻頗高，故不爲虛谷所喜。」蓋此論難以批駁。其實姜夔詩歷代評價頗高，尤其七絕更是擅場，《律髓》專選律詩，姜夔律詩不爲方回所喜，也無可厚非。此處眾家推論，諸說並存，難有定論。本文轉移焦點，集中論述「合予意」三字上頭。姜夔此詩合方回之意，所合爲何？先論首聯「翰墨場中老斲輪，縱橫一筆掃千軍。」老斲輪語出《莊子‧天道》：「斲輪徐則甘而不顧，疾則苦而不顧。不疾不徐，得之於手而應之於心，口不能言，有數存焉於其間。……是以行年七十而老斲輪。」借來形容經驗老到。又杜甫〈醉歌行〉有句「筆陣獨掃千人軍」，形容草書筆力。整聯而言，強調楊誠齋作詩用心勤著，筆力遒勁。頸聯再贊其

〔註21〕宋祁、歐陽脩合修：《新唐書》（臺北：藝文印書館，1973）卷二百一，列傳第一百二十六，杜審言傳曾記其自言：「吾文章當得屈、宋作衙官，吾筆當得王羲之北面。」

擅寫景致，用功磨練，山川萬景難描亦不過誠齋手裡。總結前半，作詩重苦練、累經驗，由此培養筆力，進階能手。頷聯「箭在」句出於《孟子‧萬章下》：「智，譬則巧也；聖，譬則力也。由射於百步之外也，其至，爾力也，其中，非爾力也。」只是除了勤練力致外，尤須才智配合。「風行」句尤贊誠齋詩如風行水上，自然成文。此聯標示了詩人才智的重要性，信手捻來皆文章，於此進自然風格，雖力強致而不可也。尾聯借喻歐陽修〈贈王介甫〉：「翰林風月三千首，吏部文章二百年。」以李白（翰林）、韓愈（吏部）讚許王安石一事。轉化用來比喻誠齋。又杜甫〈春日懷李白〉：「渭北春天樹，江冬日暮雲。」時李白正值江東一帶，正與楊萬里當時任江東轉運副使地理位置相當，直比誠齋作李白。

　　本詩分聯而言，有以上析出的文論義涵。若整體而言則推崇誠齋備至，此又可能是合方回意之一解也。方回崇仰南宋四大家在第三章已經論證，此處又明一例。

　　這六首詩整體而言，對於小序中的的四要點皆或多或少關聯提說，此其重要者一也。又強調如南宋四大家（第三、六首）與梅聖俞等典範的重要性，此其二也。闡論杜家詩法如第五首者，此其三也。

　　紀批《律髓》論詩類：「此卷無一可取，庸陋殆不足與辨。」竊以為此批蓋未明方回此卷之旨也。經過上述解析，加之方回此卷皆無作形式批評語者，吾人推論方回此卷立意不在采詩以標工拙，不在羅列以盡形式之可觀，其重視者，蓋詩之內容宗旨，足以勉進後學為上也。亦即所謂詩旨之風人也。方回道學家氣息影響詩評，紀昀知悉駁之，前論已詳。故本卷亦無能解出方回立意。其實，本卷開宗明義標明立志須高，線索一也，紀昀始即不解，故所論方向偏頗，批評亦難盡得本卷之痛癢，只好作詩句粗豪之辨，庸俗之觀，逞形式美學之能，這反倒效同了方回在其他卷類的評論法則，而這也是《律髓》受人批評專事江西之處了。

　　此外，方回提倡南宋四大家之詩，蓋四大家多遊走中晚唐之間，江西入，後轉出，形成自己風格，具有融合晚唐與江西風格的典型意義，方回對他們頗為重視，錄詩極多，此非隱有融合兩造冰炭之意在？如此居心，今人錢鍾書先生等已多所論及，而此又增一例耳。紀批不解，無以捻出。以上種種，實如許清雲先生所論紀批三弊之一——「未解微旨，徒與莊論。」〔註22〕本節所論，但求《律髓‧論詩類》之旨明，闡前賢之微言，去遺珠憾矣。並作為一種後設評點的示範作用，顯示前人選詩必有詩觀運作其中，故即使無隻字片語之評，吾人亦能將詩選予以「碎片化」，取出可論其詩學之處，再予以重整，連貫闡述之，是以選詩不妨即當作是一種「沈

〔註22〕可參許清雲：《方虛谷之詩及其詩學》第三章第五節結論：論紀批亦有三弊。

默的評點」，雖無言，但非無評也。到底現今是「接受美學」洗禮過的時代，文本中預留的「空白」，雖然隨著代代不同批評家的闡釋，意義愈來愈多，然也因時代不同，眾人的閱讀起點也不同，造成文本有著永遠填補不完的空白，解讀出的意義也就不盡相同，紀昀是也，吾人亦是也，雜然紛呈，皆能並存而細觀也。

七、小　結

　　本章透過探討以上六點方回的評詩條例，一方面確立其評點特色，另一方面配合一些現代西方文論的觀點，期望能有新的的闡述發生，開拓新的研究領域。尤其是對於方回、紀昀兩人的評詩立場，本文著意於賦予新的意涵與對現象有新的描述，呈現多方向的批評觀。

　　第一節「夾注夾評法」，雖屬是傳統的評點法，而且是宋朝極為風行慣見的方式，但筆者以為不失為一種評點家展現學識涵養之處。而傳統註釋式的評點到了紀昀眼中似不怎地討喜，造成方紀二人的悖異，尤其紀昀強調論詩角度的純粹性，論詩自當論詩，不應旁及其他無關藝術美感之處，這是與方回迥然不同之處。

　　第二節「摘句評點」使得評點將詩句再度以片段之姿插入論述中，而簡略的指稱句子尤其讓詩與評點不能拆閱，這正是評點型式的極致表現之一。在詩選集中，詩文本本身便是被有如片段式的插入集中，而評語也是隨著片段而依附著，更是片段的形式，而「摘句」又使片段形式加強，雖如此，卻不能說意義更被片段化，相反的，它加強了評點家的指示。然評點與文本的結合卻因這種構造可能較為鬆散，讀者不再需要如此急迫的遊走文本與評點之間，《律髓》為了指稱的方便，出現用數字或簡單一字詞來代稱原來的句字，如此一來評點與文本的結合又更緊密了。這是分析摘句評點之變化也。

　　第三節「互參法」底下有二，一是引原本詩人的其他詩句互參，這可增加對此詩人的認識，強化典範詩人某種特色的作用。二是是引其他詩人的句子互參，這樣做法可以增強的是對某種句式、風格等詩法的學習示範作用。再者，「奪胎換骨」法更是藉著「互參」的形式，轉化成一種評點，進入讀者閱讀的領域。這可能是江西詩派在飽受批評之後，轉型低調的一種作法，或者，如此探討詩人模擬其他詩人之句式等，已經是宋人積習已深的評點處，方回雖用之，卻不見反江西者詰難。

　　在第四節「舉他家評論共賞」中，筆者認為引進巴赫丁對話的概念也能加以輔助說明，不同評點家的話語在同一文本上「眾聲喧嘩」的狀況，這種多方面的交流會構成折射的影響，包括讀者閱讀，甚至還會影響評點家之言論。使其不自覺於偏離本來的「崗位」，如所舉之方回認同「組麗」風格便是一例。

　　第五節舉的「重選異評法」算是方回極為特殊的選例，但後來論者無一認同。嚴格說來，這是一種特例，而非正常的體例，甚至應該是一種錯誤，筆者推斷，這種狀況可能是來自《律髓》並非方回一時一地的著作，而是一卷卷教予學生的講義型態，造成中間偶有重選異評的狀況。對此紀昀常加以撻伐，筆者以為這可能是因成書型態造成的體例不純，未必是方回治學散漫導致。

　　最後一節「以選代評法」則是筆者透過對《律髓》第三十六卷「論詩類」的詳細分析，表達「選詩即是一種評點前身」的觀念。方回對《律髓》一書評點甚多，獨此類除了立序，便對其餘詩作著墨甚少，然這不應解釋成不受重視，依然有許多觀念蘊藏其中，有待歸納演繹，是以筆者在這一觀念主導下，予以成立一節，透過運用西方文論之「博議」，來參照以選代評的特殊狀況，亦即將其視為片段的集合體，這些片段原本來自相對安定的系統，在被編者引進之後，安定的狀態改變，意義被編者暗中以詩觀篩選，因此本節的主要目的就是將這篩選的情況挑明，對照編者詩觀論證篩選去取之間的現象，詳加論證。以此建立「以選代評」的論述，並與第四章針對方回選詩的分析呼應。

第六章　結　論

　　本論文關注的主題可分為三個部分，第一是方回詩學問題的再釐清。方回的詩學與詩觀是歷來學者研究最深入的部分，本文在前人的基礎上，嘗試對一些問題做出新的界定或再釐清，事實上，方回編纂《律髓》的目的除了是當作教材之外，還有扭正當時的詩風，在這前提下，方回論詩常對文本做出刻意增強他詩觀中的正典範（老杜派）的評論，而選詩也充滿企圖，除了正典範還有反典範（晚唐系列），而其中問題之一便是歷來學者常將方回的正典範部分視為江西詩派，然後以此為基礎去討論他的詩觀，如此一來就已有先入為主的印象了，就筆者閱讀與比較方回論詩的資料後，發現這樣的認識可能會有偏差，有待再重新釐定。又有學者認為方回的正反典範雙方總是水火不容，而方回編纂《律髓》的原因就在於將風靡當時的反典範勢力——四靈、江湖詩派擊垮，復歸江西詩風。這也是迷思之一，以筆者參考部分前人研究之言，並深究《律髓》的評點之後，發現方回可能另有用心，其扭正當時詩風的方法，正是要為其尋找出路，而所找著的出路並不是完全走回江西舊路上，因為畢竟他是處於江西末流飽受批評之後，因為時代的關係讓他能有更客觀的眼光，因此其為宋詩設定的新出路，也是本文探討的主題之一。以上針對第一個主題釐清方回詩學問題的部分，設定兩個討論方向，一者方回詩論典範宗派的形成，一者實際作為開創新路的論述，針對這方面而言，欲瞭解方回的典範體系，必先瞭解方之生平與學詩歷程，以達知人論世之功，故本文於緒論之後，先探討方回的生平與學詩歷程，以此構成本文之第二章，做為探討方回詩觀的進階。爾後，接此進入本文第三章「方回的詩觀」，以表明方回詩觀為主要基調，進而探究方回的典範體系觀。此外，為了讓方回的詩觀有更立體的展現，這部分論述資料除了《律髓》本身與方回其他著作之外，還強調將宋詩話中相關概念的資料一併討論，使其論述在歷史淵源上也有脈絡可尋。

　　本文關注的另外兩個主題是方回的選詩與評點部分的研究，形成兩大塊論述場。關於方回選詩部分的分析部分。筆者以爲「選」者，一如伊塞爾所言：

　　　　每篇文學文本都不免包含「選擇」——從存在於文本外的各式各樣的社會、歷史、文化、文學系統這些參考領域中選擇。這個選擇本身就是跨越界線的一步，在這一步中，現實的因素原先在其系統中發揮自身特定的作用，現在則被挑離系統。這種情形不只適用於文化正律，也適用於文學典故，而這些都被納入每篇新的文學文本中。〔註1〕

伊塞爾之言主角雖是文學文本，但用來闡釋「選詩」這個動作與「選詩集」背後藏有的意義也是十分恰當。既然是「選」詩成集，則編者的詩學概念將很難避免開來，甚者，編者強力介入，在一己詩觀的主導下，編纂選詩集爲自己的意圖張口宣揚，而詩被挑離原來的系統之後，進入新的文本也被賦予新的任務，我們也可以去探尋這新的任務，以追溯編者企圖。這是可以逆反的雙向研究。而反觀方回編《律髓》就是頗有企圖者，書中選詩或有爭議，然此皆肇因於後來評者與方回觀念不同所致，因此在第三章闡述方回的詩觀之後，我們就能進入下一階段，分析方回選詩的特點，並希冀藉此將紀昀或者其他評點家的不同意見，作現象比較的闡述，然本文並不執意分出孰是孰非，而將重點放在描述兩家互斥的言論背後的成因，構成本文之第四章。而此一概念也將進入第三個主題，即關於方回評點的研究，本文除了分析他評詩的特點之外，也期望能以此爲綱，連帶解決部分兩家互斥言論的背後成因。此即第五章「《律髓》評點分析」的基調。

　　本文第一章「緒言」歷論研究動機、目的、現況與方法等，先建立一基礎認識。又於尾節從方回對《瀛奎律髓》所使用的體例分別從「詩選」與「評點」兩部分加以溯源，並分析其意義，從史的角度是闡釋《律髓》體例之聯繫與其特殊性，建立其在詩評點史之價值。

　　在第二章「方回生平及其學詩歷程」中，透過對「生平」與「學詩歷程」兩方面的研究，除了達成「知人論世」目的，也期望在更瞭解方回本身之後，有助於分析之後的詩觀與選評詩的各種問題。透過本章的闡述，我們發現了方回一生治學嚴謹而廣博，尤其對性理之學也鑽研甚深，甚有可能與其詩學互向交涉。再者，方回在學詩過程是轉益多師，其學詩過程也與其在《律髓》中標舉的典範頗爲吻合，則知其詩人體系觀其來有自也。

　　第三章是討論方回的「詩觀」，共分爲四個面向予以分析，第一個是關於詩法論

〔註1〕伊塞爾著，單德興譯：〈讀者反應批評的回顧〉，《中外文學》，第十九卷第十二期（1991年5月），頁90～91。

的方面，探討範圍從句法到活法，從最小的單位字眼爲基準，到一句、一聯等，方回《律髓》中皆曾做出細膩的評點，然這只是學詩的消極要求，積極要求則需以格高爲第一。而方回之「格」論，實合詩法、風格與品格等因素，故這方面留於探討風格論後再一併研究。

第二部分是風格論，承繼前面已涉及對風格的討論，再深入分析。而方回偏嗜「平淡」、「瘦勁」、「清新」與「新熟」等風格，並從中取得與某些詩家的聯繫，又發現方回的風格論也常會對應著某些詩人評論，例如梅聖俞之於平淡、張宛邱之於自然等。又方回所主「清新」一詞，除了表現純粹無滯的境界之外，更還包含了「以故爲新」的意涵，而「熟」者乃是一種對詩法左右逢源，無施不可的表述，並非熟爛之意，此皆欲瞭解方回風格論所不得不注意之處。

前面已經談過對於佳句佳聯的要求僅是方回論詩的消極條件，一首好詩更須做到「格高意至」，「詩以格高爲第一」是方回對作一首詩的最高指導原則，其次則是求意，再次之才講求句法等形式化的準則。而「格」的部分實蘊含了「體格」、「風格」與「人格」等三位一體的評論，從技巧論推演開來，跨至風格論與「知人論世」的批評觀是其特色，也是討論方回詩觀中不能忽略之處。

本章最後則是討論本文的第一個主題，方回的詩人典範體系論。在方回眼中，唐詩人雖佔《律髓》也將近一半，但是他們的任務最主要是爲宋詩人提供典範與詩學淵源，如此一來，構成一種特殊生態，即宋人如何在「好詩已被古人作盡」的窘境下披荊斬棘出一條神似唐人又獨具宋貌的「詩路」。以梅聖俞爲例，方回突破江西藩籬許他爲宋詩第一，但這個第一卻是建立在與盛唐詩的高度相似上，這就是方回的復古心態，但另一方面也希望在四靈、江湖掩埋後的江西餘燼中尋得新的火苗，開創宋人新的「詩路」，有鑑於此，筆者分析《律髓》實含有方回重新建立族系的企圖。而欲成族譜則必有祖有嫡系，杜甫是最大關鍵與最終極的典範，是以名之曰「老杜派」。自他以下，正脈三宗，別支梅、張，代表了北宋詩壇的兩種典型，後來兩脈又匯流到呂居仁、曾幾身上，將活法一創一傳，開創乾淳詩人新變的局面，直到老杜派之末趙章泉爲止。他們都有出入江西，又兼融中晚唐的創作特色，實是方回《律髓》除一祖三宗外，也相當需要注意的典範。建立這一連串的典範，消極方面可以打破四靈江湖造成宋詩淺俗的局面，積極方面則是含新變於復古之中，開創宋詩之後的新道路。吾人除了能見其取江西詩法授人之外，更要深究方回在《律髓》中建立的詩人體系，實含有求新求變的意味在裡頭，認識方回舉出老杜派以振宋詩，以復古成就創新的手段。

第四章乃是針對方回選詩的條例與特色作出四大項歸納。第一節「基礎選詩條

例」闡述方回在選擇一首詩的條件上，主要關注點在於是否具有一句或一聯可取，這可以說是頗偏形式主義的選詩標準，然而在對「詩人品格」的要求上，又超越了前面一個條件，因此又構成了一種高要求的「作者論」，「知人論世」依舊在方回心中有著強大的影響力。由這兩點結合來看，能選進《律髓》者，必具備形式之美與人品之美，這在認定方回在人格上有嚴重瑕疵的紀昀等人眼中，不啻十分諷刺，而有「攀附」之譏。從這最基本的詩觀上，方紀二人已經出現相當歧異，那在選詩上，紀昀的「不苟同」也就可以預期了。至於方回能夠依詩人的創作特性或生平際遇去選詩，則展現了他作為一個詩評家的眼光，這種眼光可能來自那個時代某個詩人群體的共識，透過方回詩觀的運作呈現在書中，如江西詩派推崇杜甫夔州後詩，並傳承至方回身上便是一例。諸如此類，頗能提供研究宋代群體詩觀時的參考。或者有方回獨見之處，則又增《律髓》研究的價值。一如其以「道學家詩觀」來選詩，背後影響的因素，有著時代因素與方回本身的求學過程與治學要求等，交互影響滲透，構成這種特殊的選詩觀念，而這也可以回頭去解釋對詩人品格持高道德標準之因。此外，這觀念又深深影響方回選詩與評詩，故選入道學家之詩並大論其道學主張，極為推崇朱熹，然《律髓》中選朱熹之詩實不多，若僅從這二十二首要去闡釋出朱熹典範之崇高，實是不易，惟配合分析方回一生治學理路才能突顯出來。到底朱熹之詩僅能追比後山，〔註 2〕且不重律詩之精美，因此《律髓》中，同時皆具備高尚的操守與律詩之精的杜甫，便被提升至最高位置。事實上，杜甫與朱熹在《律髓》與方回其他論述中，皆是具有極高參照價值的典範，他們被賦予對比葉適、四靈與江湖等反典範的任務，是廓清晚唐詩風的良劑，更是方回詩學體系論中之主樑，如此觀念還會延續影響本文其他概念。

另外，在分析方回「其他特殊選詩條例」時，我們得知王荊公《唐百家詩選》是方回編纂《律髓》很重要的參考本。並又發現他賦予詩從存見事跡、記錄地志到發慨議論等許多功能，其中具有一定紀錄性質且與史家贊論有著高度相似性，依稀感覺到他企圖在《律髓》中建立一部唐宋詩史，其實除此之外，方回評語亦對詩人多所繫年紀錄，詳述生平與創作特色，界定文學地位，儼然是部記傳體的詩史；再者，分部分類的體裁，一如吳之振序所言：「不分人以係詩，而別詩以從類。蓋譬之史家，彼則龍門之列傳，而此則涑水之編年，均之不可偏廢。」（《律髓刊誤》頁 6）以此分類編書體例於詩史中的價值，比之於編年史體例在史書中的價值。是頗有見

〔註 2〕方回曾說：「予謂文公詩深得後山三昧，而世人不識。」（《律髓刊誤》卷十六節序類評朱文公〈九日登天湖……〉，頁 156。）又說：「公詩似後山，勁瘦清絕，而世人不識」。（《律髓刊誤》卷二十梅花類評朱文公〈觀梅花開盡……〉，頁 188）

地的！分類選詩與分家選詩都是詩選集中不可或缺的體例，而從《律髓》中我們可以發覺方回有著合此二體例爲一的企圖，因此，除了方回常在評述中談及唐宋詩的傳承關係與比較之外，從體例上來看，也儼然似欲建構一部唐宋詩史。

　　第五章就方回在《律髓》中採用的評點法，予以分析探討。探討方回的六點評詩條例，一方面確立其評點特色，另一方面也期望透過一些現代西方文論的觀點，予以新的闡述，並對方回、紀昀兩人的評詩立場，展示有別於傳統的面向，強調批評的多樣化。

　　就第一節「夾注夾評法」而言，傳統注釋式的評點實是對評點家的一種考驗。而方紀二人最大的悖異便是紀昀強調論詩角度的純粹性，論詩自當論詩，不應旁及其他不關藝術美感之處。但方回深受其時代影響，註釋是評點中常見體例，而在這方面一如緒論中所說，方回在一般評點的方法上顯得較爲保守拘謹。

　　第二節「摘句評點」則使得評點與詩本身形成一種片段的插入狀態，而簡略的指稱句子卻又讓詩與評點不能拆閱，這種形式實是中國傳統文論一種極爲特殊的實踐，尤其欲盡評點家之意（儘管這在現今的觀點中已是不可能被實現），尚須參照「圈點塗抹」之處，雖說更多的提示是範圍讀者的作法，但在「評」與「點」未必彼此完全配合描述的情況下，容易構成兩種符號表徵，而讀者之「臆測」更廣矣。

　　第三節「互參法」也屬於「摘句評點」之一種，然爲求強調其中有別於前一節的論述意涵，故又別列一節，分爲兩子項目敘述。一者引原本詩人的其他詩句互參，這可增加對此詩人的認識，強化典範詩人風範的作用。二者是引其他詩人的句子互參，這樣做法可能強調的是對某種句式、風格等詩法的模範作用。另外，從此處分析，我們也可發現，方回論詩並非完全轉而強調可使詩句頡頏不弱之法，如其特設之拗字類與變體類等，事實上他只是不再同前之派家一般，如此強調「奪胎換骨」法，轉而將之蘊藏於此種評點之中，趁此金針渡人。

　　在第四節「舉他家評論共賞」中，筆者引進巴赫丁對話的概念，加以演繹，視不同評點家的話語在同一文本上「眾聲喧嘩」，使得這種多方面的交流構成折射的影響，除了影響讀者閱讀之外，有時也會影響評點家之言論。即使方回，在參照前驅評論家的話之後，也可能造成言論上的轉向，做出與自己一貫詩觀稍有背離的說法。

　　第五節舉的「重選異評」算是方回極爲特殊的選例，這種狀況可能是因《律髓》並非方回一時一地的著作，而是一卷卷教予學生的講義型態，造成中間會有重選異評的狀況。而這也是紀昀常加以撻伐的目標，筆者以爲這可能是因成書型態造成的體例不純，未必是方回治學散漫導致。

　　第六節「以選代評法」是一種觀點的確立與論證。借「博議」等西方的研究方

法，來針對《律髓》第三十六卷「論詩類」裡，雖選詩而少評點的特殊處，加以演繹推論，從對每一首詩的耙梳，一步一步反映出方回的詩觀，並對照他平時的論見，結合前人之研究成果，從中建立「以選代評法」的特色。並以此呼應第四章選詩分析部分，使本論文構成一完整而能相呼應的體系。

從這三大主題分別列爲三章論述之後之中，我們可以歸納出方回在詩學理論、選詩發展與評點發展等各個方面，有其一定位置與價值，並可從中找出今後研究的契機，大致歸納如以下三點：

（一）詩學理論方面：

方回建立的詩人體系論的一祖三宗說早已獲得各界的肯定。但大多數人都視它是江西詩人的一祖三宗，事實上，方回的詩觀雖在某些方面承繼自江西詩法，但從本文的耙梳過程中發現，回歸江西決不是他的理想，他以擬唐爲創新的作法，開出「老杜派」這龐大集團，一方面爲所有律詩學者張眼，一方面也可說是替唐宋詩的發展作一個總結。並把唐宋兩代詩人緊密結合，雖嫌難免削弱宋詩人獨立存在的價值，但也不失把當時宋詩人的焦慮作了一個表白，有志於研究宋人在唐人之後所產生的焦慮感者，《律髓》是一個可連結實際批評運用的範本。

（二）選詩發展方面：

最早的選詩集是《詩經》，並有《毛詩傳》等爲其深究選詩者之意，即使不免牽強比附，但也是對選詩的闡論，而後有「詩無達詁」說產生。這全是因爲《詩經》無評之故。再者，《文選》創分類選詩之體，當然也就衍生出對分類法的歧議，後之學者交相辯駁，提出質疑。方回《律髓》與《文選》同體，自也不免遭受同樣的批評，紀昀便是其中攻之頗烈的一個。然分類選詩在學習上的意義卻不能因此而被抹滅，一如史有紀傳、編年之分，詩集也有以詩家分類和以類分詩之別，二者不可偏廢。尤其稍早《律髓》雖有劉後村的《後村千家詩》體類與之相似，但對後人的影響則不可相比。再者，其中也有頗爲特殊之類，如拗字類、變體類與論詩類等等，相當程度保存了當時詩學的面貌，又即使如梅花類者，宋詩人寫出大量的梅花詩，其精神面貌與意涵各有不同，但是選者編選此類，存於其中的去取精神，則左右了選集的素質與趨向，而方回的選詩精神相信也代表了某一群體的精神。凡此皆是研究選集與詩人群體應該注意之處，是以就《律髓》來看，研究詩選集者不應廢，欲研究唐、宋詩者尤其不可廢之。

（三）評點發展方面：

《律髓》之特殊，在於集唐、宋詩於一書並加以評點。是以能成就本文三方面的研究。在評點方面，雖無特殊獨創的體例，是以評點作品之間，體制雖同，然評

點家的手眼卻各如其面，而欲解此則又非經評點不可，是以《律髓》賴評點保存傳遞方回的詩觀，而方回在有限的評點片段上仍能作出某些有系統的言論，非只求暢快的隨性、感性的漫批，是以方回評點有其嚴肅的一面，不可當作一般詩評點書來看。尤其《律髓》集唐宋詩為一書做出大量的比較，即使不免被詩觀左右，但仍是一部頗有深度的選集，至今也很難舉出能與之相較者，此又彌足珍貴。吾人欲研究詩歌評點者，《律髓》體例完整，個人色彩濃厚又頗有寄託，尤其後世再評點者眾，這正是可多所觀摩的範本。再就其後世的評點者而言，《律髓》就宛如一塊百家爭鳴的戰場，從這單一文本便可聯繫許多派別的詩學體系，甚能大異其趣，構成一部《律髓》接受史，有待人們加以探索。

然本文研究亦有未盡處，就如《律髓》的接受史部分，欲加以研究則當需探討各評點家本身的詩觀，與朝代因素，舉紀昀來說，其評點《律髓》是連二馮者一起評的。方、二馮與紀昀構成一塊三方面的論戰場，其實這正是清初詩壇的狀況，江西、晚唐的戰場一直延續到清初，這也間接造成《律髓》受到高度重視，此書正是清初鼓吹江西詩法或盛唐者（如吳之振等）一派之範本也，紀昀屬於館閣大臣，喜好中正之聲，遂取此書詳加評較，欲化此二家之爭，定於一統之言論，這其中煞有可觀，然礙於能力與時間，僅能留待今後再研究。又論文中多從方回出發去討論方紀異同，難免有為方回開脫之嫌，而雙方之比較也可能失之片面，難以形成較立體的評論，此為本文之失，亦是將來可再拓展的研究領域，蓋缺失處，正可展望也，相信不久將來《律髓》的接受史論將可面世。其他疏漏處亦多，惟祈仁人君子不吝賜教，是吾人之幸，亦是學術之趣也。

書 影

明成化丁亥紫陽書院刻本《瀛奎律髓》（國家圖書館藏）

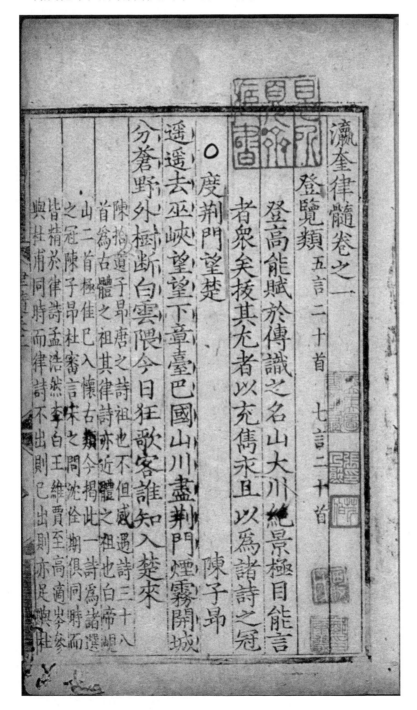

附　錄

說明：

一、本表「主要選詩家」者，指經統計選詩達十首以上之詩人，十首以下者不列，以免雜蕪。

二、本表詩人皆列其名，特以字行或爲標出特殊名號，方以將字或號括於名後。以下附錄亦同此例。

三、選詩總數同時，其排序以時代先後爲序，同代者以有重出者爲次，若無重出者則並列。而「總排序」視選詩總數同則名次皆同。以下附錄亦同此例。

一、《瀛奎律髓》主要選詩家統計表

朝 代	詩　人	五律	七律	選詩總數	分朝排序	總排序	備　註
唐	杜甫	154	67	221	1	1	一祖；重出4首
宋	陸游	56	132	188	1	2	重出3首
唐	白居易	60	67	127	2	3	
宋	梅聖俞	94	33	127	2	3	重出1首
宋	陳後山	83	28	111	3	5	三宗之一
宋	王安石	19	62	81	4	6	
宋	張耒	25	54	79	5	7	
宋	陳簡齋	31	37	68	6	8	三宗之一
唐	賈島	59	8	67	3	9	重出2首
宋	曾幾	27	36	63	7	10	
唐	劉禹錫	24	28	52	4	11	
唐	張籍	35	7	42	5	12	
唐	姚合	39	3	42	5	12	

宋	蘇軾	1	40	41	8	14	
宋	劉克莊	11	29	40	9	15	江湖
唐	韓偓	6	30	36	7	16	重出1首
宋	宋祁	21	15	36	10	16	
宋	張澤民	16	20	36	10	16	全梅花詩
宋	黃庭堅	13	22	35	10	16	三宗之一
唐	岑參	29	2	31	8	20	
宋	尤袤	6	25	31	13	20	
宋	楊萬里	6	25	31	13	20	
宋	呂居仁	14	14	28	15	23	重出1首
宋	范成大	2	26	28	16	23	
宋	王安國		25	25	17	25	
唐	李商隱	7	17	24	9	26	
宋	韓琦	1	23	24	18	26	
宋	翁卷（靈抒）	24		24	19	28	四靈
宋	趙師秀（靈秀）	15	9	24	19	28	四靈
宋	林逋	9	14	23	21	30	
宋	趙蕃（章泉）	10	13	23	21	30	上饒二泉
宋	朱熹	8	14	22	23	32	
宋	韓淲（澗泉）	8	14	22	23	32	二澗、上饒二泉
唐	劉長卿	17	4	21	10	34	重出1首
唐	吳融	7	14	21	10	34	
唐	王建	16	4	20	12	36	
唐	項斯	17	2	19	13	37	重出1首
唐	羅隱	5	13	18	14	38	
唐	許渾	9	8	17	15	39	
唐	杜荀鶴	11	5	16	16	40	
唐	宋之問	15		15	17	41	
唐	王維	13	1	14	18	42	
唐	韋應物	9	5	14	18	42	

唐	韓愈	9	4	13	20	44	
唐	崔塗	12	1	13	20	44	
宋	楊億		13	13	25	44	
宋	錢惟演		13	13	25	44	
宋	胡詮（澹菴）		13	13	25	44	
宋	徐照（靈暉）	13		13	25	44	四靈
唐	李白	10	2	12	22	50	
宋	唐庚	7	5	12	29	50	
宋	姜梅山	4	8	12	39	50	
唐	孟浩然	11		11	23	53	
唐	柳宗元	2	8	10	24	54	
宋	歐陽脩	1	9	10	31	54	
宋	徐璣（靈淵）	9	1	10	31	55	四靈

　　上表計有唐朝詩人二十四人，宋朝詩人三十二人，共計五十六人。選詩數不計重出有二千一百八十二首。

二、「江西詩派圖」詩人選詩統計表

朝　代	詩　人	五　律	七　律	選詩總數	總排序	備　註
宋	陳後山	83	28	111	5	
宋	王直方	1	1	2		
宋	江端本	1		1		
宋	徐俯		3	3		
宋	晁沖之	3		3		
宋	高荷		1	1		
宋	僧如璧		2	2		
宋	僧善權	1		1		
宋	謝逸	1	1	2		
宋	謝薖		1	1		
宋	韓駒	1	2	3		

三、「四靈江湖」主要選詩家統計表

說明：本表先四靈後江湖詩派

朝 代	詩 人	五 律	七 律	選詩總數	分朝排序	總排序	備 註
四靈	翁卷（靈抒）	24		24	19	28	
四靈	趙師秀（靈秀）	15	9	24	19	28	
四靈	徐照（靈暉）	13		13	25	44	
四靈	徐璣（靈淵）	9	1	10	31	55	
江湖	劉後村	11	29	40	9	15	
江湖	戴石屏	1	2	3			
江湖	劉改之		2	2			
江湖	宋謙父	1		1			

參考文獻

一、瀛奎律髓版本

1. 〔元〕方回:《瀛奎律髓》四十九卷,國家圖書館藏明成化丁亥紫陽書院刻本。
2. 〔元〕方回:《瀛奎律髓》四十九卷,臺北:藝文印書館,縮印明成化丁亥紫陽書院刻本。
3. 〔元〕方回:《瀛奎律髓》四十九卷,臺中:東海大學圖書館藏清康熙壬辰黃葉村莊重校刊本。
4. 〔元〕方回:《瀛奎律髓》,臺北:臺灣商務印書館,1985《景印文淵閣四庫全書第一三六六冊》原明成化三年紫陽書院本。
5. 〔元〕方回撰,〔清〕紀昀刊誤:《瀛奎律髓刊誤》,臺北:新文豐,1989 年《叢書集成續編第一一四冊》景印《懺華盦叢書》本。(案:此與臺北佩文書社景印本(1960)同,保留了方回與紀昀的批語與圈點,爲現今最珍貴之本。本論文所引《瀛奎律髓》之內容皆從此出,其缺者以李慶甲集評校點之《瀛奎律髓彙評》補)。
6. 〔元〕方回撰,李慶甲集評校點:《瀛奎律髓彙評》(排印本,附有今日能見之各家序、各家評與《文選顏鮑謝詩評》,惟無圈點)。上海:上海古籍出版社,1986。(本論文引文以叢書本《瀛奎律髓刊誤》爲主,以此《彙評》爲輔)。
7. 〔元〕方回撰,〔清〕紀昀刊誤,諸偉奇、胡益民點校:《瀛奎律髓》(排印本),合肥:黃山書社出版,1994。

二、古文典籍 (經、史、子、集)

> 說明:古文典籍部分排列順序依作者朝代排列,後人輯錄之詩話則按成書時間排列。

經

1. 〔漢〕毛亨傳,鄭玄箋,〔唐〕孔穎達正義:《毛詩正義》,阮元重刻本十三經

注疏，臺北：藝文印書館，1982。

2. 〔漢〕趙岐注，〔宋〕孫奭疏：《孟子正義》，阮元重刻本十三經注疏，臺北：藝文印書館，1982。

史

1. 〔宋〕晁公武：《昭德先生郡齋讀書志》，臺北：臺灣商務印書館，1978。

2. 〔宋〕陳振孫：《直齋書錄解題》，上海：上海古籍出版社，1987。

3. 〔元〕脫克脫等撰：《宋史》，臺北：藝文印書館，1973。

4. 〔明〕宋　濂等撰：《元史》，臺北：藝文印書館，1973。

5. 〔明〕黃宗羲撰，〔清〕全祖望續修：《宋元學案》，臺北：河洛圖書公司，1975。

6. 〔清〕馬步蟾等纂修：清道光七年丁亥（1827）刊安徽省《徽州府志》。收錄於傅振倫等編：《中國地方志集成》，南京：江蘇古籍出版社，1998。

7. 〔清〕永瑢、紀昀等撰：《四庫全書總目提要》，石家莊：河北人民出版社，2000。

8. 〔清〕阮元：《四庫未收書目提要》，臺北：臺灣商務印書館，1976。

9. 〔清〕章學誠撰，〔民國〕葉瑛校注：《校讎通義》，臺北：頂淵文化事業有限公司，2002。

10. 余嘉錫：《四庫提要辯證》，昆明：雲南人民出版社，2004。

子

1. 〔宋〕周密：《癸辛雜識》，北京：中華書局，1988。

集（詩集、詩話、文論選）

1. 〔南朝梁〕昭明太子蕭統編：《昭明文選》，臺北：藝文印書館，1991。

2. 〔南朝梁〕劉勰著，（清）紀曉嵐評：《紀曉嵐評文心雕龍》，揚州：江蘇廣陵古籍刻印社，1997。

3. 〔南朝梁〕鍾嶸著，陳延傑注：《詩品注》，北京：人民文學出版社，1961。

4. 〔唐〕杜甫等原作，周師益忠撰述：《論詩絕句》，臺北：金楓出版有限公司，1987。

5. 〔唐〕杜甫原作，郭紹虞集解：《杜甫戲爲六絕句集解》，北京：人民文學出版社，1998。

6. 〔唐〕杜甫撰，仇兆鰲注：《杜少陵集詳注》，北京：北京圖書館出版社，1999。

7. 〔唐〕皎然：《詩式校注》，杭州：江蘇古籍出版社，1993。

8. 〔唐〕白居易：《白居易全集》，上海：上海古籍出版社，1999。

9. 〔日〕弘法大師：《文鏡秘府論》，臺北：學海出版社，1974。

10. 〔唐〕許渾撰，羅時進箋：《丁卯集箋》，南昌：江西人民出版社，1998。

11. 〔唐〕李商隱著，劉學鍇彙評：《匯評本李商隱詩》，上海：上海社會科學院出版社，2002。

12. 〔宋〕陳師道撰，任淵注，冒廣生補箋：《後山詩補箋》，北京：中華書局，1995。

13. 〔宋〕陳簡齋著，鄭因百合校彙注：《陳簡齋詩集合校彙注》，臺北：聯經出版有限公司，1975。

14. 〔宋〕陳簡齋：《陳與義集》（四部刊要／集部‧別集類），臺北：漢京文化事業有限公司，1983。

15. 〔宋〕范成大：《石壺詩集》，臺北：臺灣商務印書館，1985《景印文淵閣四庫全書第一一五九冊》。

16. 〔宋〕周弼撰，釋圓至注：《箋注唐賢三體詩法》，臺北：廣文書局，1972。

17. 〔宋〕嚴羽著、郭紹虞校釋：《滄浪詩話校釋》，北京：人民文學出版社，2000。

18. 〔宋〕謝枋得：《文章軌範》，鄭州：中州古籍出版社，1991。

19. 〔宋〕劉後村：《分門纂類唐宋時賢千家詩選》，臺北：商務印書館，1981《宛委別藏一○九冊》

20. 〔宋〕趙孟奎：《分門纂類唐歌詩》，臺北：商務印書館，1981《宛委別藏一一一、一一二冊》

21. 〔宋〕金履祥選編：《濂洛風雅》，北京：中華書局，1985《叢書集成初編》。

22. 〔元〕方回：《桐江集》，臺北：國立中央圖書館編印，1970（元代珍本文集彙刊）。

23. 〔元〕方回：《桐江續集》，臺北：臺灣商務印書館，1985《景印文淵閣四庫全書第一一九三冊》。

24. 〔明〕胡震亨：《唐音癸籤》，臺北：木鐸出版社，1982。

25. 〔清〕董文渙：《聲調四譜》，臺北：廣文書局，1974 年。

26. 臺靜農編：《百種詩話類編》，臺北：藝文印書館，1974。

27. 何文煥：《歷代詩話續編》，北京：中華書局，1981。

28. 郭紹虞編：《清詩話續編》上海：上海古籍出版社，1983。

29. 杜松柏主編：《清詩話訪佚初編》，臺北：新文豐出版社，1987。

30. 徐中玉：《文氣‧風骨編》，北京：中國社會科學出版社，1997。

31. 吳文治主編：《明詩話全編》，南京：江蘇古籍出版社，1997。（本文所引明代詩話皆從此出，不再贅列）

32. 吳文治主編：《宋詩話全編》，南京：江蘇古籍出版社，1998。（本文所引宋代詩話皆從此出，不再贅列）

33. 丁福保編：《清詩話》，上海：上海古籍出版社，1999。

34. 傅璇琮：《唐人選唐詩新編》，臺北：文史哲出版社，1999。

三、古典文論專著

1. 方　瑜：《唐詩形成的研究》，臺北：嘉泥基金會，1972 年。

2. 黃　侃：《文心雕龍札記》，臺北：文史哲出版社，1973 再版。

3. 王　力：《漢語詩律學》，香港：中華書局有限公司，1976。

4. 潘柏澄：《方虛谷研究》，臺北：新文豐出版社，1979。

5. 劉守宜：《梅堯臣詩之研究及其年譜》，臺北：文史哲出版社，1980。

6. 郭紹虞：《宋詩話考》，臺北：學海出版社，1980。

7. 劉若愚著、杜國清譯：《中國文學理論》，臺北：聯經出版社，1981。

8. 龔鵬程：《江西詩杜宗派研究》，臺北：文史哲出版社，1983。

9. 朱榮智：《文氣論研究》，臺北：臺灣學生書局，1986。

10. 黃景進：《嚴羽及其詩論之研究》，臺北：文史哲出版社，1986。

11. 張夢機：《讀杜新箋──律髓批杜詮評》，臺北：漢光文化事業股份有限公司，1986。

12. 錢鍾書：《管錐篇》，北京：中華書局，1986 二版。

13. 蔡英俊：《比興、物色與情景交融》，臺北：大安出版社，1986。

14. 龔鵬程：《詩史本色與妙悟》，臺北：臺灣學生書局，1986。

15. 范月嬌：《陳師道及其詩研究》，臺北：文史哲出版社，1988。

16. 黃永武、張高評：《宋詩論文選輯》，高雄：復文圖書出版社，1988。

17. 郭紹虞：《中國文學批評史》，臺北：文史哲出版社，1988。

18. 龔顯榮：《詩話續注》，高雄：復文圖書出版社，1989。

19. 羅聯添：《唐代文學論集》，臺北：臺灣學生書局，1989。

20. 張高評：《宋詩之傳承與開拓》，臺北：文史哲出版社，1990。

21. 錢鍾書：《宋詩選註》，臺北：書林出版社有限公司，1990。

22. 龔顯宗：《歷朝詩話析探》，高雄：復文圖書出版社，1990。

23. 王夢鷗：《古典文學論探索》，臺北：正中書局，1991。

24. 李致洙：《陸游詩研究》，臺北：文史哲出版社，1991。

25. 王叔岷：《鍾嶸詩品箋證稿》，臺北：中央研究院中國文哲研究所，1992。

26. 陳良運：《中國詩學體系論》，北京：中國社會科學出版社，1992。

27. 曾祥芹、張維坤、黃果泉：《古代閱讀論》，河南：河南教育出版社，1992。

28. 張葆全：《詩話和詞話》，臺北：萬卷樓圖書，1993。

29. 朱光潛：《詩論》，臺北：萬卷樓圖書，1993 年。

30. 張雙英：《中國文學批評的理論與實踐》，臺北：萬卷樓圖書，1993。

31. 吳淑鈿：《陳與義詩歌研究》，臺北：文津出版社，1993。

32. 周慶華：《詩話摘句批評研究》，臺北：文史哲出版社，1993。

33. 張高評：《宋詩綜論叢編》，臺北：麗文文化公司，1993。

34. 許　總：《唐詩體派論》，臺北：文津出版社，1994 年。

35. 向以鮮：《超越江湖的詩人——後村研究》，成都：巴蜀書社，1995。

36. 張宏生：《江湖詩派研究》，北京：中華書局，1995。

37. 張高評：《宋詩之新變與代雄》，臺北：洪葉文化事業有限公司，1995。

38. 呂正惠：《詩詞曲格律淺說》，臺北：大安出版社，1995。

39. 游師志誠：《昭明文選學術論考》，臺北：臺灣學生書局，1996。

40. 王運熙、顧易生主編，顧易生、蔣凡著：《中國文學批評通史》，上海：上海古籍出版社，1996。

41. 袁行霈：《中國詩歌藝術研究》，北京：北京大學出版社，1996。

42. 王夢鷗：《中國文學理論與實踐》，臺北：時報文化出版社，1997。

43. 周裕鍇：《宋代詩學通論》，四川：巴蜀書社，1997。

44. 許　總：《宋詩史》，重慶：重慶出版社，1997。

45. 張夢機：《古典詩的形式結構》，板橋：駱駝出版社，1997。

46. 戴文和：《「唐詩」、「宋詩」之爭研究》，臺北：文史哲出版社，1997。

47. 蔡　瑜：《唐詩學探索》，臺北：里仁書局，1998。

48. 王禮卿：《唐賢三體詩法詮評》，臺北：臺灣學生書局，1998。

49. 吳　晟：《黃庭堅詩歌創作論》，南昌：江西人民出版社，1998。

50. 黃奕珍：《宋代詩學中的晚唐觀》，臺北：文津出版社有限公司，1998。

51. 黃寶華：《黃庭堅評傳》，南京：南京大學出版，1998。

52. 周裕鍇：《文字禪與宋代詩學》，北京：高等教育出版社，1998。

53. 錢鍾書：《談藝錄》，臺北：書林出版有限公司，1999。

54. 褚斌杰：《中國古代文體概論》，北京：北京大學出版社，1999。

55. 張　方：《中國詩學的基本觀念》，北京：東方出版社，1999。

56. 張伯偉：《鍾嶸詩品研究》，南京：南京大學出版社，1999。

57. 林　崗：《明清之際小說評點學之研究》，北京：北京大學出版社，1999。

58. 孫琴安：《中國評點文學史》，上海：上海社會科學院出版社，1999。

59. 彰化師範大學國文學系主編：《第五屆中國詩學會議論文集——宋代詩學》，彰化：國立彰化師範大學國文學系，2000。

60. 尚學鋒、過常寶、郭英德：《中國古典文學接受史》，濟南：山東教育出版社，2000。

61. 吳承學：《中國古代文體形態研究》，廣州：中山大學出版社，2000。

62. 莫礪鋒：《朱熹文學研究》，南京：南京大學出版社，2000。

63. 張思齊：《宋代詩學》，長沙：湖南人民出版社，2000。

64. 郭紹虞：《郭紹虞說文論》，上海：上海古籍出版社，2000。

65. 張利群：《辨味論批評》，桂林：廣西師範大學出版社，2000。

66. 陳良運：《中國詩學批評史》，南昌：江西人民出版社，2001.3 二版。

67. 朱東潤：《中國文學批評史大綱》，上海：上海古籍出版社，2001。

68. 張宏生：《宋詩：融通與開拓》，上海：上海古籍出版社，2001。

69. 譚　帆：《中國小說評點研究》，上海：華東師範大學出版社，2001。

70. 黃寶華、文師華：《中國詩學史——宋金元卷》，廈門：鷺江出版社，2002。

71. 詹杭倫：《方回的唐宋律詩學》，北京：中華書局，2002。

72. 蔡振念：《杜詩唐宋接受史》，臺北：五南圖書出版股份有限公司，2002。

73. 呂師光華：《今存十種唐人選唐詩考》，永和：花木蘭文化出版社，2005。

四、現代文論專著

1. 英格登（Raman Ingarden）：《文學藝術作品：本體論，邏輯與文學理論界限的研究》（*The Literary Work of Art : An Investigation on the Borderlines of Ontology , Logic and the Theory of Literature.*），伊凡斯頓（Evanston）：西北大學出版社，1973。

2. 伊塞爾（Wolfgane Iser）：《隱含的讀者：從班揚到貝克特散文小說的交流模式》（*The Implied Reader : Pattrrns of Communication in Prose Fiction From Bunyan to Beckett.*），巴爾的摩：霍普金斯大學出版社，1974。

3. 羅蘭‧巴特（R. Barthes）：《意象、音樂、文本》（*Image , Music , Text*），克雷司（Clasgow）：柯林斯（Collins）出版社，1977。

4. 伊賽爾（Wolfgane Iser）：《閱讀活動：反應美學理論》（*The act of reading : A Theory of Aesthetic Response.*），巴爾的摩：霍普金斯大學出版社，1978。

5. 湯普金斯編（Jane P. Tompkins）：《讀者——反應批評》（*Reader-Response Criticism.*），巴爾的摩：霍普金斯大學出版社，1980。

6. 巴赫汀（M. M. Bakhtin）：《對話的想像》（*The Dialogic Imagination*），德州大學出版社，1981。

7. 姚斯（Hans Robert Jauss）：《審美經驗與文學解釋學》（*Aesthatic Experience and Literary Hermeneutics.*），明尼波里斯：明尼蘇達大學出版社，1982。

8. 姚斯：《邁向接受美學》（*Toward an Aesthetic of Reception*），明尼波里斯：明尼蘇達大學出版社，1982。

9. 羅里‧賴安（Rory Ryan）等著，李敏儒等中譯：《當代西方文學理論導引》，成都：四川文藝出版社，1986。

10. 葉易主編：《走向現代化的文藝學》，南京：江蘇文藝出版社，1988。

11. 伊塞爾原著，霍桂桓等中譯：《閱讀活動：審美響應理論》，北京：中國人民大學出版社，1988。

12. 佛克馬（Douwe Fokkema）、蟻布思（Elrud Ibsch）合著，袁鶴翔等譯：《二十世

紀文學理論》，臺北：書林出版有限公司，1987。

13. 張廷琛編：《接受理論》，成都：四川文藝出版社。1989。

14. 朱立元：《接受美學》，上海：上海人民出版社。1989。

15. 羅青：《什麼是後現代主義》，臺北：臺灣學生書局，1989。

16. 哈羅德・布魯姆（Harold Bloom）著，徐文博譯：《影響的焦慮》，臺北：久大文化股份有限公司，1990。

17. 羅曼・英加登著，陳燕谷等譯：《對文學的藝術作品的認識》，臺北：商鼎文化出版社，1991。

18. 龍協濤：《文學讀解》，合肥：安徽教育出版社。1991。

19. 哈羅德・布魯姆（Harold Bloom）著，朱立元、陳克明譯：《比較文學影響輪——誤讀圖示》，板橋：駱駝出版社，1992。

20. 米蓋爾・杜夫海納主編，朱立元編譯：《美學文藝學方法論》，北京：中國文聯出版社。1992。

21. 方克強：《文學人類學批評》，上海：社會科學院出版社。1992。

22. 曾祥芹：《閱讀學原理》，開封：河南教育出版社。1992。

23. 洪材章等主編：《閱讀學》，廣州：廣東教育出版社。1992。

24. 姚斯原著，朱立元中譯：《審美經驗論》，北京：作家出版社。1992。

25. 伊賽爾原著，金元浦中譯：《閱讀活動》，北京：中國社會科學出版社。1992。

26. 泰瑞・伊果頓（Terry Eagleton）著，吳新發譯：《文學理論導讀》，臺北：書林出版有限公司，1993。

27. 龍協濤：《文學讀解與美的再創造》，臺北：時報文化出版企業有限公司，1993。

28. 張德政主編：《外國文學知識辭典》，北京：書目文獻出版社，1993。

29. 伊麗莎白・佛洛恩德（Elizabeth Freund），陳燕谷譯：《讀者反應理論批評》，板橋：駱駝出版社。1994。

30. 羅勃 C・赫魯伯（Robert C Holub），董之林譯：《接受美學理論》，板橋：駱駝出版社。1994。

31. 林一民：《接受美學》，南昌：江西高校出版社。1995。

32. 馬以鑫：《接受美學新論》，上海：學林出版社。1995。

33. 司有侖主編：《當代西方美學新範疇辭典》，北京：中國人民大學出版社，1996。

34. 郭宏安：《二十世紀西方文論研究》，北京：中國社會科學出版社，1997。

35. 漢斯・羅伯特・姚斯著，顧建光等譯：《審美經驗與文學解釋學》，上海：上海譯文出版社。1997。

36. 龍協濤：《讀者反應理論》，臺北：揚智文化事業股份有限公司。1997。

37. 瑙曼等原著，范大仙編：《作品，文學史與讀者》，北京：文化藝術出版社。1997。

38. 金元浦：《接受反應文論》，濟南：山東教育出版社，1998。

39. 斯坦列・費希（Stanley Fish）原著，文楚安譯：《讀者反應批評：理論與實踐》，北京：中國社會科學出版社，1998。

40. 孟　樊：《當代臺灣新詩理論》，臺北：揚智出版社，1998 二版。

41. 張首映：《西方二十世紀文論史》，北京：北京大學出版社，1999。

42. 拉曼・塞爾登（Raman Selden）編，劉象愚等譯：《文學批評理論——從柏拉圖到現在》，北京：北京大學出版社，2000。

五、學位論文與單篇論文

（一）學位論文

1. 李致洙：《陳後山詩研究》，臺灣大學中文研究所碩士論文，1981。

2. 鄭亞薇：《南宋江湖詩派之研究》，政治大學中文研究所博士論文，1982。

3. 徐鳳城：《杜甫律詩研究》，臺灣師範大學國文研究所碩士論文，1984。

4. 潘麗珠：《盛唐王孟派美學研究》，臺灣師範大學國文研究所碩士論文，1986。

5. 許清雲：《方虛谷之詩及其詩學》，東吳大學中文研究所博士論文，1986。

6. 郭玉雯：《宋代詩話的詩法研究》，臺灣大學中文研究所博士論文，1988。

7. 周師益忠：《宋代論詩詩研究》，臺灣師範大學國文研究所博士論文，1989。

8. 黃金榔：《西崑酬唱集之研究》，政治大學中文研究所碩士論文，1989。

9. 蔡芳定：《唐代文學批評研究》，臺灣師範大學國文研究所博士論文，1990。

10. 蔡　瑜：《宋代唐詩學》，臺灣大學中文研究所博士論文，1990。

11. 林錦婷：《蘇軾與黃庭堅詩論異同之比較》，中央大學中文研究所碩士論文，1993。

12. 劉明宗：《宋初詩風體派發展之研究》，高雄師範大學國文研究所博士論文，1993。

13. 吳梅芬：《杜甫晚年七律作品語言風格研究》，成功大學歷史語言研究所碩士論文，1994。

14. 蓋美鳳：《活法與江西詩派形成》臺灣大學中文研究所碩士論文，1996。

15. 楊淳雅：《劉克莊詩學研究》，政治大學中文研究所碩士論文，1998。

16. 劉萬青：《宋代詩話的格律論研究》，逢甲大學中文研究所碩士論文，1999。

17. 何淑貞：《盛唐邊塞詩的審美特質》，高雄師範大學國文研究所博士論文，2000。

18. 簡貴雀：《姚合詩及其極玄集研究》，高雄師範大學國文研究所博士論文，2000。

19. 林佳蓉：《承擔與自在之間——從朱熹的詩歌論其生命態度的依違》，臺灣師範大學國文研究所博士論文，2000。

20. 吉廣輿：《宋初九僧詩研究》，高雄師範大學國文研究所博士論文，2001。

21. 吳星謹：《宋代說理詩研究》，逢甲大學中文研究所碩士論文，2001。

22. 李淑芳：《宋室南渡前後詩詞衍變研究》，高雄師範大學國文研究所博士論文，2001。

23. 張天錫：《陳與義詩歌研究》，臺北市立師範學院應用語言文學研究所碩士論文，2002。

24. 陳杏玫：《南宋四靈詩派與江湖詩派之研究》，臺南師範學院教師在職進修國語文碩士學位班碩士論文，2002。

25. 楊桂芬：《紀昀詩學理論研究》，中山大學中文研究所碩士論文，2002。

（二）單篇論文

1. 邱燮友：〈唐詩中使用吳歌格的現象〉，《文史季刊》第 3 卷第 1 期，1972 年 10 月，頁 31～49。

2. 許清雲：〈瀛奎律髓拗字類五言律詩解析〉，《銘傳學報》第 20 期，1973 年 3 月，頁 293～306。

3. 龍　光：〈江西殿軍方虛谷〉，《江西文獻》第 87 卷，1977 年 1 月，頁 61～64。

4. 孫克寬：〈方回詩與其詩論〉，《中國詩季刊》第 8 卷第 4 期，1977 年 12 月，頁 90～112。

5. 曹淑娟：〈杜黃吳體詩析辨〉，《中國學術年刊》第 4 期，1982 年 6 月，頁 161～184。

6. 杜　若：〈方回詩論〉，《台肥月刊》第 24 卷第 5 期，1983 年 5 月，頁 37～44。

7. 莊美芳：〈詩話「響」字之探析〉，《東吳中文系季刊》第 12 期，1986 年 6 月，頁 24～28。

8. 何寄澎：〈從「聲情相合」與「情景交融」談中國古典詩的欣賞〉，《華文世界》第 41 期，1986 年 7 月，頁 41～46。

9. 張夢機：〈方回批杜牧詩繹說〉，《國立中央大學文學院院刊》第四卷，1986 年，頁 79～91。

10. 吳小平：〈論五言律詩的形成〉，《文學遺產》1987 年第 6 期，頁 46～57。

11. 江惜美：〈許渾七律的特色〉，《中華文化復興月刊》第 21 卷第 9 期，1988 年 9 月，頁 54～61。

12. 陳永寶：〈近體詩藝術形式之探究（上）〉，《興大中文學報》第 3 期，1990 年 1 月，頁 263～304。

13. 馬耀民：〈「眾聲喧嘩」與正文的口述性〉，《中外文學》，第十九卷第二期，1990 年 7 月，頁 163～182。

14. 陳永寶：〈近體詩藝術形式之探究（下）〉，《興大中文學報》第 4 期，1991 年 1 月，頁 253～311。

15. 胡幼峰：〈馮班的詩體論評析〉，《輔仁國文學報》第 8 期，1991 年 6 月，頁 71～100。

16. 游師志誠：〈中國文學批評中意義詮釋的途徑〉，收入呂正惠、蔡英俊主編：《中

國文學批評》第一集，臺北：臺灣學生書局。1992。

17. 魏仲佑：〈近體詩律之一端〉，《東海中文學報》第 10 期，1992 年 8 月，頁 39～49。

18. 王增斌：〈唐末宋初「詩格書」綜論〉，《文史知識》1993 年第 2 期，頁 113～116。

19. 房日晰：〈李商隱溫庭筠之七律比較〉，《西北大學學報（哲學社會科學版）》1993 年第 2 期，頁 22～28。

20. 蔡　瑜：〈宋代的唐詩分期論〉，《國立編譯館館刊》第 22 卷第 1 期，1993 年 6 月，頁 159～201。

21. 游師志誠：〈再用物色理論分析《文選》遊覽詩〉，《六朝隋唐文學研討會論文集》抽印本，國立中正大學中國文學系主編，1994 年。

22. 李立信：〈「律詩」試釋〉，《六朝隋唐文學研討會論文集》抽印本，國立中正大學中國文學系主編，1994 年。

23. 胡志勇：〈論《周易》象數對近體詩形式的影響〉，《周易研究》1994 年第 2 期，頁 52～56。

24. 熊　篤：〈論律詩之“律”的審美價值〉，《北方論叢》1994 年第 3 期，頁 66～69。

25. 張伯偉：〈古代文論中的詩格論〉，《文藝理論研究》1994 年第 4 期，頁 62～71。

26. 陶　敏：〈唐人選唐詩與《唐人選唐詩》（十種）〉，《古典文學知識》1994 年第 4 期，頁 100～106。

27. 楊勝寬：〈從《河岳英靈集》不選杜詩說到殷璠的選詩標準〉，《中國古代、近代文學研究》1994 年第 7 期，頁 299～303。

28. 何澤恒：〈淺談近體詩的格律〉，《錢穆先生紀念館館刊》第 2 期，1994 年 7 月，頁 52～73。

29. 邱瑞祥：〈論王維五言律詩的情感傾向〉，《中國古代、近代文學研究》1994 年第 10 期，頁 112～118。

30. 蔡鎮楚：〈唐人詩格與宋詩話之比較〉，《中國古代近代文學研究》1995 年第 1 期，頁 266～271。

31. 張福助：〈奪胎換骨辨說〉，《中國人民大學學報》1995 年第 1 期，頁 86～92。

32. 許世榮：〈杜甫與七言律詩〉，《中國古代、近代文學研究》1995 年第 3 期，頁 109～118。

33. 許　總：〈唐詩體派論〉，《文學遺產》1995 年第 3 期，頁 32～42。

34. 祁志祥：〈「格律聲色」說中國古代文學的純形式美論〉，《中國古代、近代文學研究》1995 年第 6 期，頁 7～13。

35. 申寶昆：〈由唐詩至宋詩跑道上的傳棒人——皮陸〉，《西南師範大學學報（哲學社會科學版）》1996 年第 4 期，頁 52～55。

36. 吳忠勝：〈「詩宗已上少陵壇」嗎——再評陳與義學杜〉，《杜甫研究學刊》1996

年第 1 期，頁 56～59。

37. 管仁健：〈五律拗救的分類〉，《中國語文》第 467 期，1996 年 5 月，頁 85～89。

38. 邱瑞祥：〈論王維的七言律詩〉，《中國古代、近代文學研究》1996 年第 12 期，頁 126～132。

39. 方祖燊：〈前衛運動、現代主義與後現代主義（二）〉，《中國現代文學理論》第 12 期，1998 年，頁 503～536。

40. 李立信：〈王力《漢語詩律學》商榷〉，《「山鳥下聽事，簷花落酒中。」——唐代文學論叢》國立中正大學中國文學系主編，1998 年 6 月，頁 365～396。

41. 林韻梅：〈紀昀批瀛奎律髓三則讀後〉，《中國語文》第 64 卷第 6 期，1998 年 6 月，頁 36～42。

42. 張玉璞：〈楊萬里與晚唐詩風的復興〉，《文史哲》1998 年第 2 期，頁 92～97。

43. 金啓華：〈論杜甫的拗體七律〉，《中國古代、近代文學研究》1998 年第 8 期，頁 135～139。

44. 朱易安：〈略論唐詩學發展史的體系建構〉，《中國古代、近代文學研究》1998 年第 12 期，頁 137～145。

45. 楊師玉成：〈劉辰翁：閱讀專家〉，《彰化師大國文學誌》第三期「宋代文化專號」，彰化：國立彰化師範大學國文學系，1999 年 6 月，頁 199～248。

46. 王德明：〈方回的「格」論及其對晚宋詩風的批判〉，收於《宋代文學叢刊》第五期，1999 年 12 月，頁 161～171。

47. 李立信：〈再論「雜律」〉，《唐代文化學術研討會論文集》東吳大學中國文學系主編，2000 年 7 月，頁 155～171。

48. 楊師玉成：〈文本、誤讀、影響的焦慮：論江西詩派的閱讀與書寫策略〉，臺北輔仁大學「第十七屆中國古典文學學術研討會」抽印本，2002 年 3 月。